KB262508

조금 다른 지구마을 여행

조금. 다른. 지구마을 여행

나를 바꾸고, 세상을 배우는 청춘

이동원 지음

예담

Contents

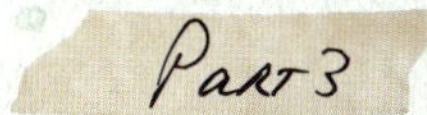

Part 3

눈물이 멈추지 않는 나의 지구마을 인터뷰
〈멕시코 ┅┅▸ 에콰도르 ┅┅▸ 페루 ┅┅▸ 볼리비아 ┅┅▸ 팔레스타인〉

여행은
아직 끝나지 않았다

"재밌긴 할 것 같은데, 졸업할 생각은 있는 거지?"

"먹고 놀면서 외화 낭비하느니, 차라리 어학연수를 다녀와서 스펙이라도 쌓는 건 어때?"

세계일주를 꿈꾼다는 내 말에 선배들이 해주던 수많은 조언들.

하지만 그 모든 메시지에 핵심은 바로, 꿈은 꿈으로 남기고, 현실을 직시하며 '바르게' 살아라!

"나중에 대학가서 하렴. 그땐 얼마든지 할 수 있어."

수능 치고 고등학교 졸업하고 대학만 가면 전지전능해진다는 어른들의 말씀!

하지만 막상 대학에 들어가면 학점, 토익, 인턴 등등 스펙에 파묻혀 허우적거리다, 겨우 졸업이라도 하려면 다시 쫓기듯 취직을 해야 하고, 그렇게 넥타이 메고 돈 모아서 결혼, 육아, 그리고 또다시 자식들 공부 걱정으로….

아, 결국 제대로 피지도 못하고 지고 말 나의 청춘!

어른들 말씀대로 '바르게' 자라기 싫다는, 나이키보다 건담 신발을 고집하던 어린 시절 나의 반골 기질이 다시 고개를 들었다. 그렇게 지구 한 바퀴를 돌고 말겠다는 다짐을 하곤, 만나는 사람마다 항상 여행 얘기만 하고 다녔다. 그렇

게 멋모르고 하는 얘길 사람들은 재밌게 들어주었고, 더 신이 나서 이미 지구

를 뛰어서 세 바퀴 반은 돌고 온 것처럼 떠들어대던 나의 입방정!!

그런데 어느 날,

말의 씨앗이 싹을 틔우고 꽃을 피워 날 바라보고 있었다.

"그때 세계일주 간다는 건 어떻게 되었어?"

"응? 세… 세… 계… 일주??"

"너 지난번에 세계일주 가려고 돈 모은다고 했잖아. 곧 출발하는 거야?"

"남미는 내년에 가는 거니?"

"남… 미… 요?"

"맨날 남미 얘기만 하더니, 설마 벌써 다녀온 건 아니지?"

말로 뿌린 씨앗들이 사방에서 꽃을 피워 해바라기마냥 나를 바라보고 있었다.

아차 싶었다. 이제 빼도 박도 못하는 상황에서 숨까지 턱턱 막혀왔다.

'아, 이젠 어떡하지? 정말 가야 하는 건가?'

그러다 문득,

'까짓것, 못 갈 것도 없잖아? 그냥 떠나고 보는 거야!'

그렇게 여행은 욱하는 맘으로 순식간에 결정됐고, 셋방 보증금을 목표로 모았던 적금은 만기를 앞두고 세계일주를 위한 통장으로 용도 변경되었다.

여행을 준비하며 유명한 스테디셀러부터 대학생들의 배낭 여행기까지 각종 여행기를 섭렵했다. 처음엔 모든 게 흥미진진했다. 하지만 큰맘 먹고 여행을 떠났다가 강도를 당했는데 유럽에서 온 훈남 여행객이 도와준다거나, 이름 모를 병을 앓으며 엄마를 그리워 할 때 현지 한국인 아주머니가 간호해줘서 여행을 무사히 마치는 그런 여행은 읽으면 읽을수록 더 따분해졌다.

수학 공식처럼 같은 길, 같은 여행지로만 다니는 수많은 여행기 속의 주인공들. 누구나 가는 그런 여행 말고 그곳에 사는 사람들의 진짜 목소리를 전해줄 순 없었을까? 사람들과 소통하는, 남들과 다른 여행을 할 수는 없을까?

사람들과 부대끼는 여행을 고민하다 문득 케냐에서의 경험이 떠올랐다.

킬리만자로 산기슭, 어느 초등학교에서 현지 NGO팀과 일하며 '마사이족 전사'가 되었던 기억.

'그래. NGO를 찾아가자!'

동남아에서 남미까지, 인터넷을 통해서 전 세계 방방곡곡의 NGO를 찾아 이메일을 살포했다. 며칠 후 수많은 답장이 날아왔고, 심사숙고 끝에 함께할 NGO를 하나 둘 정해 여행의 대략적인 루트와 일정을 세웠다.

현지 NGO 단체에서 일하기 위해선 언어가 필요하다는 생각도 들었다. 그래

서 가장 오래 체류할 라틴아메리카 여행을 위해 스페인어를 배우기 시작했다. 현지에 대한 사전 지식이 필요하단 생각에 피델 카스트로와 차베스를 트위터로 팔로우 하고, 베트남과 캄보디아에 관한 역사책도 읽었다. 그렇게 남들과 조금 다른, 지구마을 여행 계획은 점차 완성되었다.

한국을 떠나 여러 나라의 NGO 활동에 참여하며, 인권, 평화, 빈곤, 환경 등 다양한 문제에 대해 고민하게 되었다. 하지만 한곳에 오래 있을 수 없었기 때문에, 현장에서 고생하는 NGO 활동가들에게 큰 힘이 되지 못한 것 같았다. 그러다 그 이야기를 세상에 알리면 작은 도움이라도 되지 않을까라는 생각에, 여행의 기억을 하나씩 글로 옮기기 시작했다. 휠체어를 만드는 캄보디아 아저씨의 열정이, 안데스 산맥에서 곰을 지키는 에콰도르 청년의 꿈이, 평화를 갈망하는 팔레스타인 사람들의 간절한 목소리가 그렇게 하나씩 종이 위에 새겨졌다.

치기 어린 마음으로 시작한 NGO 여행,
당신과 조금 다른 그 여행은 그렇게 지구마을의 인터뷰가 되었다.

Vietnam

Cambodia

Peace boat

Mexico

Ecuador

Peru

Bolivia

Palestine

두려움과
소심한 마음을 안고

하늘을 날다

:

Vietnam

01

베트남과 한국에 희망의 다리를 놓는 까칠한 그녀

　　　　　　　　　　　　　"너 뭐니? 이제야 도착하고. 누나는
애들처럼 새벽까지 기다릴 체력이 안 된다고 말했잖아. 내일도 바쁘니까
시간되면 연락할게. 그럼 나 잔다!"

　뚜. 뚜. 뚜.

　중국에서 안개에 발이 묶여 13시간 만에 겨우 날아온 베트남이었다. 플
래카드를 든 팬클럽까진 아니더라도 반갑게 맞아주는 응언 누나는 있을 줄
알았는데. 정작 기다린다던 그녀는 공항에 없었고, 수화기 너머로 들려오
는 건 스타카토로 똑똑 떨어지는 목소리뿐이었다. 그걸 듣는 순간, 꼭 1년
전 처음 들었던 누나의 까칠한 목소리가 다시 떠올랐다.

"내일 다낭으로 오신다구요? 그럼 택시 연결해드릴 테니까 타고 와서 연락하세요."

뚜. 뚜. 뚜.

그때 나는 한국의 NGO 〈나와 우리〉와 베트남의 〈Good will〉이 주최하는 '한-베 평화캠프'에 참여하기 위해 베트남으로 날아갔었다. 1964년 베트남 전쟁에 참전한 미국 정부는 한국 정부에 파병을 요청했다. 당시 쿠데타로 집권한 박정희는 미국으로부터 정권의 정통성을 인정받고, 경제적 특수 효과를 누리기 위해 파병을 밀어붙였다. 1968년부터 미국의 명분 없는 전쟁에 전 세계적으로 비난 여론이 일기도 했지만, 박정희 정권은 그에 아랑곳하지 않고 9년 동안 네 차례에 걸쳐 무려 32만 명의 군인을 베트남으로 보냈다. 그리고 베트남에 파병된 일부 한국군은 '베트콩'이라 불리던 게릴라를 소탕한다는 명분으로 수많은 민간인을 학살했다. 전쟁이 끝난 뒤 베트남 사람들은 학살된 사람들의 이름과 생년월일이 새겨진 '한국군 증오비'를 마을마다 세우고, 지금까지도 그때의 처참한 학살을 잊지 않고 있다.

'한-베 평화캠프'는 그 불편한 진실을 마주하기 위해 기획된 행사였다. 캠프는 한국과 베트남 사람들이 함께 모여 학살 피해를 입은 마을을 지원하고, 평화에 대한 토론을 나누는 14일의 일정으로 진행됐다. 하지만 나는 짧은 휴가 때문에 3박 4일만 겨우 참여할 수 있었다. 그것도 마을에 도로를

희망의 다리를 놓는 그녀 응언

만드는 알짜배기 노동기간에만 말이다. 달콤한 여름휴가를 포기하고 베트남까지 일하러 왔다며 내심 칭찬받을 기대에 잔뜩 부풀어 있던 차였다. 근데 날아오는 건 까칠한 목소리뿐이라니. 캠프에 합류하기 전부터 찬밥 신세인가 하는 생각에 당황스럽긴 했지만, 실제로 만나면 반겨줄 거라 믿으며 혼자 마음을 달랬다.

"왜 이렇게 늦게 오셨어요? 일하기 싫은 거예요?"

반겨주기는커녕… 약속 시간보다 늦게 도착했다는 이유로 첫 만남에 따끔한 훈계부터 들어야 했다. 물론 억울했다. 내가 잘못한 게 아니라 비행기를 지연시킨 항공사 잘못인데…. 더군다나 베트남은 초행길이라고…. 하지만 터질 듯이 밀려오는 억울함과 달리, 까칠한 목소리에 주눅이 들었던 난 아무 대꾸도 할 수 없었다. 설상가상으로 논길인 마을까지 이동할 교통수

단은 응언 누나의 작은 오토바이 한 대뿐. 어쩔 수 없이 죄인처럼 고개를 푹 숙인 채 오토바이에 올라, 어색하게 누나의 허리를 잡고 그 순간이 빨리 지나가길 바라야 했다.

40도가 넘는 한증막 같은 베트남의 농촌 마을에서 이른 아침부터 저녁 늦게까지 고된 노동이 이어졌다. 바쁜 일정 속에서도 응언 누나는 나를 향해 미심쩍은 눈빛을 거두지 않았다. 왜 저렇게 날 싫어할까 고민하다, 문득 '스펙'이란 단어가 번쩍 떠올랐다. 혹시 며칠만 참여해서 삽질 몇 번 하고 봉사활동 증명서나 가져가려는 사람으로 오해하고 있는 건 아닐까? 혹시라도 그런 거라면 너무 억울한 일이었다. 좋은 취지에 함께하려고 귀한 휴가를 포기하며 베트남까지 날아온 건데.

누나의 오해를 풀고 점수를 딸 수 있는 방법은 오로지 삽질뿐이었다. 땀이 눈으로 들어가도, 손에 물집이 잡혀도 삽질, 또 삽질이었다. 조금씩 완성되는 도로와 함께 손에 잡힌 물집들이 하나 둘 터져갔지만, 응언 누나에게 잘 보이기 위해서라도 얼얼한 손을 멈출 순 없었다. 그런 진심이 통했는지 차갑기만 하던 누나의 눈빛이 조금씩 녹기 시작했고, 까칠함 뒤에 숨겨진 누나의 따뜻한 마음이 열리면서 우린 급속도로 친해질 수 있었다. 그러다 우연히 죽음의 기억을 함께 목도하게 된 우리 두 사람. 가슴이 찢어지는 고통을 느끼던 그날 함께 나눈 눈물의 약속은, 결국 나를 다시 베트남으로 이끌었다.

"왜 이렇게 살쪘어? 턱 선은 어디로 가고? 전엔 그래도 좀 괜찮았는데, 이젠 영 아니잖아!"

여전했다, 누나의 구박은. 하지만 구박하는 누나의 얼굴엔 미소가 만연했다. 반가운 사람을 만날 때 전해지는 떨림 섞인 작은 흥분에 나를 갈구는 그 목소리마저 달콤하게 들렸다. 그렇게 소중한 여행의 인연은 베트남을 다시 찾은 이방인에게 더없이 반가운 따뜻함으로 다가왔다.

머리에서 발끝까지 샅샅이 훑어가며 살쪘다고 구박하던 누나는 대뜸 보양식을 사주겠다고 했다. 알고 보니 그날은 중복이었다. 방금 전까지 살쪘다고 뭐라고 해놓고 맛난 걸 사주겠다는 심보는 뭐지? 그러거나 말거나 누나의 오토바이는 나의 의사와 상관없이 이미 달리고 있었고, 난 누나의 허리만 붙잡고 오토바이가 멈추기만을 기다려야 했다.

오토바이는 재래시장 귀퉁이 한국의 먹자골목처럼 좁고 습한 곳에 멈췄다. 시끌벅적한 거리엔 목욕탕에서 보던 플라스틱 의자에 앉아 맥주를 마시는 베트남의 중년들로 가득했다. 퇴근 후 포장마차의 소주 한잔에 스트레스를 내려놓는 우리 아버지들의 모습 같다고 할까? 우리도 좁은 틈에 끼어 한 자리 잡았다. 오늘의 메뉴는 바로 개고기!

응언 누나는 죽순을 넣은 베트남식 보신탕에, 수육, 숯불구이까지 모두 주문했다. 알고 보니 누나는 자기가 먹고 싶어서 내 핑계 대고 온 거라고 했다. 베트남에서 여자들은 밖에서 개고기를 쉽게 못 먹는다나 뭐라나. 누나는 옆에서 개고기 못 먹는다고 구시렁거리는 다른 동생들을 모른 척하며 열심히 고기를 뜯기 시작했다. 나도 당연히 살찐 몸매를 유지하기 위해 게걸스럽게 갈비를 뜯고 또 뜯었다. 복날에 인도차이나 반도에서 닭고기도, 소고기도 아닌 개고기로 포식할 줄이야. 꿈인지 생신지, 꿈이라면 개꿈인건지.

호치민에서 다시 만난 반가운 얼굴들과 맛있는 요리에 시끌벅적한 거리 분위기까지 더해지자, 나도 모르게 여행의 긴장이 풀리고 있었다. 거기에 뜨뜻미지근한 맥주에 얼음을 넣어 한 모금 넘기고 나니, 어느새 우린 1년 전 그날로 돌아가 있었다.

+ "가족 중에 한국군 총에
죽은 사람이 있어."

숨이 막힐 정도로 습하고 더운 날씨 속에서 한-베 캠프팀은 마침내 논을 가로지르는 도로를 완성했다. 한국군에게 학살당해 억울하게 세상을 떠난 분들을 위한 위령비로 이어졌던 길. 그 길이 완성되던 밤, 우리 팀은 함께 땀 흘렸던 마을 청년들과 얼음이 든 맥주를 들고 축배를 나누었다. 축제 분위기에 기분 좋게 취해서 하늘이 빙그르르 돌기 시작할 때쯤, 삽질 동무 쫑이 내게 건배를 청했다. 쫑은 내가 물집 때문에 삽질을 힘들어할 때마다, 옆에서 한 삽씩 거들어주던 힘 좋은 형이었다. 일하면서 배운 짧은 베트남어로 서로 농담을 주고받으며 웃던 쭝. 그런 그가 갑자기 주저하는 빛을 보였다. 갑자기 웃지 않는 그. 무언가 고민을 하던 그는 용기를 낸 듯, 더듬거리는 영어로 이렇게 말했다.

"우리 가족 중에 한국군 총에 맞아 죽은 사람이 있어. 총을 맞고도 살아난 내 사촌이 이 마을에 살고 있기도 하고."

온몸이 번쩍하더니, 아무 소리도 들리질 않았다. 머릿속이 하얘졌다가 숨마저 가빠지더니, 몸 전체가 부르르 떨렸다. 우리가 일한 퐁니 마을의 학살 피해는 엄청 컸다. 그래서 함께 일하던 마을 청년 중에 피해자 가족이 있을지도 모른단 얘길 하기도 했었다. 그런데 항상 싱글벙글하던 쭝에게 그런 말을 듣게 될 줄은…. 너무 놀라는 날 보며 쭝은 미안한 표정을 지으며 몇 번이고 괜찮냐고 물었다. 하지만 그 소리조차 못 들을 정도로 나는 큰 쇼크를 받고 말았다.

조금 안정되었을 때, 쭝을 붙잡고 부탁했다. 살아남은 사촌을 만나게 해 달라고. 만나서 무슨 말을 하고 싶다는 생각은 없었다. 그냥, 그냥 만나야 한다는 생각만 강하게 들었다. 조금 이상하게 쳐다보던 쭝은 알겠다는 듯, 연락처를 건네주었다. 난 그걸 들고 바로 응언 누나에게 도움을 청했다. 그러곤 쭝의 사촌을 만나야 한다고, 대뜸 도와달라고 했다. 처음엔 의아해하던 누나는 이내 이해했단 듯이 고개를 끄덕였다. 그렇게 우린 쭝의 사촌 집을 방문하기로 했다.

잠이 오질 않았다. 고된 노동 탓에 몸은 힘들었지만, 잠이 들면 깨고 또

깼다. 이렇게 무작정 찾아가도 괜찮은 걸까? 괜한 짓으로 아픈 상처만 건드리는 게 아닐까? 나는 그분의 아픔을 감당할 수 있기나 한 걸까? 걱정과 두려움으로 밤새 뒤척이고, 다음 날 일어나서 밥도 먹는 둥 마는 둥했다. 쭝의 목소리만 귓가에 울릴 뿐이었다.

한국군이 저지른 만행에 충격 받고, 학살 피해자를 찾아간다는 게 어떻게 보면 이상할 수도 있다. 하지만 내 나라의 정부가 오래전 저지른 범죄에 침묵으로 일관하고 있다면, 그리고 그 침묵 때문에 아직도 고통받는 사람들이 수두룩하다면, 당연히 부끄러워해야 하는 게 아닐까? 잘못을 저지른 할아버지 세대를 대신해서 피해자들을 찾아가 사죄하는 것이 마땅하지 않을까? 우리의 잘못에 대해 책임지지 않는다면, 과연 우린 과거의 침략에

대해 모르쇠로 일관하는 일본 정부에게 사과를 요구할 자격이 있다고 할 수 있을까? 생각이 여기까지 미쳤을 때, 내내 망설이던 마음에 결심이 섰다. 책임감과 사명감이 두려움에 떨던 겁쟁이를 역사의 고통 앞에 서게 만들었다.

자전거로 5분 남짓 달려 도착한 허름한 집엔 한 아주머니가 표정 없는 얼굴로 우릴 기다리고 계셨다. 알 수 없는 적막함과 긴장 속에서 응언 누나의 인사가 건네졌고, 곧바로 나도 인사를 건네려고 웃으며 아주머니를 바라보았다. 눈빛이 마주친 순간, 표정 없는 얼굴이 미세하게 떨리는 것을 느꼈다. 그걸 숨기려는 듯 아주머니는 곧바로 우리를 집 안으로 안내했고, 난 아무 말 없이 그녀를 따라 집으로 들어갔다. 그녀는 가난한 시골집이라 마실 만한 게 없다며 물 한잔을 내주셨고, 나는 그 물을 한 모금씩 머금으며 바싹 말라가는 입술을 적셨다. 그사이 응언 누나는 익숙하게 녹음기와 노트를 준비했고, 나는 누나의 통역을 따라 서서히 수십 년 전 그 지옥의 순간으로 빨려가고 있었다.

+ 학살의 지옥에서 살아남은
일곱 살 소녀는 지금

평화로운 어느 날 아침, 일곱 살 소녀가 살던 작은 마을에 총을 든 군인들이 들이닥쳤다. 마침 이모네 집에 있던 어린 소녀는 가족들을 따라 재빨리

방공호에 몸을 숨겼다. 공기를 가르는 총소리, 사람들의 비명 소리가 뒤섞이던 공포의 시간. 군인들의 고함과 군홧발 소리는 점점 가까워졌고, 곧 한 손에 수류탄을 든 군인의 검은 그림자가 방공호 안으로 드리워졌다. 나오지 않으면 수류탄을 던지겠다는 살기 어린 위협에, 가족들은 서로 부둥켜안고 벌벌 떨면서 밖으로 나왔다. 이유는 알 수 없었다. 소녀는 자신을 감싼 어른들 틈으로, 쓰러진 사람들의 붉은 등과 악마 같은 군인들의 얼굴을 겁에 질린 채 바라보고 있었다. 순간 살려달라는 사람들의 울부짖음을 귀를 찢는 굉음이 삼키기 시작했다. 사방에서 불이 뿜어져 나왔고, 소녀의 가족들은 하나둘 시뻘겋게 물들어 쓰러져갔다. 소녀도 미친 듯이 날아들던 총탄을 피할 순 없었다. 이내 소녀의 참외 같은 배에서도 뜨거운 피가 솟구쳤고, 숨을 거둔 가족들 위로 쓰러지고 말았다.

그렇게 마을에 있던 노인과 여자들 그리고 갓 피어난 어린 생명들은 이유도 모른 채, 군인들의 총과 칼 앞에서 모든 생명을 내려놓아야 했다. 그들은 눈도 감지 못한 채 숨을 거두었고, 불타는 집만 남겨둔 채 태극 마크를 단 군인들은 유유히 사라졌다.

이미 싸늘하게 식어버린 시체들 사이로 어린 소녀가 숨을 헐떡이고 있었다. 해가 질 때쯤 정신을 차린 소녀는, 뜨거운 쇳덩이가 관통한 자신의 배를 움켜쥐고 간신히 몸을 일으킬 수 있었다. 소녀는 굳어 있는 가족들을 흔들며 오열했지만, 오래전에 숨이 멎어버린 그들에게 느껴지는 건 냉기뿐이었다. 그러던 중 주검들 사이로 숨이 붙어 있는 오빠를 발견했다. 소녀는 세 발의 총알이 찢어놓은 오빠의 몸을 부축해서 간신히 방공호에 몸을 숨겼다.

지옥과도 같은 밤을 뜬눈으로 지새운 남매. 다음 날 아침, 그들을 맞이한 건 시체 썩는 냄새와 들끓는 벌레들뿐이었다. 그걸 며칠이나 더 참아내고서야 마침내 소녀는 다른 마을 사람들에게 구출되어 오빠와 함께 병원으로 옮겨졌다. 그렇게 소녀는 지금까지 살아남았고, 함께 울고 웃던 200여 명의 사람들은 한날 한곳에 묻혔다.

그녀의 상처는
현재진행형

총알이 관통한 자국을 보여주던 아주머니는 끝내 오열하고 말았다. 통역을 하는 응언 누나도, 숨죽여 듣고 있던 나도 참았던 울음을 터뜨릴 수밖에 없었다. 눈물이 쏟아지며 손이 떨려왔다. 그녀의 울음에서 느껴지는 알 수 없는 공포감 때문이었다. 한 번도 전쟁을 경험해본 적이 없는, 피비린내 나는 지옥을 본 적 없는 나였지만, 순간적으로 전해지는 두려움 앞에서 온몸의 떨림을 멈출 수가 없었다.

눈물을 보이지 않으려, 두려움을 보이지 않으려 옆으로 고개를 돌렸다. 그러자 액자 속 사람들과 눈이 마주쳤다. 한날 한시에 돌아올 수 없는 먼 길을 떠난 소녀의 가족들이 작은 액자 속 그림으로 남아, 날 보며 웃고 있었다. 고개를 떨어뜨릴 수밖에 없었다. 눈물이 쏟아지는 얼굴을 감싼 채 그렇게 떨고 있어야만 했다. 지옥의 기억을 함께 느끼며 몸부림쳐야만 했다.

한참을 울고서야, 침묵이 낮게 흘렀다. 그 고요함을 깨고 먼저 입을 열었다. 무슨 말이라도 해야 할 것 같은 마음 때문이었다. 그래서 메인 목으로 증언을 해주셔서 감사하다고, 그리고 한국인으로서 진심으로 사죄를 드리고 싶다고 말했다. 내 말이 웅언 누나를 통해 전해지는 순간, 아주머니 입에서 터져 나온 분노 섞인 목소리의 떨림, 슬픔에 무너지듯 터져 내리던 아주머니의 눈물을 잊을 수가 없다. 한 섞인 아주머니의 음성과 흐느낌은 내 가슴에 깊숙이 박혀버리고 말았다.

한참 후에야 마음을 추스르신 아주머니는 책 하나를 꺼내오셨다. 오래전, 한국군의 베트남 학살 문제를 특집으로 다룬《한겨레 21》이었다. 첫 페이지에 있는 사진 하나를 가리키며 말씀하셨다. 논길 위에 쓰러진 사람이 바로 자신의 어머니라고. 한국 잡지에 실린 어머니의 쓰러진 모습을 보면서 아주머니는 무슨 생각이 들었을까? 한국에 대한 분노를, 그리고 복수를 다짐하진 않으셨을까?

아주머니의 상처는 아직도 현재진행형이었다. 아주머니는 신체적, 정신적 고통뿐만 아니라 아픈 몸 때문에 생활고까지 겪고 있었다. 집을 나서기 전에 아주머니께 〈나와 우리〉팀과 상의하여 어떤 방식으로든 도움을 드리겠다고 약속했다. 그랬더니 전에도 다시 오겠다고 약속한 한국인이 있었는데 찾아오지 않았다며 서운한 감정을 내비쳤다. 명함을 드리며 꼭 오겠다고 재차 약속을 드리자, 그걸 식탁 유리 밑에 넣으시며 매일 보면서 기다리고 있겠다고 살짝 웃는 얼굴로 으름장을 놓으셨다. 그 모습을 보며 또 마음

한참을 울고서야, 침묵이 낮게 흘렀다.

이 쏩쓸했다. 지켜지지 않은 한국인과의 약속 때문에 학살로 받은 상처가 덧났던 것은 아닐까? 더 이상 한국 때문에 아파하고 상처 받지 않도록, 그 약속을 꼭 지키겠다고 몇 번이고 다짐하고 또 다짐했다.

아쉽게도 짧은 휴가 때문에 다음 날 바로 한국으로 돌아가야 했다. 사람들과 작별 인사를 나누고 마을을 떠나는 길에 응언 누나와 아주머니 댁에 다시 들렀다. 그리고 누나가 준비한 식기 세트와 베트남에서 기념품을 사려고 아껴두었던 돈을 생활에 보태시라고 건네 드렸다. 고맙다며 웃으시는 아주머니의 얼굴을 보고 나니 한결 마음이 놓이긴 했다. 하지만 여전히 가슴 깊숙이 박힌 그 아픔은 나아지질 않았다.

1년 전에 꼭 다시 찾아뵙겠다고 한 약속, 그 약속을 지키기 위해 달려온 베트남이었다. 하지만 엇갈린 일정과 나의 실수로 인해 베트남까지 와서 그때 한 약속을 지키지 못하고 결국 다음을 기약해야만 했다. 늦어지는 약속에 아주머니가 또 상처 받고 계시진 않을까라는 생각이 들어 가슴이 먹먹해졌다. 개고기를 억지로 삼키며 얼음이 다 녹아버린 미지근한 맥주만 자꾸 들이킬 뿐이었다. 그런 내 마음을 눈치 챘는지 응언 누나는 다음에 분명 약속을 지킬 기회가 있을 거라며 내내 위로해주었다. 하지만 답답해진 마음은 쉽게 풀리질 않았다.

+

아직도 끝나지 않은 베트남 학살 문제. 전쟁과 학살의 과거를 침묵으로 일관하는 한국 정부 때문에 피해자와 유가족들은 여전히 고통에서 벗어나지 못하고 있다. 그런 사람들을 위해서 응언 누나는 매년 베트남을 찾는 한국의 평화진료단을 도와 베트남 곳곳을 방문하고, 〈나와 우리〉와 함께 학살 피해를 입은 마을의 사람들을 지속적으로 지원하고 있다. 평화를 위한 어린이 도서관 짓는 일까지 기획하고 있다던 응언 누나가 특별히 마음을 쓰는 일이 하나 있었다.

"베트남식 〈아름다운 가게〉를 열고 싶어. 벼룩시장도 열고 그 수익으로 사회적 사업도 할 수 있는 곳이 있었으면 해서."

학생들을 위한 토론의 장도 열고, 사람들이 잠시 쉬어갈 수 있는 친근한 쉼터 역할의 다목적 공간을 누나는 꿈꾸고 있었다. 사회주의 국가인 베트남에선 응언 누나 같은 활동가들은 행동 제약이 많다. 특히 사회단체로 분류되는 NGO의 경우, 반드시 수도 하노이에 사무실을 두고 등록해야 하는 어려움이 있기도 했다. 그래서 누나는 호치민에 작은 가게를 열고 싶다고 했다. 한국의 〈아름다운 가게〉처럼 운영하면서 그 가게의 이름으로 활동하고, 수익금으로 학살 피해자들뿐만 아니라 베트남의 가난한 사람들까지 돕는 사회적 기업을 구상하고 있는 것이다.

누나의 이야기를 들으며, 벼룩시장을 열기 위해 모으고 있다던 헌옷 박스들이 떠올랐다. 아직 자금을 마련하지 못해 힘들다고 했지만, 이미 그녀는 한 단계씩 꿈을 향해 차근차근 나아가고 있었다. 아름다운 세상을 꿈꾸는 응언 누나. 앞으로 수없이 많은 시련에 부딪치겠지만, 누구보다 따뜻한 마음과 의지를 가진 누나가 그 일을 꼭 해낼 거란 믿음을 갖고 있다. 그리고 그 꿈을 이룰 때까지 언제나 응원하고 지원할 것이다.

누나의 꿈을 함께 그리는 동안, 부슬비가 내리기 시작했다. 비가 강해지기 전에 베트남에서 활동하는 한국인 활동가들을 만나 한잔 더 하기로 하고 식당을 나섰다.

오토바이를 타고 빗속을 달리며 1년 전, 아주머니와의 나눴던 마지막 대화가 문득 떠올랐다.

옆에서 해맑은 미소로 뛰어놀던 손자를 보며 하신 아주머니의 말씀이었다. 그 아이가 자라서 TV로 한국 드라마나 아이돌 가수를 보며 열광하진 않을까? 혹시 그 모습에 아주머니가 분노하거나 충격을 받으시는 건 아닐까? 그러다 아이가 자기 할머니의 사연을 알고, 한국을 증오하고 미워하게 된다면? 그것이 또 다른 갈등의 씨앗이 되는 건 아닐까? 그럼 나는 아픈 과거를 치유하기 위해 무엇을 할 수 있을까? 빗속을 달리며 생각에 생각이 꼬리를 물었지만, 결국 마지막에 드는 생각은 단 하나. 아주머니와의 약속을 언젠가 꼭 지키겠다는 다짐뿐이었다.

1997년부터 활동을 시작한 NGO 〈나와 우리〉는 한국군의 베트남전 참전 의미를 돌아보는 활동을 하고 있습니다. 베트남전에서 군인이 아닌 수많은 민간인이 한국군에게 학살당했다는 사실이 밝혀지고 있지만 여전히 베트남전에 대해 말하기를 꺼려하는 한국 사회에서, 〈나와 우리〉의 활동은 진실을 알리고 이를 바탕으로 평화를 일구는 소중한 움직임입니다. 한국군에 의한 민간인 학살이 있었던 지역에 위령비와 어린이 병원 등을 짓는 '베트남 사업', '시민과 함께 가는 답사' 를 비롯한 다양한 베트남 현지 답사, 베트남 청년들과 함께 기획하고 진행하는 '한–베 청년 평화캠프', 한국군에 의한 민간인 학살 피해를 입은 할머니, 할아버지 생활 지원 프로그램 등을 주로 진행하고 있습니다. 이런 활동들을 통해 베트남전에서 일어난 불행했던 과거와 정직하게 마주하고 이를 바탕으로 베트남 사람들과 화해하려는 노력을 해왔고, 2009년 12월부터는 대학로 '이음책방'과 베트남 평화 도서관 건립을 통해 책으로 평화로운 세상을 만드는 더 깊고 낮은 활동을 펼치고 있습니다.

end And

베트남 퐁니마을

한국군에게 학살당한 그분들을 위한
위령비로 가는 길…

Cambodia

02 여행자의 의심병을 치료해준 따뜻한 툭툭이 기사

어린 시절, 21세기 글로벌 사회에선 전 세계에 친구를 만들어야 한다는 말을 귀에 딱지가 앉도록 들어왔다. 그 '글로벌 콤플렉스'가 주입식 교육으로 세뇌된 덕분에 외국 친구를 사귀겠단 생각은 하고 있었지만, 정작 방법을 가르쳐준 사람은 없었다는 걸 첫 비행기가 이륙하고서야 깨달았다. 하지만 걱정과 달리 외국 친구를 사귀는 일은 무척 간단했다. 그냥 길을 걷기만 하면 되니까 말이다.

"헤이, 마이 프렌드. 하우 아 유?"

"마이 브라더, 유 프롬 재팬? 곤니치와?"

"아미고! 씨에씨에? 아리가토? 캄사합니다?"

일면식도 없으면서 다정하게 말을 거는 거리의 친구들. 피를 나눈 동생보다 더 반갑게 맞이해주는, 외국인 형제자매들. 멀미가 나게 들은 '글로벌'

이란 말을 따라 친구를 사귀리라 맘먹고 한국을 떠났건만, 정작 너무 많이 나타난 지인들 때문에 더 이상 '프렌드', '브라더' 같은 말은 접수조차 되지 않았다.

버스에서 만난 정체불명 캄보디아 아저씨

캄보디아에서 태국까지 육로로 이동하는 여정. 애초 계획엔 없었으나 '앙코르와트'는 꼭 가봐야 한다는 사람들의 말에 솔깃해서 급추진한 씨엠립으로의 버스 여행. 버스 맨 뒷좌석, 다리도 제대로 펼 수 없는 여덟 시간의 여정에도 생전 처음 보는 글로벌 프렌드는 어김없이 나타났다. 어느 나라 출신이냐, 결혼은 했나 등등 똑같은 레퍼토리에 앵무새처럼 수백 번 반복하면서 난 이미 버스 여행에 질리고 있었다. 거기다 에어컨에서 나오는 요상한 냄새와 꾸질꾸질한 시트의 불쾌한 감촉까지, 얼른 버스가 달려서 그 악몽 같은 시간이 끝나기만을 바랄 뿐이었다.

무조건 액셀을 밟아달라는 나의 바람과 달리, 기사님은 어느덧 세 번째 휴게소에 버스를 세웠다. 승객들이 화장실 갈 시간을 주기 위해 잠시 쉬는 거라고 했다. 하지만 버스 안에 요상하긴 하나, 그래도 사용할 수 있는 화장실이 버젓이 있었다. 그럼에도 자주 정차하는 건 휴게소 매상을 돕고 싶은 버스 기사와 그런 기사의 용돈을 챙겨주는 휴게소 사장님의 돈독한 이해관

정체불명의(?) 똘라 아저씨

계 때문이겠지?

"헬로 마이 프렌드, 하우 아 유?"

또 다른 글로벌 프렌드의 등장. 이번엔 버스 회사 직원이었다. 이미 지쳐 있던 나는 온 세상이 날 왕따 시켰으면 하는 못된 마음이 들 정도였다. 처음엔 일본말 하면서 못 알아듣는 척 자리를 피하려고 했다. 하지만 일어나는 것조차 귀찮았던 난 먼 산을 바라보며 건성건성 말을 받아주었다.

"씨엠립 가는 거니? 그럼 내가 일하는 게스트하우스 소개해줄까?"

씨엠립에 가는 버스니까 당연히 씨엠립 가는 거겠죠. 근데 아저씨, 좀 전에 버스 회사 직원이라고 하지 않았어요? 웃으며 보여주는 그의 신분증에는 버스 회사와 게스트하우스 이름이 함께 적혀 있었다. 아, 투잡을 하시는구나. 아니면, 회사에서 둘 다 운영하는 건가? 그러거나 말거나 내 관심사는 아니니까. 말을 더 섞으면 귀찮아질 것 같아서 이미 가려고 생각해둔 게스트하우스가 있다며 거절했다. 그럼 자기가 거기에 데려다줄 테니 가보고 별로면, 자기가 일하는 게스트하우스로 가자고 한다.

'쳇, 데려다주겠다는 말을 어떻게 믿고? 감사하지만 전 제가 알아서 가겠습니다요.'

그는 아무리 거절해도 계속 게스트하우스의 옵션까지 읊어대며 날 설득했다. 하지만 낯선 아저씨를 따라가면 안 된다는 유치원 시절의 배움을 떠올리며, 그의 호의를 모른 척해버렸다.

화장실 다녀오라던 기사님은 20분이나 지나서 버스에 시동을 걸었다. 다시 좁은 좌석에 갇혀야 한다는 사실에 짜증 섞인 표정으로 버스에 오르는데, 전화벨이 울렸다. 마침 캄보디아에 들어와 있던 선배가 짐을 맡겨둔 방이 있다며, 거기서 공짜로 묵으라고 했다. 더군다나 에어컨까지 있는 방을! 아니 이게 웬 횡재? 주소를 받아 적고, 연신 고맙다는 말을 하면서 전화를 끊었다. 근데 초행길인 씨엠립에 주소만 들고 방을 찾아가는 게 막막하기만 했다. 그래, 이럴 때 친구들의 도움을 받아야지! 버스에서 만난 나의 수많은 친구와 동료, 형제, 친지들에게 가는 길을 알려달라고 했다. 근데 이게 웬일? 선배가 알려준 주소를 아는 사람이 하나도 없었다. 그때 그 투잡 아저씨가 내게 다가왔다.

"내가 거길 알아. 툭툭이로 널 태워줄게."

"툭툭이요? 아저씨 툭툭이도 있어요?"

"응. 난 툭툭이 기사야."

'툭툭이'는 오토바이에 마차처럼 수레(?)를 연결한 택시로 동남아나 인도에서 흔히 볼 수 있는 교통수단이다. 근데 처음엔 버스 회사 직원이고, 게스트하우스에서도 일한다던 그가 이젠 툭툭이 기사란다. 심지어 부탁도 하지 않았는데, 공짜로 태워주겠다는 선심까지 썼다.

여행을 하다보면 사람에 대한 직감이란 게 생긴다. 친절한 미소와 나름 유창한 영어로 말을 먼저 걸고, 어디 가는지 물으며 선뜻 돕겠다고 하는 사람들! 필요 이상으로 말을 많이 시키면서 리액션도 좋고, 심지어 먼저 어깨나 등에 손을 올리는 사람들! 가방을 들어준다면서 나보단 내 지갑의 위치를 궁금해하는 사람들! 우린 친구니까, 네 돈도 내 돈처럼 함께 쓰자고 말하는 사람들! 웃으면서 끊임없이 말을 걸고, 심지어 툭툭이까지 공짜로 태워준다고 덤벼들 땐 100퍼센트다! 그는 분명 내 머릿속보다 가방 속에 관심이 있는 사람이다! 그런 사람에게는 딱 잘라서 말해야 한다!

나한테 관심 꺼!!

중증이 된 나의 의심병

…라고 말했어야 했다. 근데 정신을 차려보니 이미 난 그의 툭툭이에 올라 있었다. 커다란 배낭을 품에 꼬옥 안고서.

진심으로 타기 싫었다. 타지 않으려 했다. 정중히 거절도 해보고, 거짓말로 핑곗거리도 꾸며보았다. 근데 냉정하게 거절하지 못하는 내 성격이 문제였다. 더군다나 버스 안 수많은 나의 친구들이 공짜라 좋겠다고 말하는데, 그들에게 남의 성의를 무시하는 못된 한국인의 이미지를 주는 게 두려웠다. 그래서 나도 모르게 그의 손에 이끌려 툭툭이를 타게 된 것이다.

처음엔 될 대로 되라는 마음이었다. 근데 시동이 걸리고 툭툭이가 털털거리며 움직이자, 불안해진 내 맘도 덜덜 떨리기 시작했다. 빵빵거리며 거리를 질주하는 그의 검은 등에서 강도의 살기마저 느껴지는 듯했다. 불과 몇 분 전까지 눈도 안 마주치며 그를 무시했지만, 이젠 살아야겠다는 본능에 내가 먼저 그에게 말을 걸고 있었다.

똘라. 나의 용의선상에 오른 그의 이름은 만일을 대비해서 꼭 기억하고 있어야 했다. 자연스럽게 그와의 대화를 이어가며 그의 신상을 파혜쳤다. 자식이 둘이나 있는 가장이란 말에 자식 얘기만 계속 물었다. 혹시나 나쁜 마음을 먹었더라도 아들, 딸 생각해서 마음 고쳐먹길 바라는 간절한 마음으로. 그런 내 맘을 아는지 모르는지 툭툭이는 이름처럼 툭툭 튀면서 어디론가 달려가고 있었다. 첨엔 좌회전, 우회전도 외우려고 해봤다. 하지만 점점 어두워지는 거리에서 방향감각조차 사라져버렸다. 점점 불안해지는 내 마음처럼 쿵쾅대는 심장 소리는 커져만 갔고, 가식적인 나의 리액션과 말소리도 점점 경박스러워졌다. 대체 어디까지 가려는 건지. 여차하면 뛰어내려야겠다는 마음까지 들 때쯤, 갑자기 골목으로 꺾어 들어갔다. 그러더니 갑자기 멈춰버린 툭툭이. 간판도 가로등도 없는 공사 중인 건물 앞 흙더미엔 삽자루만 쌓여 있었다.

'2년 넘게 준비한 여행, 세계일주는커녕 시작하자마자 끝나는구나. 이제 겨우 내 나이 스물다섯, 한창 아름다울 나이에 공사판에서 이렇게 하직하게 되다니. 불효하는 못난 아들을 용서하세요. 부디 내가 없어도, 모두들 행복하게 잘 사시길.'

시동을 끈 그가 내게 천천히 다가왔다. 심호흡을 하며 마음의 준비를 하고 있었다. 내 앞에 선 그는 안고 있던 배낭을 빼앗았다.

'그래, 가방 먼저 가져가는구나. 곧 일당들이 나타나겠지?'

배낭을 메고 공사 중인 건물로 가더니 띵동!

'역시 일당을 부르러 간 건가? 강도치곤 벨소리 취향이 섬세하네. 어쩌지, 지금이라도 그냥 도망칠까?'

여차하면 뛸 생각에 툭툭이에서 한 발 내려놓고 상황을 주시하던 그때, 문이 열리더니 한 여자가 나타났다. 잠시 대화를 나누더니, 그가 돌아보며 내게 외쳤다.

"여기가 맞대! 제대로 도착했어!"

그랬다. 한창 작업 중인 그 공사장이 바로 선배가 말한 숙소였다. 무려 에어컨도 있다고 해서 잔뜩 기대했건만, 알고 봤더니 그 숙소는 아직 한창 건설 중인 건물이었다. 긴가민가 싶어서 천천히 다가가 물어봤더니, 주소지의 그곳이 확실히 맞단다. 살았구나 하는 생각에 나도 모르게 안도의 한숨을 휴우. 그사이 그는 방을 물어보더니 내 배낭을 들고 이동하고 있었다. 순간 방이 노출되면 또 다른 범죄의 타깃이 될지도 모른다는 생각이 불현듯 스쳤다. 부리나케 쫓아가서 배낭을 뺏듯이 건네받고, 감사하단 말만 계속 반복하며 그를 툭툭이 쪽으로 밀어붙이기 시작했다. 살짝 당황하던 그는 혹시 필요한 일 있으면 연락하라며 전화번호가 적힌 메모지를 줬다. 그걸 주머니에 대충 구겨 넣고, 얼른 그를 툭툭이에 태워 보내버렸다. 그리고 툭툭이가 골목 밖 모퉁이로 사라질 때까지 지켜보고 나서야 방에 들어와 문을 걸어 잠갔다.

'살았어, 운이 좋았구나, 근데 스멀스멀 밀려오는 이 미안함은 뭐지?'

생각해보니 돈 한 푼 안 받고 밤길을 달려 날 데려다준 고마운 분이었다. 그런 사람을 내가 강도로 착각한 건가? 집만 떠나면 발병하는 나의 '의심병'. 그래도 마음 한편으론 위험했을지도 모르는 상황이었다며 잘 처신한 거라는 소리가 들려왔다. 아직도 의심이 가시지 않았던 나는 고장 난 샤워기의 찬물로 샤워를 하며 마음을 달랬다. 거기다 기분 전환용으로 맥주 한 캔까지 충전했지만, 찜찜한 기분은 사라지질 않았다. 결국 고민 끝에 용기를 내서 주머니에 구겨둔 메모지를 꺼내 들었다.

"똘라, 아까 태워주신 꼬레(한국인)인데요."

"꼬레? 왜? 오늘 밤에 맥주 한잔하려고?"

아까 겁먹고 친한 척이라도 하려고 맥주 쏘겠다며 막 던진 말을 그는 기억하고 있었다. 순간 다시 엄습해오는 무서운 불안감. 오밤중에 날 불러놓고 어딜 데려가려고? 방금 전까지 그렇게 미안해 해놓고는 의심이 다시 불타오르기 시작했다. 그래도 미안한 건 미안한 거니까, 뭔가 도움이 되어야겠다는 생각에 맥주를 사양하며 대신 다음날 앙코르와트에 태워다줄 수 있느냐고 물었다.

"그래? 원래 12달러인데, 너는 10달러에 해줄게."

　15달러면 툭툭이 타고 갈 수 있다며 흥정 잘해보라던 선배의 말이 생각 났다. 근데 흥정도 안하고 10달러로 알아서 깎아준다니. 혹시 싸게 해준다 고 약속하고 바가지 씌울 속셈 아냐? 미안함과 감사함은 온데간데없고, 또 다시 바가지 걱정하며 그의 친절을 의심하고 있었다. 간사한 사람의 마음, 이러려고 수화기를 든 게 아닌데….

앙코르와트에서 밝혀진 무한변신 아저씨의 정체

　다음 날 아침, 30분이나 일찍 도착한 똘라 아저씨의 툭툭이를 발견하고 기겁했다. 억지웃음을 지으며 잠시 기다리라고 해놓고, 방으로 돌아와 부 랴부랴 짐을 다시 챙기기 시작했다. 일단 비상금을 방 안과 가방 곳곳에 재 배치하고, 여권과 각종 카드를 복대에 챙겼다. 카드 번호와 보험사 전화번 호가 적힌 메모지를 지갑에 넣고, 양말과 벨트 안감에 달러를 숨기는 완전 무장을 끝내고서야 방을 나설 수 있었다. 이건 뭐 배낭여행이 아니라 거의 007 첩보 수준!!

　불안해하는 내 마음도 모르고 툭툭이는 신나게 달려, 드디어 세계 불가 사의 중 하나인 앙코르와트에 도착했다. 아침 햇살에 빛나던 웅장하고 장 엄한 앙코르와트는 소심한 경상도 촌놈을 압도시키기에 충분했다. 입구에 서부터 느껴지는 천년 고도의 기운. 오전 내내 정신없이 앙코르와트를 구

경하고 점심시간엔 잠시 그곳을 빠져나와 씨엠립에 있는 〈JSC〉라는 곳을
방문했다.

친구의 소개로 찾아간 그곳에선 '집속폭탄(Cluster Bomb)' 반대 캠페인
이 한창이었다. 집속폭탄은 폭탄 하나에 축구공 크기의 수십 개의 작은 폭
탄이 들어 있는 것을 말한다. 수십 년 전, 미군이 캄보디아 전역에 투하하고
갔다는데, 남아 있는 오발탄이 현재까지도 사고를 일으켜 사람들이 피해를
입고 있었다. 민간인 피해 사례 때문에 세계적으로 많은 국가에서 폐기하
고 있다는 집속폭탄. 하지만 안타깝게도 아직도 그 폭탄을 사용 중인 국가

리스트에 'South Korea'라는 낯익은 글자를 찾을 수 있었다. 집속폭탄 때문에 장애로 고생하시는 분들을 위해 여행 경비 중 일부를 캠페인에 후원하고 여행하는 동안 캠페인 티셔츠를 입고 다니며 집속폭탄 반대의 뜻을 함께하기로 약속했다.

이야기를 끝내고 사무실을 나서니 똘라 아저씨가 시간에 맞춰 날 데리러 와 있었다. 웃으며 내게 인사를 건네는 그를 보고 나도 웃으며 인사했다. 잠깐 못 본 건데 뭔가 모르게 반가운 기분은 왜일까? 미운 정도 정이라더니, 의심 정이라도 든 건가?

오후엔 태양이 내리쬐는 거대한 앙코르와트를 땀을 삐질삐질 흘리며 열심히 돌아다녔다. 생각했던 것보다 규모가 너무 커서 중요한 부분만 골라서 열심히 구경해야 했다. 관광하는 것도 NGO다니며 일하는 것 못지않게 힘든 거란 걸 그때 처음 알았다. 낯익은 '○○투어' 깃발을 열심히 따라다니는 단체관광객들이 존경스럽게 보일 정도였다. 똘라 아저씨의 도움을 받아 주요 부분만 열심히 돌고 나자, 시계는 벌써 다섯 시를 가리키고 있었다. 시원한 맥주 한잔이 그리울 시간!

맥주 한잔 사겠다고 질렀던 어제의 약속이 떠올랐다. 혼자 마시기도 뭣해서 아저씨에게 물었더니, 두 캔 사주면 마시겠단다. 툭툭이 값은 알아서 깎아주면서, 맥주는 두 배로 부르는 센스! 그래도 기분 좋게 사겠다고 했더니, 신이 난 아저씨는 자갈 가득한 비포장 길을 추월까지 하면서 막 달리셨다. 덕분에 내 엉덩이는 멍투성이가 되어 떨어져나갈 뻔했지만.

차가운 맥주를 사들고 앙코르와트 정문 앞 다리에 나란히 걸터앉았다.

흐린 날씨에 노을은 볼 수 없었지만, 천년 고도의 기운을 안주 삼아 마시는 맥주 맛은 기가 막혔다.

한 모금, 두 모금 마시는 동안 우리는 웃기만 했다. 사실 무슨 이야기라도 꺼내고 싶었지만, 똘라 아저씨에 대해 아는 게 하나도 없었다. 전날 이것저것 물어보기는 했었다. 하지만 그건 알기 위해서가 아니라 살기 위해서 물어본 거였다. 그러니 질문 던지는 데만 급급해서 아저씨의 답은 귀담아 들은 게 하나도 없었다. 그걸 다시 물어보는 게 이상하게 보일 것 같단 생각에 그냥 잠자코 있었다. 하지만 어색함을 못 버티는 성격상 결국 아저씨에게 같은 질문을 쏟아내고 말았다. 다행히 성격 좋은 이 아저씨, 호탕하게 웃으며 이야기보따리를 펼치기 시작했다.

가난한 시골에서 누나들만 있는 집에 막내아들로 태어난 그는 고등학교 때 조금 배운 영어만 믿고 씨엠립의 어느 호텔에 취직했다고 했다. 그때 호텔 리셉션에서 일하던 아가씨와 눈이 맞아 결혼해 두 아이 낳고 살고 있다고. 빠듯한 살림을 하소연하던 아저씨.

"아저씨, 직업이 세 개잖아요. 버스 회사에, 게스트하우스에, 툭툭이 기사까지, 그럼 많이 벌지 않아요?"

"아, 버스 회사랑 게스트하우스는 그냥 나가. 툭툭이 손님 모으려고."

툭툭이 손님이 없는 날엔 버스에 오른단다. 돈도 받지 않고 버스 회사의 일을 도와주고, 버스에서 만난 손님들을 게스트하우스에 소개시켜 주기도 한다고 했다. 그것 또한 무보수로 하는데, 대신 그 사람들을 툭툭이 손님으로 모셔서 돈을 벌고 있다고. 결국 툭툭이 고객을 유치하기 위해서 버스도 타고, 게스트하우스 일도 하는 셈이었다.

한 가정의 성실한 가장을 강도로 의심했다는 죄책감이 가슴을 쿡쿡 찔렀다. 그래도 티는 못 내고 진지한 표정으로 고개만 끄덕이는데, 갑자기 아저씨가 웃음을 터뜨렸다. 그러더니 넌 뭐하는 사람인데 캄보디아에 그렇게 관심이 많으냐고 물었다.

사실 전날 버스에서, 매번 반복되는 레퍼토리를 바꿔보고자 조금 색다른 대화를 시도했었다. 마침 옆자리엔 캄보디아판 수능 감독을 마치고 집으로 돌아가는 고등학교 선생님 한 분이 계셨다. 그래서 선생님과 캄보디아 입시 교육에서부터 대학 등록금에 무상 급식까지 나름 열띤 토론을 벌였었다. 똘라 아저씨는 그 모습이 신기했단다. 보통 외국인들은 고작해야 앙코르와트 가는 길이나 묻는데 캄보디아에 관심을 가져주는 그 모습이 고마웠다고. 그래서 날 찜해서 공짜로 태워주기로 마음먹은 거란다.

가슴팍에 못 하나가 날아와서 꽂히는 걸 느꼈다. 무고한 사람을 강도로 몰아버린 참을 수 없는 죄책감. 의심이 가득했던 대역 죄인은 당장 무릎을 꿇고 사죄해야 했지만, 차마 사실대로 말할 용기조차 없어 맥주만 한 캔 더 권했다. 은혜를 범죄자 누명으로 갚으려 했다니. 자꾸 도지는 여행자의 의심병이 그저 원망스러울 뿐이었다.

후두둑. 갑자기 하늘에서 소나기가 쏟아졌고, 우린 마시던 맥주를 들고 비를 피해 툭툭이로 뛰었다. 근데 우리 툭툭이엔 이미 손님들이 가득한 게 아닌가?

길에서 엽서 파는 꼬마, 옥수수 파는 소녀 할 것 없이 전부 비를 피해 툭툭이에 자리를 잡고 있었다. 내가 한국 사람인 걸 안 아이들은 시키지도 않았는데, 포미닛과 샤이니 노래를 부르기 시작했다. 세상에, 한류가 앙코르 와트의 옥수수 소녀에게까지 전해지다니. 그때 한 아이가 대뜸 비스트를 아느냐고 묻는다.

"엇, 비스트? 나 거기 두준이랑 같이 아프리카 가서 방송도 하고 우물도 팠었는데."

"그래요? 그럼 난 오바마 아들이에요."

콩알만 한 녀석이 표정 하나 안 바뀌고 맞받아친다. 진짠데 하아, 이걸 뭐라 말로 표현할 수도 없고. 어린 나이에 관광객들을 상대하다보니 벌써 세상 물이 든 걸까?

그래도 아이들은 아이들이었다. 비가 길어지니 팔던 옥수수를 같이 나눠먹고, 바로 앞 가게에서 50센트에 사서 1달러에 판다는 엽서의 비밀을 알려준 소녀는 내게 엽서 세트를 공짜로 주기까지 했다. 거리에서 달라붙

을 때는 귀찮고 성가시던 아이들의 순박한 모습을 보며 가슴에 온기가 돌
았다. 좁은 툭툭이에 둘러앉아 훈훈하게 해주던 꼬마 친구들. 비가 그치자
집에 가야 한다며 하나 둘 툭툭이를 떠나갔다. '잘생긴 오빠~ 안녕!'이란
유창한 한국어 한마디만 남겨놓고.

"저기, 괜찮으면 우리 집에 가서 저녁 식사 같이 할래?"

"식사요? 근데 집에 가도 괜찮아요?"

"응. 이럴 줄 알았으면 뱀이라도 한 마리 잡아두는 건데 말이야."

강도로 의심할 땐 언제고 이제와 덥석 아저씨의 초대에 응하는 나의 뻔
뻔함이란. 근데, 뱀? 멀리서 사위 왔다고 씨암탉 잡는 거랑 비슷한 건가? 잘
못 먹었다가 독이 퍼지기라도 하면 어쩌려고? 겉으론 아저씨처럼 아쉬운
표정을 짓고 있었지만, 이젠 그의 뱀요리 실력까지 의심하며 천만다행이란
생각을 하고 있었다.

툴툴거리며 달려간 아저씨 집엔 한 층에 방이 여섯 개 있었다. 그중 그의
방은, 아니 정확히 말하자면 그의 집은 일층 첫 번째. 한국의 대학가에 있는
작은 원룸 크기였다. 흐릿한 전구, 색 바랜 벽지와 곳곳에 구멍 난 장판에
끈적끈적한 더위가 함께하는 이 집의 월세는 30달러. 화장실도 공용으로
사용하는 이 작은 집에서 똘라 아저씨는 아이 둘을 데리고 부인과 함께 살
고 있었다.

갑자기 들이닥친 꼬레를 반겨주던 아주머니는 7개월 된 아들 썹차이를
안고 방 안에서 휴대용 버너로 밥을 하셨다. 그사이 여섯 살짜리 장난꾸러
기 딸, 띠따와 난 카메라를 들고 더운 방에서 셀카 놀이에 열중했고, 우리가

단란하고 행복한 똘라 아저씨 가족

땀을 뻘뻘 흘리는 사이 식사가 완성되었다.

혼자 지구를 떠도는 나그네에게 저녁 초대는 정말 가뭄의 단비와 같이 느껴진다. 근데 불과 하루 전에 만난 친구가 저녁에 초대해주다니, 더군다나 내내 의심만 했던 사람인데 날 믿고 불러주었다는 생각에 혼자 괜히 뭉클해졌다. 비록 상도 없이 장판에 놓인 반찬 몇 개가 전부인 소박한 밥상이었지만, 내겐 그 어떤 만찬보다 행복하고 풍족했다. 내내 유쾌한 대화가 이어지던 식사 시간. 근데 띠따는 계란 프라이만 뚫어져라 보고 있었고, 그제야 나 빼곤 계란 프라이에 손을 대는 사람이 없다는 걸 깨달았다. 어려운 살림에 손님 왔다고 큰맘 먹고 사다 구운 건가? 크게 한 조각 잘라서 띠따 입에 넣어주었다. 작은 입에 가득 넣고 좋아하던 그 모습. 남은 계란도 세 조각으로 나눴다. 그리고 손사래 치며 거절하는 똘라 아저씨, 아줌마에게 한 조각씩 주고, 아직도 입을 오물거리면서도 계란이 다 사라질까봐 눈을 떼지 못하는 띠따에게 한 입 더 넣어주었다. 입안 가득이면서 또 먹겠다고 낑낑대는 모습이 얼마나 귀여운지. 그 모습에 다들 행복한 웃음이 터져 나왔다. 뱀요리도 부럽지 않은, 행복한 저녁 식사. 단란하고 행복한 똘라 아저씨 가족을 보며 생전 처음으로 가정을 꾸리고 싶단 생각을 했다. 물론 배낭 하나에 의지해서 혼자 세계를 여행하는 지금 나에겐 너무 장대한 꿈이지만.

다음 날엔 숙소로 선배들이 돌아오고, 아저씨도 기사 일로 바빠서 만나지 못했다. 하지만 다음 날 내가 떠나는 걸 잊지 않은 똘라 아저씨는 퇴근길에 숙소로 찾아왔다.

"다음에 꼭 다시 와. 그땐 뱀고기를 먹자고."

"당연하죠. 맥주는 제가 박스로 사갈게요."

한국에서 가져온 기념품을 아이들 선물로 건네자, 환하게 웃으며 좋아하던 아저씨의 모습에 마음이 따뜻하면서 아프기도 했다. 의심만 하다가 이제야 정들었는데 헤어져야 하다니. 미안했던 마음 때문일까. 사라지는 아저씨의 툭툭이를 보는데 갑자기 울컥했다. 오해해서 미안하다고 한마디 말도 못했는데, 따뜻한 밥 한 끼로 내 의심병을 치료해준 똘라 아저씨.

여행이란 그런 것 같다. 우연히 만난 인연과 마음을 나누고, 정을 나누고 친구를 사귀는 것 말이다. 단순히 유명한 곳 찾아다니면서 셔터부터 눌러대는 '관광'과는 다른, 분명 여행으로만 느낄 수 있는 그 소중한 추억. 다른 곳에 사는 누군가를 만나 서로를 이해하게 되는 것만으로도 충분히 여행은 의미가 있는 것이 아닐까? 굳이 착한 일을 하지 않아도, 사람을 의심하지 않고 진심을 진심으로 받아들이는 것만으로 충분히 '착한 여행'을 하는 거란 생각이 들었다. 아마 학창 시절 글로벌하게 친구를 사귀라던 선생님의 말씀에도 이런 뜻이 담겨 있었겠지?

착한 사람들과 함께하는 착한 여행, 그게 아름다운 사회를 꿈꾸는 공정 여행의 또 다른 모습이 아닐까? 사라지는 똘라 아저씨의 툭툭이를 바라보며, 남은 여행에서 만날 글로벌 프렌드들과 착한 마음으로 함께하겠단 다짐을 새기고 또 새겼다.

친구와 띠따의 인증샷! :)

카사블랑카의 아름다움에 마냥 젖어 있던
내게 캄보디아에서 메일이 왔다.
안부를 물으며, 경제적으로 너무 힘들다는 소식을 전하는 똘라 아저씨.
앙코르와트에 가는 친구라도 있으면 소개시켜주고 싶었건만,
지구를 떠돌던 내가 해줄 수 있는 건 힘내라는 한마디뿐.

그러던 어느 날,
세계일주를 떠난다는 한 친구를 페이스북으로 우연히 알게 되었다.
그리고 그 친구가 캄보디아에 닿았다고 소식을 전해왔을 때,
똘라 아저씨의 툭툭이가 머릿속에 퍼뜩 떠올랐다.
곧바로 나는 캄보디아에 전화를 걸었고,
다음 날 오후,
두 사람이 씨엠립에서 만났다는 반가운 소식을 들을 수 있었다.

아저씨의 딸, 띠따에게 선물을 전해달라는 부탁에,
똘라 아저씨네 가족 나들이를 따라갔던 그 친구는 띠따가 직접 고른 인형을
선물로 주었다며 인증샷을 보내왔다.

페이스북으로 만난 반가운 얼굴.
여행은 인연에 인연을 엮어, 사람의 마음을 따사로이 적신다.

Cambodia
Phnom Penh

03 캄보디아의 미래를 달리는 휠체어 디자이너

벌써 세 번째, 이번엔 반짝이는 핑크색으로 손톱이 물들어간다. 어릴 때 외갓집에서 봉숭아물을 들인 이후로 10년 넘게 순결을 지켜오던 손톱인데…. 그나마 이발 수업에 끌려가지 않은 것이 다행이었다. 하마터면 레게 머리를 목표로 기르던 머리카락과 작별하고, 캄보디아 최신 스타일로 변신할 뻔했으니. 혼자 이렇게 안도의 한숨을 내쉬는 순간에도 내 손톱을 꽃단장시키던 학생은 아세톤으로 핑크색을 지우고 다음 색깔을 고민하고 있었다. 아, 알록달록 변해가는 손톱이 부끄러워 발톱까지 오그라들 것 같아…. 그래도 이렇게나마 도움을 줄 수 있어 다행이란 생각에, 억지로 웃어가며 다른 매니큐어 색을 함께 고르기 시작했다.

"거기 가도 딱히 할 일은 없을 텐데요."

〈반티에이 쁘리업Banteay Prieb〉에 가고 싶다는 내게, 그곳을 소개해준 어느 작가님의 첫 마디였다. 그래도 가면 뭐든 할 수 있겠지 싶었지만 막상 가보니 정말 할 수 있는 일이 없었다. 그나마 농장에서 키우는 돼지 똥이라도 치우려 했더니, 하필 내가 지내는 동안 전염병이 돌 게 뭐람.

〈반티에이 쁘리업〉은 캄보디아 칸달주에 있는, 장애를 가진 사람들을 위한 직업학교다. 주로 전자나 목공예 등 여러 기술을 가르치는데, 나는 기술이 없으니 메이크업을 배우는 학생들을 위해 손톱만 기증할 수밖에 없었다. 내 손톱을 보고 좋아하는 학생들을 보면서 덩달아 기분은 좋아졌지만, 왜 사람들 앞에선 얼굴 붉히며 버릇없이 주먹을 꽉 지게 되는 건지…….

메이크업 수업이 없던 다음 날도 딱히 할 일이 없어 여전히 주먹만 꽉 쥐고 수업을 구경하러 학교 구석구석을 기웃거리고 있었다. 그러다 어느 창고에서 휠체어를 보고 나도 모르게 걸음을 멈췄다.

양쪽 바퀴의 앞에 손잡이가 달린 바퀴가 또 달린 세발 휠체어. 생전 처음 보는 신기한 휠체어였다. 호기심에 그만 허락도 없이 들어가 신기한 그 휠체어를 한참 뚫어져라 보고 있노라니, 뒤에서 누가 조용히 인사를 건넸다. 굳게 다문 입술에 검은 안경, 그리고 딱딱한 목소리까지. 그게 소반 아저씨의 첫인상이었다.

바로 그곳은 〈메콩휠체어〉, 학교에서 운영하는 휠체어 제작소로, 그곳에서 휠체어를 제작해 캄보디아 전역에 '기부' 형태로 보낸다고 했다. 내게 인사를 건넨 소반 아저씨는 제작소의 매니저. 유창한 영어 솜씨로 인사를 건네던 그는 형식적인 말투로 내게 휠체어에 관심이 있는지 물었다. 캄보디아에 가기 불과 두 달 전까지만 해도, 나는 노인요양원에서 일하는 공익근무요원이었다. 그곳에서 2년간 일하며 휠체어를 항상 접했다고 대답했다. 그렇게 말하면서 아저씨를 보는데, 그 눈빛이 뭔가 부족하다고 말하는 것만 같았다. 왠지 굉장히 관심이 많은 분야라고, 항상 궁금했었다고 말해야 할 것 같은 압박이랄까? 그래서 묻지도 않았는데 덧붙이기 시작했다. 2년간 일하면서 휠체어를 항상 닦아왔고, 바퀴 바람도 많이 넣어봤고, 수리도 한… 적은 없지만 하는 걸 많이 봐서 한 거나 다름없다고. 그렇지만 '세상에' 이런 세발 휠체어는 처음 보며 직접 설계하신 거냐고 놀라는 표정으로 묻기까지 했다.

소반 아저씨는 대답에 흡족한 정도가 아니라 휠체어에 대한 지대한 관심에 감동까지 받은 듯했다. 그러더니 원리를 알려주겠다며 날 앉혀놓고 찬찬히 휠체어에 대해 설명을 하기 시작했다. 역시, 첫인상이 틀리지 않았다. 바퀴의 작은 기능부터 의학 서적을 펴서 물리치료 효과까지 이야기하던 그는, 한마디로 고지식했다. 덤덤하고 차분하며 진지한 그의 설명은 끊임없이 내게 하품을 권했고, 하품의 주기가 짧아져도 굴하지 않는 그의 꾸준함에 내 눈은 감동의 눈물까지 머금었다. 두꺼운 돋보기 안경을 쓰고, 항상 같은 톤으로 고전 시조를 읽어주던 국어 선생님이 겹쳐지기 시작했다.

몰래 허벅지를 꼬집어가며 열심히 고개까지 끄덕였지만, 두꺼운 안경 너머로 보이는 그의 눈빛은 날 점점 REM 수면 상태로 데려갔다. 끊임없이 귓가에 울리는 휠체어 소리. 이러다 휠체어가 내가 되고, 내가 휠체어가 되는 '휠아일체'의 경지에 오를 것 같다고나 할까? 안 돼! 더 빠져들기 전에 어떻게든 최면을 멈춰야만 해!

"아저씨!!! 아, 그러니까, 그… 영… 영어는 어디서 배우신 거세요?"

"응? 영어? 그 사연은 하루 종일 들어야 할 텐데 괜찮아요?"

맙소사, 하루 종일이라니! 잠깐 버티는 것도 힘든데, 하루 내내 잠드는 주문을 듣고 있어야 한다니! 웃으며 아저씨 얼굴을 빤히 보고 있었지만, 마음속은 이미 사이렌이 울리며 계엄령이 내려진 상황! 속에선 딱 잘라 거절하라며 난리가 났는데, 무슨 이유인지 그 숨은 사연을 알고 싶단 호기심이 모락모락 피어나고 있었다. 그래서 그냥 질러버렸다. 영어를 어떻게 배우셨는지 알고 싶다고. 강남 어느 학원, 아니 캄보디아 어느 동네에서 그렇게 영어를 잘 가르치는지 궁금하다고.

갑자기 폭발한 내 호기심에 처음으로 웃어 보이던 소반 아저씨는 흔쾌히 이야기 해주겠다며 점심 먹고 오후에 다시 오라고 했다. 감사하단 말과 함께 일어나려는 순간, 아저씨는 차분한 말투로 휠체어 강의를 그대로 이어가기 시작했다. 맙소사. 아직도 끝난 게 아니었어. 나 역시도 규칙적으로 고개를 끄덕이고, 간간히 '아~' 소리까진 내면서 방청객 역할에 열중했지만, 맘속으론 이미 오후의 약속을 걱정하고 있었다. 아니 솔직히 말하면 어떻게든 약속을 깨고 도망칠 방법을 궁리하고 있었다. 손톱, 발톱까지 다 뽑아들고 매니큐어 자율학습이라도 하자고 할까? 아님 동네 밭에 돌아다니면서 일거리라도 구걸할까? 점심 많이 먹고 체해서 아프다고 뻗어버려?

내가 그러거나 말거나 여전히 아저씨는 휠체어 삼매경에 빠져 있었고, 나도 겉으론 방청객처럼 리액션을 하고 있었지만 이미 웃어도 웃는 게 아니었다.

킬링필드를 피해 넘은 국경,
유년기를 삼킨 난민의 삶

휠체어 제작소를 탈출(?)한 후 갖은 방법을 강구해보았지만, 오후에 내가 할 수 있는 일은 없었다. 혹시나 하는 마음으로 점심을 두 그릇이나 급하게 비웠지만, 눈치 없는 위장은 잘 소화해냈다. 심지어 낮잠까지 푹 자서, 정신까지 말똥말똥해진 상황. '그래, 어떻게든 되겠지!'란 생각으로 다시 소반 아저씨를 찾아갔다. 비장한 마음으로 들어선 〈메콩휠체어〉. 아저씨와 눈이 마주치는 순간, 괜히 왔다는 후회도 했지만 이미 돌리기엔 너무 늦었다. 심호흡 한 번 크게 하고, 그의 최면과 같은 목소리를 다시 청할 수밖에.

"자 그래서, 영어는 어디서 어떻게 배우셨죠?"

"태국 난민 캠프에 있을 때 배웠어요. 나 원래 난민이었거든요."

응? 내가 상상한 답은 대학에서 영어를 전공했다거나, 어릴 때 외국인과 같은 집에 살았다는 정도였다. 근데 아저씨가 집도 절도 없는 난민이었다고? 생존이 급박한 난민이 어떻게 유창한 영어를 배울 수 있단 말이지?

난민. 난민을 거의 받아들이지 않는 한국에서 '난민'이란 단어는 생소하다. 한국 사회에서 난민이라고 하면, 아프리카 내전에 고통받는 사람들 아니면 쓰나미 피해로 집을 잃은 사람들 정도? 나도 여행 전엔 난민에 관심이 없었다. 그러다, 응언 누나를 통해 알게 된 베트남의 어느 활동가가 태국 치앙마이 근처에 버마(영국에서 독립한 버마는 처음 국호를 '버마연방'이라고 정했다. 그러나 군사정권이 쿠데타로 정권을 잡으면서 이름을 강제적으로 '미얀마'로 고쳤다. 군사정권의 통치를 인정하지 않는 의미에서 아직도 많은 나라들이 미얀마를 '버마'라는 이름으로 표기하고 있다)에서 나온 사람들이 사는 난민 캠프가 있다는 이야기를 해주었다. 그걸 알고 난민 캠프에 방문하고 싶어서 태국에 있는 지인을 통해 여러 방법을 찾던 중이었다. 그런데 이 아저씨가

바로 난민이었다니! 오후 내내 들어야 할 거라던 아저씨의 스토리엔 진심을 다해 들어야 할 무언가가 있다는 확신이 생겼다.

열네 살 때라고 했다. 목숨을 걸고 국경을 넘어 도망쳤을 때가. 그 당시 캄보디아엔 '개혁'이란 이름으로 학살을 서슴지 않았던 폴포트 정권이 있었다. 폴포트는 원리주의 공산주의에 따라 강제적인 농업화 정책을 펼치면서, 지주, 자본주의자 및 반대파 200여만 명을 고문하고 학살했다. 그때의 학살을 '킬링필드'라고 부르는데, 캄보디아 곳곳엔 킬링필드 학살 피해자들의 유골로 채워진 위령탑이 새워져 있다. 학살을 피해 열 살부터 숲에 숨어 살기 시작했던 '소년' 소반. 폴포트를 피해 가족들이 뿔뿔이 흩어졌다. 그러다 발각된 소반은 군대에 끌려갈 위기에 놓이자, 친구들과 함께 국경을 넘어 태국으로 달아났다. 그렇게 소년 소반은 난민 생활을 시작하게 되었다.

아저씨는 난민 캠프에 가자마자, 벨기에 봉사자들이 세운 학교에 가서 죽어라 영어를 배웠다고 했다. 처음엔 다른 난민들처럼 미국이나 싱가포르에 이민을 갈 생각이었다고. 상상이 되질 않았다. 그때까지만 해도 내 머릿속 난민 캠프의 이미지는 수백 개의 텐트에 사람들이 잠을 자고, 헬기가 구호물자를 떨어뜨리고 가는 곳이었으니까. 그런 곳에서 영어를 죽어라 배웠다고? 하루하루 '생존'을 걱정하며 영어를 배우기에 열네 살은 너무 어린 나이가 아닌가. 그 나이에 나는 밤늦도록 게임방에서 놀다 엄마한테 혼나고, 레고 장난감이나 사달라고 조르던 철없는 어린아이였는데. 더군다나 중학교에 들어갈 땐 겨우 영어 알파벳만 읽을 줄 알았다고. 근데 그 어린아이가 가족도 없는 난민 캠프에서 살기 위해 영어를 배워야 했다니.

살아야 한다는 독한 마음으로 영어 공부를 하던 소년은 우연히 난민 캠프 내 병원에서 일을 시작하게 되었다. 내과, 소아과를 거쳐서 한센병 환자들을 돌보는 일을 하게 되었다며 병원 이야기를 이어갈 때쯤, 아저씨의 눈에선 빛이 나기 시작했다. 굳은 얼굴도 상기되고, 오전 내내 딱딱했던 목소리도 한 톤 높아지고, 말소리까지 빨라졌다. 신나는 듯 흥분된 아저씨의 표정. 나는 지옥 같은 난민 생활에서 한줄기 빛을 찾았던, 소년 소반의 모습을 보고 있었다.

"거기서 공부해 물리치료사가 되었어요. 직업도 가졌고 이젠 살 수 있겠다 싶었죠."

물리치료사가 된 소년 소반은 캠프 내 병원에서 일하면서 언젠가 고국으로 돌아갈 수 있을 거란 기대를 했단다. 그래서 유창한 영어 실력에도 불구하고 다른 나라에서 살 생각을 버리고, 난민 캠프에 계속 남아 일을 했다. 휠체어 설명을 하면서 의학 서적을 펼쳐 보이던 것도 그 시절 물리치료사의 경험 덕분이란다. 근데 지금은 왜 휠체어를 만들고 있는 걸까?

"몇 년 지나 자리를 잡아갈 때쯤, 병원을 운영하던 〈HIB〉라는 벨기에 단체가 상황이 안 좋아져서 갑자기 철수를 하게 되었어요. 덕분에 나도 하루아침에 직장을 잃었죠."

'킬링필드'가 된 캄보디아에서 탈출해 난민이 된 소년 소반은 물리치료사가 되면서 혹시 모를 귀국길을 기대했다. 하지만 몇 년 뒤 '청년' 소반은 다시 한번 '생존'을 고민할 수밖에 없는 상황에 놓였다. 또다시 절망으로 떨어진 소반. 그는 결국 귀국의 꿈을 버리고 먹고살기 위해서 방콕으로 떠났다.

아는 사람 하나 없는 방콕으로 초행길. 당시 캄보디아인에 대한 차별이 심했던 태국에서 학위도 없는 물리치료사 경력을 인정해줄 사람은 아무도 없었다. 그는 어렵사리 타이어 공장에 취직했고, 기술을 배워서 방콕에 정착하겠단 생각을 하게 되었다.

살겠단 의지 하나만으로 기계처럼 돈만 벌던 방콕 생활이 1년쯤 흘렀을 때, 고국에서 뜻밖의 소식이 날아왔다. 오랜 내전을 겪던 캄보디아에서 UN의 도움으로 네 개의 정당이 모여 처음으로 선거를 치르게 된다는 것이었다. 정치적으로 안정되었다는 캄보디아의 소식은 곧 청년 소반이 고향 땅을 밟을 수 있게 되었다는 것을 의미했다.

열네 살에 국경을 넘어 난민이 되었던 소반. 오직 생존을 위해서 영어를 배우고 물리치료사에 타이어 공장 노동자까지 되었던 그 소년은 스물아홉에 그렇게 꿈에 그리던 고국으로 돌아왔다.

휠체어 디자이너로
새 삶을 개척하다

청년 소반이 드디어 캄보디아 땅을 밟았을 때, 마침 난민 캠프에서 병원을 운영했던 〈HIB〉가 바탐방이란 지역에 장애인 센터 설립을 준비하고 있었다. 소식을 들은 소반은 그곳으로 달려갔고, 센터에서 일자리를 얻어 모든 일이 쉽게 풀리는 듯했다. 하지만 당시 캄보디아 집권 세력이었던 공산당 사람들은 청년 소반이 공산당에 반대한다는 이유로 센터에 압력을 가하기 시작했다. 외부의 압력에 시달리던 청년 소반은 결국 일자리를 포기하고 센터를 나와야 했다.

이야기에 몰입해서 한껏 들떠 있던 나는 청년 소반이 또다시 절망에 빠졌다는 말을 듣자, 이번엔 안타까움보다 분노가 치밀었다. 힘을 가지면 자신에게 반대하는 사람을 몰아내고, 자기 사람을 낙하산으로 앉히려는 나쁜 정치인의 모습은 세계 어딜 가나 똑같은 모양이었다. 듣고 있는 내가 화가 날 정도였으니 당사자는 얼마나 화가 많이 났을까? 예상치 못한 파도에 휩

캄보디아의 역사를
온몸으로 겪은 소반

쓸려 일자리를 잃은 청년 소반, 하지만 이번만큼은 절망하고 도망치지 않았다.

"가족을 찾고 싶었어요. 그래서 살던 고향집, 숨어 있던 숲 속까지 쉬지도 않고 가족을 찾아 헤맸죠."

하루에도 수천 명씩 죽이던 폴포트의 서슬 퍼런 칼날 앞에 생이별했던 가족을 찾기 위해 소반은 한 달간 캄보디아 전역을 찾아다녔다. 수소문 끝에 만나게 된 가족들. 15년 만에 살아서 돌아온 그를 반겨준 것은 어머니와 남동생뿐이었다. 끌려갔던 아버지는 잔혹한 킬링필드 어딘가에 쓰러졌고, 어린 시절 항상 보살펴주던 누나도 아이들 시체가 1~2천구씩 한꺼번에 묻혔다는 무덤 어딘가에 잠들어 있다고 했다. 그 말을 듣는 순간, 높게 세워진 위령탑 안에 수없이 쌓여 있던 해골이 떠올랐다. 그중에 어쩌면 소반의 아버지와 누나도 있는 것은 아닐까? 나 같은 외국인도 그걸 보면서 슬픔과 분노를 느끼는데, 가족을 잃고 홀로 난민으로 살아야 했던 소반 아저씨는 얼마나 가슴이 아팠을까?

가족을 만난 후 청년 소반은 어떻게든 캄보디아에서 살겠다는 생각을 했다. 가족뿐만 아니라 일자리까지 빼앗아 간 조국을 떠나 다른 곳으로 가서 살 생각을 했을 법도 하다. 하지만 난민으로 살았던 경험 때문이었을까? 그는 다시는 캄보디아를 떠나지 않기로 결심하고 다시 일자리를 찾기 위해 수도인 프놈펜을 향했다. 그리고 그곳에서 지뢰 피해자들에게 휠체어를 기부하는 〈모티베이션〉이라는 영국 단체를 만났다. 〈모티베이션〉의 영국인들은 당시 휠체어 제작을 돕기 위한 물리치료사를 찾던 중이었다. 그런 그들에게 능숙한 영어 실력, 물리치료사 경험, 그리고 방콕 타이어 공장에서 배운 기술까지 갖춘 소반은 꼭 휠체어를 만들기 위해 태어난 사람처럼 완벽했다. 그는 그렇게 '휠체어 디자이너'로 새로운 삶을 시작하게 되었다.

지뢰 피해자들을 위한 휠체어를 제작하는 일이 처음부터 순탄했던 것은 아니다. 지뢰로 팔, 다리를 잃은 캄보디아 사람들은 살기 위해서 어떻게든 농사를 지어야만 했다. 그런 그들에게 영국에서 가져온 휠체어는 무용지물이었다. 울퉁불퉁한 논길을 마음대로 달리며, 밭에도 들어갈 수 있는 튼튼한 휠체어가 필요했다. 그래서 〈모티베이션〉은 6개월 동안 캄보디아를 다니며, 캄보디아 사람들을 위한 휠체어를 연구하기 시작했다. 돌부리에 걸려도 찢어지지 않는 튼튼한 타이어에, 쉽게 휘지 않는 강한 휠, 거기에 소반이 물리치료사 시절 배운 지식을 더해 만들어진 시트는 장애를 가진 분들을 위한 맞춤형 휠체어였다. 휠체어 제작 프로젝트는 〈모티베이션〉이 철수한 후에도 〈JRS〉라는 예수회 단체의 지원으로 진행되어 〈메콩휠체어〉까지 이어져 오고 있다.

캄보디아의 현대사를 온몸으로 겪어낸, 아닌 살아낸 인생이었다. 시련과 절망의 상처를 참아내고, 새살이 돋고 굳은살이 생길 때까지 견뎌냈던 고난의 시간들. 산전수전을 다 겪고 드디어 캄보디아에 자리 잡게 된 소반 아저씨, 하지만 휠체어와 함께하는 캄보디아의 생활도 순탄치만은 않았다.

+   외상보다 더 심각한
캄보디아의 마음 후유증

그는 캄보디아 환경에 적합한 세발 휠체어를 만들어 기부하고, 학교에서 하는 직업 교육을 돕기만 하면 되는 줄 알았다. 하지만 휠체어보다 더 시급했던 건 바로 사람들의 정신적 상처를 치유하는 일이었다. 소아마비로 어려움을 겪는 사람들과 달리 사고로, 특히 지뢰 사고로 장애를 갖게 된 사람들은 심한 절망감에 빠져 우울증까지 겪곤 했다. 그런 그들에게 용기를 주고, 가슴을 따뜻하게 만들어주는 일은 정말 어려운 일이었다. 그러던 중 필리핀에서 일을 도우러 온 친구 '리치'까지 불의의 사고로 세상을 떠나자, 소반 아저씨는 큰 충격을 받고 말았다. 모든 걸 내려놓고 싶을 정도로 힘든 절

망의 시기였지만, 롤러코스터 같은 인생을 살아온 그는 동료들과 함께 다시 한번 세상에 맞서기로 했다. 휠체어뿐만 아니라 직업 교육, 공동체 생활을 통해 단순히 장애 극복을 넘어 캄보디아의 상처를 치유하고 있는 소반 아저씨와 〈반티에이 쁘리업〉 사람들. 그들의 열정적인 노력에 따뜻한 마음을 되찾아가는 사람들을 보며 보람을 느낀다는 소반 아저씨는, 세상을 떠난 친구 리치를 기억하며 지금까지도 묵묵히 자신의 자리를 지키고 있다.

어느 대하드라마 못지않은 인생 이야기에 빠져들어 나는 캄보디아의 아픔을 함께 느끼고 있었다. 아픔과 고난에 끊임없이 맞서는 소반. 용감하고 담대한 그를 진심으로 존경할 수밖에 없었다.

새로운 캄보디아의
미래를 꿈꾸며

반나절 동안 나눈 대화로도 부족했던 우린 다음 날 아침 일찍부터 트럭에 함께 올랐다. '캄퐁참'이란 곳에 휠체어 19대를 '기부'하기 위한 배달 길이었다.

"이번에 아이가 두 명 생겼는데 말이죠, 나중에 한국 가서 돈 벌면 그 친구들 학비를 도와주는 건 어때요?"

아이가 생겼다니…?

알고 보니 아저씨는 휠체어 프로젝트를 시작하면서 동료와 사랑에 빠져

결혼에 골인했지만 아이를 갖진 못했단다. 그러다 휠체어를 기부하러 찾아 갔던 시골에서 장애를 가진 아이들을 만나 하나 둘 '입양'해서 키우기 시작 했고, 벌써 아들 딸 다섯을 대학 졸업까지 시켰다고 했다. 자식 다섯을 키워 보니 공부는 웬만큼 시키겠는데, 대학 학비는 만만치 않더라고 말하는 아 저씨. 대학 등록금이 부담스러운 건 한국이나 캄보디아나 마찬가지인가 보 다. 그래서 아저씨는 여러 활동을 통해 알게 된 외국의 친구들에게 도움을 요청했고, 흔쾌히 지원을 약속한 친구들의 따뜻한 마음 덕분에 전부 공부 를 마칠 수 있었다고 했다. 그리고 최근에 두 명의 아이와 인연을 맺었는데, 검정고시 끝내고 늦은 나이에 대학 시험 본 그들의 결과를 수험생 부모의 마음으로 기다리고 있다고. 그렇게 지독한 삶을 살았으면, 편하게 노후를 보낼 법도 한데. 참, 오지랖 넓은 아저씨. 나라고 별 수 있나? 불확실한 내 미 래를 담보로 손가락을 거는 수밖에.

산타클로스가 아빠였단 사실을 알고 충격을 받을 열 살 나이에,

소반은 잔인한 학살에 충격을 받고 숲에 숨어 살기 시작했다.

방문 걸어 잠그고 사춘기의 열병을 앓을 열네 살에,

국경을 넘고 난민이 되어 가족에 대한 그리움을 홀로 이겨내야만 했다.

사랑의 달콤함을 찾아 캠퍼스를 거닐 꽃다운 스무 살에,

한센병 환자들을 돌보는 난민 캠프 병원의 물리치료사가 되었고,

취업의 꿈을 위해 학점과 토익을 챙길 이십대 중후반에,

귀국의 꿈을 접고 타이어 공장에 나가 죽도록 일해야만 했다.

스물아홉.

이젠 서른이라며, 감상에 젖어 이십대의 마지막을 추억할 그때,

그는 마침내 국경을 넘어, 추억 속의 고국으로 돌아올 수 있었다.

그리고 서른, 마흔, 쉰… 나이를 세는 글자에 'ㄴ'받침이 붙고

자식들이 크는 재미에 즐거워하다, 학비, 취직 걱정에 밤잠 설칠 그 나이에,

소반 아저씨는 일곱 자식들의 신체적 어려움과 마음의 상처를 함께하며, '캄보디아의 상처'가 치유되는 것을 흐뭇하게 바라보고 있다.

지금도 세발 휠체어처럼, 캄보디아의 밝은 미래를 꿈꾸며 열심히 달려가는 소반 아저씨.

존경하고 사랑하는 그를 위해, 나는 언제 어디서든 항상 응원하고 기도할 것이다.

크메르어 〈반티에이 쁘리업〉은 〈The Center of Dove〉라는 뜻입니다. '평화 센터'의 의미를 담고 있습니다. 〈반티에이 쁘리업〉은 전쟁, 소아마비, 사고 등으로 인한 신체적 장애와 그에 따른 빈곤, 편견으로 어려움을 겪는 장애인들의 전인적인 자립을 위해 JSC(Jesuit Service Cambodia)에서 설립한 장애인 직업기술 교육센터입니다. 캄보디아 칸달주(Kandal Province)에 위치하고 있습니다.

◆ 반티에이 쁘리업에서 하는 일

• 직업기술교육 (Vocational Training)

전자, 기계, 농업, 재봉, 목공예의 5개 과목의 기술교육이 1년간(목공예는 2년간) 진행되며, 교육기간 동안 학생들은 센터 내에 있는 그룹홈(Group Home) 방식의 기숙사에서 공동체 생활을 합니다.

• 졸업생 아웃리치 프로그램 (Outreach Program)

졸업 후에도 지속적으로 졸업생들을 방문해서 창업 및 취업을 지원하며, 매년 졸업생의 70퍼센트 이상이 일을 찾아 자립하고 있습니다. 또한 장애인 가정의 자활을 위해 주택, 우물 신축 및 수리를 지원합니다.

• 직영 사업장 (Production Workshop)

장애인 일자리 창출을 위해 센터 내에 목공, 철공, 목공예, 봉재 직영 사업장을 운영하고 있으며, 매년 졸업생들이 취업하여 일하고 있습니다.

• 메콩휠체어 사업장 (Mekong Wheelchair Shop)

캄보디아 환경을 고려하여 직접 고안한 휠체어를 매년 1,000대 이상 생산하고 있습니다. 생산된 휠체어는 여러 NGO를 통해 캄보디아 내 장애인들에게 제공됩니다.

◆ **Contact** ⋯ www.banteayprieb.org / banteayprieb@gmail.com

Dear Lee,

Greeting from Cambodia!

It's great to see you again by E-mail, and the best thing is to get where you are? But I have no time to reply to you soon and sorry about that because of we have plane to traveling with some wheelchairs to some where, you know that with my work when we came back to remove my office to new building, so I am very busy.

Thank you so much for updating news from action when you left from Cambodia to some-where. I'm very glad to see your email. How are you? Today we have 10 days for holiday with our tradition of Khmer Phchum Ben so every body in my house they went back to their families at the provinces and they are passed the exam his name Mr. Ping has grade (D) he start to study Information Technology and an other one his name Mr. Som Nang has grade (E) he start study Agriculture and they will go to university on October 12, 2010 in first year. Yes, I remember your kid on the way to the sea.

I would like to explain you a bit about Pchum Ben or soul day _ Running for 15 days from the end of September into October, and the exact date determined by the lunar calendar, this festival is dedicated to blessing the spirits of the dead, and is one of the most culturally significant in Cambodia. Each household visits their Buddhist temple and offers food to the monks for their assistance on blessing the souls of late ancestors, relatives and friends. Pagodas are crowded with people taking their turn to make offerings, with many staying behind to listen to Buddhist sermons.

Take care yourself and keep you in touch :)

God bless you with Best wish and Regards,

Cambodia
Kampong Cham

기름때 묻은 손에서
신데렐라를 떠올리다

캄퐁참으로 휠체어를 배달하러 가는 이른 아침. 맑은 캄보디아 하늘, 상쾌한 바람을 즐기며 달리는 기분 좋은 트럭 여행. 하지만 소반 교수님의 진지한 강의는 여전히 계속되고 있었다.

"그렇게 해서 폴 포트가 독일에 유학을 갔던 거예요. 거기서 이제 공산당을… 지금 듣고 있는 거 맞아요?"

"예? 아, 네. 네. (하암) 듣고는 있었는데…."

"하하하. 여기서 졸면 안돼요. 이 동네 살인 사건으로 유명한 곳이에요."

"살인… 사건이요?"

"여기가 예전부터 정치인들이 납치돼서 살해당하던 곳이에요. 요즘엔 관광객들이 택시 강도를 당하고 버려지는 경우도 많고."

"에이~ 요즘 세상에 무슨."

"아니야, 최근까지도… 저기 봐요, 경찰들이 지키고 있네."

길목마다 세워진 초소에 무장한 경찰들이 정말 보였다. 여행가들 사이에 멋모르고 캄보디아를 돌아다니다 강도에게 납치돼서 버려지기도 한다는 괴소문이 떠돌던데, 그럼 그 얘기가 사실이었단 말인가.

겉으론 태연한 척하면서도 슬슬 겁이 나기 시작했다. 그리고 두려움 속에서 조금씩 올라오는 이 죽일 놈의 호기심. 혹시 산적이라도 나타나려나 해서 주변을 조심스레 살피는데, 어디선가 타는 냄새가 났다. 앞차에서 내뿜는 매연 때문인가? 살인 사건으로 유명한 동네에서 맡는 타는 냄새라니, 기분이 영 좋지 않았다. 그런데 타는 냄새가 점점 심해지더니, 어느새 연기가 우리 차 주변을 감싸기 시작했다. 동시에 트럭도 심하게 흔들렸고, 아저씨는 급히 차를 세워야 했다. 살인의 추억이 가득한 바로 그곳에서….

강도가 들끓는 곳에서
사람들에게 포위당하다?

콜록대며 급히 차에서 빠져나왔다. 양쪽 앞바퀴 안쪽이 까맣게 타들어가는 걸 확인한 아저씨는 벌써 물을 구하러 근처 민가로 뛰어가고 있었다. 어찌할 바를 모른 채 혼자 서 있던 나는 누가 쳐다보는 느낌에 뒤를 돌아보았다. 길가엔 사람들이 앉아 있었다. 그들과 눈이 마주치는 순간, 조금 전 들은 '강도'라는 단어가 머리를 스쳤다. 빤히 이쪽을 쳐다보던 그들이 조금씩 다가오기 시작했다. 하나둘 그 숫자는 늘어갔고, 나도 모르게 뒷걸음질치며 트럭에 바짝 붙었다. 영화에서 본 좀비처럼 다가오던 그 사람들. 여차하면 트럭에 올라타려고 한 손으로 손잡이를 꽉 잡고 있었다. 그때 다가오던 한 사람이 내게 말을 걸었다. 험악한 인상에 웃통까지 벗고 있던 그가 내게 뭐라고 하는 순간, 그만 겁에 질려 얼어버리고 말았다. 대답이 없자, 이젠 다른 사람들까지 말을 걸었다. 이러다 휠체어고 뭐고 다 뺏기는 거 아냐? 아이고, 하느님, 예수님, 부처님, 공자님, 산신령님! 저희를 굽어 살피소서!

그때 익숙한 목소리가 들리면서 사람들 사이로 소반 아저씨가 나타났다. 물을 가져와 앞바퀴에 붓는 아저씨 등 뒤에 가서 바짝 붙었다. 그러자 그들은 아저씨마저 포위해버렸다. 계속 피어나는 연기가 그들을 감쌌고, 열기에 물이 증발하는 소리마저 섬뜩하게 들렸다. 살인의 현장에서 나는 이미 좀비 영화의 주인공으로 빙의되고 있었다.

아저씨에게 귓속말로 물었다.

저들이 원하는 게 뭐냐고.

트럭.

역시나 저들은 트럭을 원하고 있구나. 근데 조금씩 아저씨가 그들과 말을 섞더니, 분위기는 이상하게도 시장 바닥처럼 변해갔다. 이건 뭐지? 협상이라도 하는 건가?

알고 보니, 그들은 트럭 고칠 방법에 대해 함께 상의하고 있었다. 가장 위험한 동네에서 만난 사람들, 그들은 다행히도 강도가 아니라 착한 '우리 편'

이었다. 심지어 인상이 험악한 그 남자는 얼굴을 앞바퀴에 파묻고 열심히 차를 고치기까지 했다. 실제로 그들이 도움이 되는지 의문이긴 했지만, 어쨌거나 우리를 해치지 않는다는 사실만으로 내겐 큰 위안이 되었다. 다행히 30분 만에 트럭은 의식을 회복했고, 강도가 들끓는 곳에서 탈출할 수 있었다. 하지만 응급조치만 받은 트럭은 숨을 헐떡이며 심하게 덜컹거렸고, 결국 근처 카센터로 급히 후송되고 말았다.

수술대에 오른 트럭은 곧바로 분해되기 시작했다. 환부를 살펴본 카센터 주인은 최소한 두 시간은 걸릴 거란 진단을 내렸다. 조용히 고개를 끄덕이던 아저씨는 그런 일에 익숙하다는 듯 신문을 펼쳐 들고 카센터 한 귀퉁이에 자리를 잡았다. 아직 무시무시한 살인의 동네를 벗어난 게 아닌데, 두 시간이나 있어야 한다니. 아저씨가 든든하긴 했지만, 그래도 외국인인 나는 마음이 불안하기만 했다. 근데 한편으로 스멀스멀 올라오는 참을 수 없는 호기심. 결국 십 분을 못 참고 먹을 걸 사러 간다는 핑계로 혼자 길을 나서고 말았다. 조심스레 길을 따라 걸으며 범죄의 흔적을 찾아 헤매는 탐정 놀이. 하지만 아쉽게도(?) 그곳은 그냥 시골 동네에 불과했다. 결국 탐정 놀이를 포기하고 조금 아쉬운 표정으로 카센터로 돌아오는데, 문 앞에서 우연히 오토바이를 세차 중인 아이들을 보았다. 중학생쯤 되어 보이는 아이들. 잠깐, 그러고 보니 우리 차도 아이들이 분해하던데? 한창 학교에 있을 시간에 아이들이 여기 왜 있는 거지? 이 집 아들들인가? 아니야, 그러기엔 너무 많은데. 돈 벌러 온 아이들일까? 혹시 신발이나 축구공 만드는 아이들처럼 착취당하는 건 아닐까?

상상이 꼬리를 물고 펼쳐지더니, 또 다른 호기심이 아이들에게로 이어
지고 있었다.

\+   카센터에서 되살아난
신데렐라 이야기

아이들의 사연이 궁금했던 나는 카메라를 꺼내 들었다. 셀카를 함께 찍
고 보여주면 아이들과 친해질 수 있다는 건, 여행을 하면서 터득한 나만
의 노하우였다. 그런데 렌즈를 열고 웃으며 다가가는 날 보더니 한 아이가
'No!'라고 단호하게 외치며 거부했다. 혹시 다른 아이는 괜찮을까 해서 가
봤지만 No! 또 가봐도 No! 예상치 못한 아이들의 반응에 당황하며 소심하
게 카메라를 넣어야 할 판이었다. 그때, 구석에 쭈그리고 앉아 있는 한 아이
가 시야에 들어왔다.

마지막 기회란 생각으로 다가간 그 아이는 다행히도 수줍은 미소로 웃
어주었다. 아이 맘이 바뀌기 전에 급히 셔터를 눌렀고, 바로 찍은 사진을 그
아이 앞에 내밀었다. 자기 얼굴이 나온 사진에 부끄러워하던 그 아이. 그 와
중에도 아이는 맨손으로 거품이 나는 액체로 쇳덩이를 문질러 닦는 걸 멈
추지 않았다.

연필을 잡고 있을 어린 손으로 기름때를 벗겨내는 이 아이에겐 어떤 사
연이 있는 걸까?

"소반 아저씨, 바쁘세요?"

"왜? 뭐, 도와줄까요?"

"이 아이랑 얘기하고 싶은데 통역 좀 부탁드려도 될까요?"

"그거야 어렵지 않지."

아저씨의 도움으로 부지런히 일하는 아이 옆에 붙어 수줍은 대화를 시작하게 되었다.

소년의 이름은 삐셉. 나이는 열일곱. 열 남매 중 다섯 번째로 태어난 삐셉은 가정 형편상 열두 살이 되어서야 학교를 다닐 수 있었지만, 1년 전에 그마저도 그만두었다고 했다. 캄보디아에선 그런 경우가 흔하다고 했다. 누구는 학교를 열다섯 살에 갔다더라, 누구는 고등학교를 그만뒀다더라 하던

60~70년대 한국의 이야기가 캄보디아에선 현재진행형이었다.

그때 어떤 아주머니가 나오셔서 수줍은 삐셉 대신 대답을 이어갔다. 삐셉의 이모인 그녀는 1년 전 언니가 세상을 떠나고 삐셉의 아버지가 재혼하자 삐셉을 데려왔다고 했다. 당시 삐셉의 형제들이 친척집에 뿔뿔이 흩어졌는데, 그나마 삐셉은 카센터에 와서 기술을 배우면서 살게 되었다고. 아무리 먹고살기 어려워도 그렇지, 애를 이렇게 무책임하게 맡겨두고 가다니. 순간 울화가 치밀기 시작했다. 그런 와중에도 수줍은 표정으로 눈도 제대로 못 마주치던 삐셉. 엄마 잃은 서러움도 클 텐데, 어린 나이에 이모네 집에서 일하는 마음은 오죽할까. 분노와 안타까운 마음으로 범벅이 된 나는 커다란 쇳덩이를 들고 있는 그 작은 손에서 눈을 뗄 수가 없었다.

좀 더 깊은 이야기를 끌어내려는데, 아주머니가 갑자기 내 말을 잘라먹고 들어왔다. 좀 전까지만 해도 수줍어하던 아주머니는 갑작스레 목소리 톤을 높이곤 빠른 템포로 말을 하기 시작했다. 소반 아저씨도 같이 맞장구를 치며 웃기 시작하는 걸 보고, 다른 이야기를 한다는 걸 눈치챘다. 아니나 다를까.

"이 집 아들이 공부를 참 잘한대요. 한국에 유학을 보내고 싶다는데?"

"네? 한국이요? 아, 뭐… 열심히 하라고 전해주세요. 근데 삐셉이……."

내가 말하건 말건 아주머니는 아들 자랑을 멈추지 않았다. 그러더니 금세 자랑하던 그 아들을 내 앞으로 데려왔다. 당당한 표정으로 날 보며 웃는 아이. 기름 때 묻은 삐셉과 달리 그 아이의 손은 하얗고 예뻤다. 아들에게 무언가 재촉하는 아주머니. 눈치만으로 무슨 뜻인지 바로 알 수 있었다. 외국인이 있으니 학교에서 배운 영어를 한번 해보라는 것이겠지.

영어로 하는 첫 대화가 늘 그렇듯,

'How are you?'라고 물으면 'I'm fine. Thank you.' 하다며 'And you?'라고 되묻고, 'I'm fine, too.'란 대답을 듣는 예의 바른 인사를 나눴다.

형식적으로 그렇게 인사를 끝내고 다시 시선을 뻬쎕에게 돌리려고 하는데, 적극적으로 변한 아주머니는 계속 날 붙잡아두고 아들의 영어 실력을 확인하고 싶어 했다. 미국도, 영국도 아닌 한국에서 온 날 상대로 말이다. 한국에서는 한국어 쓴다는 사실을 안다면 아주머니는 어떤 반응을 보일까? 그리고 왜 아주머니는 뜬금없이 아들을 한국에 유학을 보내고 싶어 할까? 캄보디아보다 한국이 잘사는 나라라서? 아니면 한국 제품들이 좋아 보여서?

어떻게 빠져나갈까 고민하는 사이 소반 아저씨마저 화장실을 간다며 자리를 비웠다. 피할 방법을 고민하며 일단 건성건성 아이와 몇 마디 나눴다. 아이의 이름은 Aoutsent. (몇 번이나 물어보고 노트에 이름도 써두었지만, 정말 내가 관심이 없었는지 이름 읽는 법을 잊고 말았다.) 열다섯 살인 이 아이는 자기가 벌써 10학년, 우리로 치면 고등학교 1학년이라고 했다. 사촌 형 뻬쎕과 달리 이 아이는 학교에 빨리 들어갔다. 나이 계산을 하며 뻬쎕과의 차이를 비교하는 동안, 그 아이는 미리 준비한 대사처럼 천천히 말했다. 열심히 공부해서 대학 가고, 한국에 유학도 갈 거라고.

영어도 곧잘 하며 눈빛마저 살아 있는 명석한 Aoutsent가 나는 이유 없이 얄미워지기 시작했다. 바로 옆의 사촌 형은 지문이 마르고 닳도록 쇠를

문지르고 있는데, 나중에 IT 회사도 만들 거라는 묻지도 않은 말을 계속하는 해맑은 아이가 마음에 들지 않았다. 한마디 한마디 이어가며 자신감 넘치는 모습을 보일수록 점점 더 얄미웠고, 그걸 옆에서 뿌듯하게 바라보는 아주머니의 눈빛마저 싫어졌다. 생글생글 웃으며 말하는 Aoutsent. 맘 같아선 확 그냥 꿀밤 몇 대 쥐어박고 싶었다. 사촌 형의 고생이 이 아이 마음에는 아무런 파장도 일으키지 못하는 건지, 아님 그걸 당연하게 생각하고 있는 건지.

근데 잠깐, 왜 내가 애를 싫어하는 거지? 여기 있는 모자가 뭘 잘못한 건 아니잖아? 단지 어릴 때 읽었던 신데렐라 이야기가 지금 상황에 자꾸 겹칠 뿐인 거지. 동화 속 이야기처럼 한 아이는 학교도 다니고 사랑도 듬뿍 받고, 다른 아이는 어릴 때부터 일하고 있다는 사실에 화가 났던 걸까? 사실 생각해보면 그 나이엔 Aoutsent처럼 학교에서 공부하고 가족들의 사랑을 받으며 자라는 게 당연하다. 그런데 그 당연한 권리를 삐셉이 누리지 못한다는 사실이 문제인 거다. 한 지붕 아래 사는 두 아이의 운명이 이렇게 달라도 되는 걸까?

Aoutsent가 영어 실력을 뽐내면 뽐낼수록, 점점 더 삐셉의 처지에 이입되고 있었다. 이 똑똑한 아이의 목소리보단 몸에 해로울 게 뻔한 화학약품을 맨손으로 만지고 있는 삐셉의 속마음을 듣고 싶었다. 삐셉에 대한 내 궁금증과 영어로 말하고 싶은 Aoutsent, 그리고 아이들을 자랑하고 싶은 아주머니의 욕심 모두를 충족할 방법이 없을까? 그것은 바로… 삐셉에 대한 질문을 이 아이에게 통역시키는 것!

삐셉에게 궁금한 걸 먼저 Aoutsent에게 물었다. 아이의 대답을 들어보고 질문을 이해했다 싶으면 그걸 다시 삐셉에게 물어봐달라고 했다. 그렇게 임시 통역을 거쳐 알게 된 삐셉의 이야기는 오래도록 내 마음을 아프게 했다. 학교를 그만두고 이모네 집에서 먹고 자고 하면서 하루 종일 카센터에서 일하는 삐셉이 한 달에 받는 돈은 50~60달러. 우리 돈으로 7만 원이 채 되질 않는다. 그 돈을 모아서 두 달에 한 번 정도 아버지와 남매들을 보러 간다고 했다. 기술자가 되기 위해선 앞으로 3년은 더 배워야 한다는 그에게 학교로 돌아가고 싶진 않은지 나는 물었다. 그랬더니 가고 싶다 아니다가 아니라 가족을 위해 돈을 벌어야만 한다는 짧은 대답이 돌아왔다.

어린 나이에 참고 고생하는 게 힘들진 않을까? 공부하고 싶은 마음은 정말 없을까? 자길 두고 먼저 떠난 엄마가 원망스럽지는 않을까? 재혼한 아버지에겐 어떤 감정을 가지고 있을까? 궁금한 건 끝도 없었지만, 차마 계속 물어볼 수 없었다. 내 호기심이 혹시 아이에게 상처를 줄까봐. 그리고 대화를 나누면 나눌수록 무거워지는 내 마음도 감당하기가 버거웠다. 세상에 조금이나마 보탬이 되겠다고 여행을 시작했지만, 정작 이 아이를 위해선 해줄 수 있는 게 아무것도 없는 현실 때문에.

어쩌면 지금의 삐셉에겐 기술을 배우는 게 더 현실적일지도 모른다. 다행히 카센터 주인인 이모부는 친절하게 설명해주며 기술을 성심껏 가르쳐

주는 것 같았다. 허드렛일만 할뿐, 트럭 근처에 오기만 해도 혼나는 다른 아이들에 비하면 나은 편이었다. 하지만 시원한 방에서 책상에 앉아 공부하는 사촌 동생을 볼 때마다 삐셉은 무슨 생각을 할까? 혹시 동생처럼 커다란 꿈을 품고 있으면서, 어쩔 수 없이 숨기고 있는 건 아닐까? 삐셉이 꿈꾸는 미래는 어떤 모습일까?

삐셉이 점심 먹으러 가면서 우리의 대화는 다시 중단되었다. 아주머니는 다른 아이들이 일하는 동안 삐셉만 따로 챙겨서 점심을 주었는데, 나는 그게 또 의심스러워 보였다. 내가 있어서 잘 챙겨주는 건 아닐까? 일하고 있는 다른 아이들에겐 왜 밥을 안 줄까? 걔네는 자기 집에서 먹고 오는 걸까, 아니면 굶고 있는 걸까? 신데렐라의 계모와 달리 선하게 보이는 아주머니였지만, 내 머릿속 편견은 자꾸 삐딱한 시선만을 강요했다.

밥그릇을 금방 비운 삐셉은 다시 이모부 옆에서 일하기 시작했다. 낑낑대며 일을 하는 그에게 방해가 될 것 같아 뒤에서 지켜보기만 했다. 밥 먹은 지 5분도 지나지 않아, 트럭 밑바닥으로 사라지는 삐셉을 보며 또 마음이 찢어질 것 같았다. 맨바닥에 누워 일하면 소화가 안 될 텐데… 더군다나 기름 냄새에 속까지 메슥거릴 텐데. 밑바닥에서 나오자마자 이번엔 무거운 앞바퀴를 들고 낑낑대고 있었다. 다가가서 도와주려 했지만, 삐셉은 웃는 얼굴로 사양했다. 난 그 아이의 온몸이 땀과 기름으로 범벅되는 걸 그냥 옆에서 지켜보고 있을 수밖에 없었다.

몸을 아끼지 않은 삐셉 덕분에 곧 트럭은 제 모습을 되찾았고, 우린 다시 휠체어를 싣고 배달을 갈 수 있었다.

출발 전, 똑똑한 그 집 아들과 악수를 하며 공부 열심히 해서 한국에서 보자고 했다. 꼭 그러겠노라 자신 있게 말하던 그 아이. 그 당당한 모습과 달리 삐셉은 악수를 청하는 내게 수줍은 듯 물러났다. 기름때 묻은 손 때문인건가? 옆에서 부추기는 어른들 때문에 못 이기는 듯 내 손을 잡던 삐셉. 미끈거리는 기름기와 거친 굳은살이 함께 느껴지던 그 손을 꼭 잡고 말없이 웃어주었다. 과연 이 아이에게 신데렐라 이야기처럼 오래오래 행복하게 잘 살게 되는 반전 인생이 펼쳐질까? 애써 긍정적으로 생각해보려 했지만, 아무래도 삐셉의 인생에 그런 일이 펼쳐지긴 쉽지 않을 것 같단 느낌밖에 들지 않았다.

지구 곳곳을 찾아다니며 무언가 해보겠다고 시작한 여행이었다. 뭔가 대단한 걸 이룰 수는 없겠지만, 그래도 좀 더 나은 세상을 위한 작은 보탬은 될 수 있을 거란 믿음은 있었다. 하지만 삐셉을 만나고 처음으로 여행에 대한 의문이 들었다. NGO 찾아다니며 '좋은 일'한다고 하지만, 삐셉의 눈엔 세계 여행을 하는 내가 얼마나 사치스러워 보일까? '좋은 일'이란 것도 어찌 보면 먹고 노는 것에 대한 죄책감을 덜기 위한 '좋은 핑곗거리'가 아닐까? 좀 더 나은 세상, 아름다운 세상에 이 여행이 과연 보탬이 되는 걸까?

소반 아저씨의 말대로 캄보디아뿐만 아니라 다른 나라에도 학교가 아닌 노동 환경에 노출된 아이들이 수없이 많을 것이다. 임금조차 제대로 받지 못한 채 권리 주장도 못하고 그저 일만 하고 있는 세상의 수많은 삐셉들. 지구 어딘가에서 또 다른 삐셉을 다시 마주치게 된다면, 그때 난 그를 위해 무엇을 해줄 수 있을까? 그 생각만 하면 지금도 삐셉의 얼굴이 아른거리며 마음이 자꾸 먹먹해진다.

세 시간이면 될 거리를 여덟 시간이나 걸려,
드디어 캄퐁참에 닿았다.
그런데…
그곳에서 극적으로 한국 친구들을 마주쳤다.
우리 트럭 바로 옆에서 파란 신호를 기다리던 나의 친구들.
아쉽게도 몇 마디 나누지도 못하고
신호가 바뀌어 각자 길을 떠나야만 했다.

〈World foot print〉라는 단체와 함께하던 친구들은
캄퐁참 지역 해변의 판자촌에 아이들이 공부할 학교를
지어주러 가는 길이었다.
착한 마음으로 캄보디아까지 날아온 그들의 밝은 얼굴을 보자,
시무룩했던 내 마음이 조금씩 생기를 되찾아갔다.

세상엔 좋은 사람들이 많이 있으니,
어쩌면 삐셉에게도 쨍하고 해뜰 날이 오지 않을까?
캄보디아 땅에 그날이 어서 오기를,
따뜻한 햇살이 삐셉에게도 닿기를 간절히 바란다.

그리운 일라싯마을 식구들에게

잠보~ 하바리 싸나! 다들 잘 지내고 계신가요?

Lee예요. 기억나요? 몇 년 전에 일라싯 초등학교 오두막에서 지내던 외국인 봉사자 팀에 한국 사람 있었잖아요. 눈 찢어져서 키가 크던 아이. 그때 다들 '브루스 리' 친척 아니냐고 물어봤었잖아요. 맞아요, 그 아이! 헤헷, 이제 기억나시겠어요?

벌써 시간이 이렇게 흘렀네요. 이젠 전기도 잘 들어가고 학교 시설도 좋아졌겠죠? 물 사정은 좀 어때요? 요즘도 아침마다 당나귀 마차에 물 길러 다니고 있나요? 저는 그동안 많은 나라를 여행하고 다녔어요. 아프리카도 한 번 더 다녀왔고요. 잠비아였는데, 거긴 케냐랑 많이 다르더라고요. 기껏 배워둔 스와힐리어도 전혀 통하질 않고.

하하하. 이렇게 말하니 그 생각이 나네요. 어릴 때 막연하게 아프리카를 가보고 싶단 생각이 있었어요. 그래서 기회가 생겼을 때, 케냐까지 갔었고…. 근데 재밌는 건 그때 제겐 케냐나 탄자니아란 개념이 없었어요. 그냥 단순하게 아프리카에 가봤다! 그게 전부였죠. 그 큰 대륙을 한 나라처럼 생각했던 거죠. 지금 돌아보면 참 바보 같은 생각인데, 그래도 그 덕분에 우리가 만났으니까 이젠 그만 부끄러워해도 되겠죠?

우리 팀 기억나세요? 미국, 일본, 네덜란드, 필리핀 등등 무려 여덟 개 나라에서 날아온 사람들이었잖아요. 생긴 것도, 쓰는 말도 제각각인 사람들이 아무것도 없는 돌바닥에, 나무 벽에 구멍이 숭숭 나서 바람이 통하던 오두막에 함께 살았죠. 바람 막겠다고 비닐을 벽에 대고 맨바닥에 침낭만 덜렁 깔고 자면서, 바깥벽엔 나무 막대기에 포대 자루를 붙여서 무려 샤워실까지 만들어놓고 말이에요. 오두막 돌바닥에 자면서 처음으로 깨달았어요. 아프리카도 추울수 있다는 것을. 더구나 거긴 뒷산이 킬리만자로잖아요. 밤만 되면 킬리만자로 정상에서 한기가 내려오는 아프리카에서 우린 첫날밤을 덜덜 떨면서 보내야 했죠. 그러다 겨우 잠이 들었었는데 침낭 위로 쥐가 뛰어다니는 바람에 결국 뜬눈으로 밤을 지새웠지 뭐예요.

사실 생활뿐만 아니라 맡은 일도 만만찮게 힘들었어요. 학교 건물 수리하랴, 애들 공부 도와주랴, 미국에서 온 쌀이랑 옥수수만 가지고 아이들 점심 만들랴, 정말 정신이 없었죠. 근데 지금 돌아보면 우리가 했던 일들이 마을에 별도움이 안 되었던 것 같아요. 그걸 알면서도 모두들 따뜻하게 대해주셨던 것, 정말 감사했어요. 덕분에 좋은 추억이 남아, 함께했던 친구들과 지금까지도 연락하며 잘 지내고 있네요.

음, 사실 이렇게 갑작스레 편지를 쓰게 된 건 사과드릴 일이 있어서예요. 축구공 사건이라고, 혹시 아시는 분이 있을지 모르겠어요. 오두막살이 삼일 째였나, 우연히 방과 후에 아이들과 축구를 하게 되었어요. 그때 비닐봉지 축구공을 처음 봤죠. 그… 있잖아요, 비닐봉지 같은 걸 여러 개 묶어서 만든 아이들의 축구공이요. 세상에, 전 그런 축구공이 있는지 몰랐어요. 더 신기한 건 아이들은 그 공으로도 축구를 잘하더라고요. 우린 실력도 뒤지는데 킬리만자로까지 가세해서 운동장을 흔들어버리는 바람에 대패하고 말았죠. 지진으로 흔들리는 운동장에서의 비닐 축구공이라니, 그런 신기한 경험은 다신 하기 힘들 거예요.

근데 경기 끝나고 오두막에 와서도 비닐 축구공 생각만 계속 났어요. 아니나 다를까 다른 친구들도 그 축구공에 충격을 받았는지, 계속 그 얘기만 하더라고요. 결국 우린 돈을 모아서 아이들에게 새 축구공을 사주기로 결정했죠.

수요일마다 열리는 장날, 잠자리를 해결할 고물 매트리스와 밤의 추위를 해결할 두꺼운 외투부터 먼저 챙겼어요. 그러고 나서 축구공을 사러 시장 전체를 돌아다니기 시작했죠. 시장 반대편 끝에 어느 아저씨가 혼자서 축구공 다섯 개를 팔고 계셨죠. 가격이 생각보다 세더라고요. 그래서 겨우겨우 흥정해서 어렵사리 다섯 개 모두 샀어요. 그리고 다음 날 아침, 선생님들과 상의해서 아이들에게 그 공을 나눠줬고요. 근데 아이들은 새 공을 아끼느라 비닐 축구공으로만 놀더라고요. 그걸 또 설득해서 새 축구공으로 놀게 하느라 한참 애를 먹었죠. 암튼 그 뒤로 축구하는 아이들을 볼 때면 마냥 흐뭇했어요.

축구공 사건은 그 다음 장날부터 시작됐어요. 우린 먹을 걸 사러 시장에 나갔다가 깜짝 놀랐어요. 많은 상인 분들이 시장에서 축구공을 팔고 계셨거든요. 아마도 외국인들이 축구공 산다는 소문이 퍼져서 그랬던 것 같아요. 심지어 가격도 엄청 올라 있었고….

아, 연필을 갖고 오신 분들도 계셨어요. 축구공 살 때, 저랑 몇몇 친구들이 연필도 사서 아이들에게 주었거든요. 제 기억에 시장에 있는 연필을 거의 다 사갔던 것 같은데, 그 소문도 같이 퍼졌나 봐요. 암튼 그분들, 축구공과 연필을 외국인에게 비싼 가격에 팔려고 오셨겠죠. 하지만 살 계획도 돈도 없었던 우린 먹을 것만 사서 돌아갔어요. 처음엔 단순한 해프닝으로 생각했죠. 그런데 일주일 뒤 다시 장이 열렸을 때 뭔가 잘못되었단 생각이 들었어요. 연필과 축구공 가격이 폭락해 있었거든요. 그제야 우린 진지하게 시장 상황을 파악하기 시작했어요.

　일단 많은 분들이 손해를 봤겠죠. 그 영향은 분명 그분들의 가족에게도 미쳤을 테고, 아마 우리 학교를 다녔던 많은 아이들에게도 전해졌을 거예요. 근데 생각해보면 이미 가격이 폭락해서 손해가 나기 전부터, 아이들은 피해를 봤을 거예요. 일단 소문이 돌면서 축구공과 연필 가격이 올랐을 때, 정작 그 물건이 필요했던 아이가 오른 가격 때문에 못 샀을 거란 생각이 들었거든요. 물론, 처음 장날에 우리가 연필을 다 사버렸을 때도, 마찬가지로 연필을 살 수 없는 아이들이 있었겠죠. 결국 철없던 저희의 행동이 그곳 경제엔 굉장한 악영향을 미친 거죠. 좋은 뜻으로 하는 거라고, 얼마 안 되는 돈이니까 괜찮을 거라고 오만하게 행동했던 저희 때문에 힘드셨을 많은 분들께 늦었지만 지금이라도 이렇게 사과드릴게요. 진심으로 죄송합니다.

　일라싯에서의 실수를 되풀이하지 않기 위해, 다른 나라에 있을 때도 축구공 사건을 떠올리곤 해요. 좋은 뜻으로 다른 나라에 가는 친구들을 만날 때도 꼭 그 이야기를 전해요. 특히, 돈이나 카메라를 선물로 주고 오는 것에 대해 많이 경고를 해요. 자신에겐 큰 물건이 아니더라도 다른 곳에선 크게 느껴질 수 있거든요. 물론 착한 마음으로 선물하는 거겠지만, 그래도 잘 생각해봐야 한다고 말이죠. 조용한 시골 마을에 갑자기 돈이 많아지거나, 고가의 물건이 있다는 소문이 돌면 도둑이 생겨 치안이 불안해지거나, 마을 사람끼리 불화가 생기는 경우가 있죠. 그게 심해지면 마을엔 지울 수 없는 상처가 남기도 하고요. 물론 집으로 돌아온 그 친구는 좋은 일 했다면서 아무것도 모른 채 혼자 뿌듯해 하겠죠. 그러니 매번 현지 상황에 맞춰 생각해봐야 한다고 조언을 해주곤 해요. 물론 저 역시도 항상 축구공 사건의 교훈을 잊지 않으려 하고 있고요.

편지를 쓰다 보니 케냐의 기억이 제 인생을 바꿔놓았단 생각이 드네요. 그 후 전 세계를 돌아다니며 다양한 경험을 하게 되었으니까요. 일라싯은 여행이란 또 다른 인생을 시작하게 해준 고향 같은 존재예요.

지금도 그리울 때마다 그때 찍은 사진들을 꺼내보곤 해요. 인터넷으로 위성 사진을 찾아서 손으로 추억을 더듬어보기도 하고요. 참! 돌아간다고 약속했던 것 기억나세요? 다른 건 몰라도 허니문은 꼭 케냐로 가겠다고 약속했었는데. 그럼요, 그 약속은 꼭 지킬 거니까 걱정하지 마세요. 아니, 같이 갈 사람은 아직 못 찾았어요. 그래도 뭐, 조만간 나타나지 않을까요? 그니까 Lee는 케냐에 다시 나타날 겁니다. 그땐 축구공도 잔뜩 가지고 갈 테니까, 잊지 않고 반겨주셔야 해요!

장난 가득한 아이들의 웃음소리,
부엌에서 맡던 메케한 연기 냄새,
항상 등 뒤를 든든하게 지켜주던 킬리만자로까지.
모든 게 그리워지는 밤이네요.
예쁜 색시 손잡고 곧 찾아갈게요.
그때까지 모두들 건강하세요.

서울 하늘 아래,
또 한번 '아프리카'를 꿈꾸며.

Vietnam

Cambodia

:

Peace boat

Mexico

:

Ecuador

:

Peru

:

Bolivia

Palestine

진정한
평화를 찾아

바다를 항해하다

:

피스보트 스페셜

Peace Boat

05 증오를 넘어 평화를 꿈꾸는 나가사키 원폭 피폭자

싱가포르 여객 터미널. 하얀 배 한 척이 서서히 속도를 줄이며 항구에 다가왔다. 점점 커지는 갑판 위 사람들과 〈PEACE BOAT〉라는 푸른 글씨. 어릴 적부터 간직해온 꿈이 이루어지는 순간이었다.

초등학교 1학년 때, 아버지가 퇴근길에 커다란 그림책 하나를 사오셨다. 페이지마다 종이가 이중으로 접혀 있던 그림책에는 비행기, 헬리콥터, 우주선이 그려져 있었다. 그리고 제일 마지막에 있던 크루즈 그림. 수십 개의 방에 야외 수영장까지 있는 그림을 보고 처음엔 믿을 수가 없었다. 이렇게 커다란 배가 바다에 뜰 수 있다고? 학교 가기 전에 보고, 다녀와서 또 보고, 너덜너덜해질 때까지 같은 그림을 보고 또 봤다. 언젠가 나도 저렇게 커다란 배를 타고 항해하겠다는 꿈을 꾸면서. 영화 《타이타닉》을 봤을 때도, 디카프리오의 잘생긴 얼굴은 안중에 없었다. 오로지 크루즈! 선실을 조금이라도 자세히 보려고, 영화를 보고 또 봤다. 그렇게 모은 이미지로 펼치던 상상의 나래. 거칠지도 얌전하지도 않은 파도를 헤치며 수평선 너머를 향해 나아가는 크루즈. 온통 푸른색으로 물든 하늘과 바다, 그리고 파도가 부서지며 머금은 하얀 물거품까지. 수평선이 붉은 태양을 삼키면, 부끄러운 듯 달이 살며시 하얀 얼굴을 내밀고, 은하수가 살며시 빛을 내는 나만의 아름다운 풍경화. 그 순간 갑판에서 바다를 느끼고 있다면 얼마나 좋을까? 드디어 올랐다. 내 오랜 로망을 실현시켜줄 멋진 배, 피스보트에.

+ 멀미로 흐려진
나의 멋진 풍경화

　지구를 한 바퀴 도는 피스보트는 단순한 관광을 위해 시작된 크루즈가 아니다. 1982년 일본의 우익 단체들이 역사 교과서에 일본의 아시아 '침략'을 '진출'로 왜곡하면서 이른바 한국, 중국 등지에서 '역사 교과서' 파동이 일어났다. 이때 와세다 대학교 학생들을 중심으로 교과서가 아니라 현지에 가서 직접 보고 들으며 역사의 진실을 규명하자는 움직임이 일어났고, 이것이 1983년부터 시작된 일본의 NGO, 피스보트로 이어졌다. 지금까지도 매년 두세 차례 항해를 통해 세계 전역을 여행하면서 평화 · 인권 · 반핵 등 다양한 활동을 펼치고 있다. 나는 그 피스보트의 70번째 항해에 참여하게 되었다.

싱가포르에서 처음 피스보트에 올랐을 때 가슴이 벅차오르던 그 감정은 이루 말할 수가 없다. 드디어 꿈꾸던 그림 속 주인공이 될 거라 생각했으니까. 하지만 언제나 현실은 꿈을 삼켜버리는 법! 파도가 부서지는 멋있는 풍경은커녕 첨엔 파도에 배가 부서지는 줄 알았다.《타이타닉》처럼 바다를 가르며 다닐 줄 알았건만, 현실은 제멋대로 흔들어대는 '스카이 콩콩' 같은 느낌이었다. 사람들은 해적이 출몰하는 말라카 해협이라 속도를 높여서 그렇다며, 곧 괜찮아질거라고 내게 말했다. 하지만 난 이미 지독한 뱃멀미와 혼연일체가 된 상태였다.

멋지게 노을을 바라보며 서 있어야 할 갑판에서, 다리에 힘이 풀려 주저

앉은 채로 숨만 헐떡여야 했다. 아마 호흡이라기 보단 산소를 충전했단 말이 더 어울릴 것이다. 한순간도 나를 내버려두지 않는 뱃멀미 때문에 갑판에서 사경을 헤매며 신선한 공기를 들이켜야 했으니까. 그렇게 공기를 충전해도 결국 세 시간을 넘기지 못하고 침대에 널브러졌다. 매번 그렇게 혼수상태에 빠져 멀미 없는 다음날을 기약하게 되는 나의 크루즈 생활. 두통에 멀미가 가져오는 위액의 역류까지 고통스러움에 치를 떨었지만, 그래도 쉽게 포기할 순 없었다. 화장실을 들락날락거리고, 갑판에 쓰러지면서도 버티고 또 버텼다. 언젠가 뱃멀미를 털어내고 꿈같은 뱃놀이를 즐기겠다는 오기 섞인 다짐으로!

매일 아침 오전을 살기 위해 갑판에서 산소를 충전할 때마다, 아무렇지도 않게 담배를 피며 바다의 풍경을 즐기는 할아버지가 한 분 계셨다. 싱가포르에서 나와 함께 배에 오른 그 할아버지는 항상 평온한 표정으로 담배를 피셨다. 핏기를 잃은 날 보며 매번 괜찮냐고 물어보시던 친절한 할아버지. 웃으며 물어보시는 그분의 표정에 괜히 심술이 났다.

'오~ 신이여! 부디 이 어린양을 마귀 같은 뱃멀미에서 해방시켜주소서!'

말라카 해협을 지나 인도양에 들어섰지만, 나를 향한 멀미의 짝사랑은 여전했다. 오히려 검은 구름으로 세상이 어두워지면서 더 심해져 갔다. 결국 구역질을 참아내지 못하고 갑판에 쭈그리고 앉아 산소를 충전하고 있을 때, 옆에서 담배를 피우시던 그 할아버지는 젊은 놈이 또 그러고 있느냐며 안타까운 표정으로 날 바라보셨다.

'아, 뭐야. 저 할아버지 또 멀쩡해. 나만 쪽팔리게. 전생에 캐리비안에서

해적질이라도 하신 거야, 뭐야?'

곧 괜찮아질 거라며 걱정해주던 할아버지. 그 말을 10일째 반복 중이라는 걸 알고나 계신 걸까? 뭐라 대꾸라도 하고 싶었지만 입을 열면 갑판에서 초대형 사고를 칠 것 같아 고개만 끄덕이고 다시 심호흡만 후아, 후아.

얼마나 시간이 지났을까? 그날따라 담배를 계속 피시던 할아버지가 내가 의식을 차리자 가까이 다가와 앉으셨다. 괜찮냐고 한번 더 물어보던 그분은 내가 의사소통이 가능해진 걸 확인하곤 이것저것 묻기 시작하셨다. 그래, 맨날 헛구역질하고 있는 애를 보면서 뭐하는 놈인지 궁금하긴 하셨을 거야.

근데 신기하게도 할아버지의 일본어가 완벽하게 이해가 되었다. 일본어는 여행하면서 주워들은 게 전부였는데……. 혹시 나… 타고난 일어 천재인가…. 아직 두통이 가시지 않는 머리를 부여잡고도 기분이 좋아선 열심히 할아버지의 대화를 따라갔다. 간단한 대화를 통해 말을 알아듣는다는 걸 알게 된 할아버지는 슬슬 본격적으로 질문 공세를 퍼셨다.

그러나 초능력을 발휘하던 내 언어 능력은 우리 사이를 질투하는 멀미 때문에 얼마 버티지 못했고, 결국 일본어와의 교신이 끊어지고 말았다. 하지만 이미 대화에 꽂힌 할아버지는 날 붙잡고 한자로 필담까지 시도하셨다. 근데 할아버지가 쓰시는 건 다름 아닌 '식민지 근대화론'. 일본의 식민지가 한국의 근대화를 이룩했다는, 한국에서도 첨예한 논쟁인 그 주제에 내 의견을 물어보셨다. 그 복잡하고 어려운 문제에 대해 멀미로 반쯤 의식을 잃은 내가 무슨 대답을 할 수 있겠는가? 차라리 남들처럼 혼자 여행한다고 부모님이 걱정하시진 않는지, 아니면 최신 유행하는 한국 드라마가 무엇인지 물어보셨으면 뭐라 쓰기라도 할 텐데. 이건 뭐 갑자기 100분 토론을 하자는 것도 아니고. 대체 왜 이러시는 거예요! 네? 가뜩이나 혼자만 멀미해서 억울해 죽겠는데.

할아버지께 살려달라고 빌었다. 오후에는 꼭 살아서 돌아올 테니, 그때까지 기다려달라고 말씀드렸다. 웃으며 그러자던 할아버지를 뒤로 하고 죽을힘을 다해 객실로 달렸다. 들어가자마자 침대에 넉다운이 된 나는 결국 바닥을 기어 화장실을 들락날락거렸다. 커다란 크루즈에서 뱃멀미라는 초대형 복병을 만날 줄 누가 예상했겠는가. 잠깐 내렸다 다시 타고 싶은 마음이 굴뚝같았지만, 인도양 한복판에서 그건 목숨을 걸지 않고는 불가능한 이야기였다.

+   "그런 식으로 증오만 표출해서
평화에 도움이 되겠어요?"

오후에 정신을 차린 나는 통역팀의 '마리코'를 데리고 갑판을 향했다. 평생 그곳에 살았던 것처럼 느긋한 모습으로 우리를 맞이하던 할아버지.

다행히 할아버지는 '식민지 근대화론'이란 골치 아픈 주제 대신 일본을 바라보는 한국인의 시선이 궁금하다며, 내게 일본에 대한 인식을 물으셨다. 그래서 일본 문화나 사람들은 좋아하지만, 식민지 문제와 역사 교과서

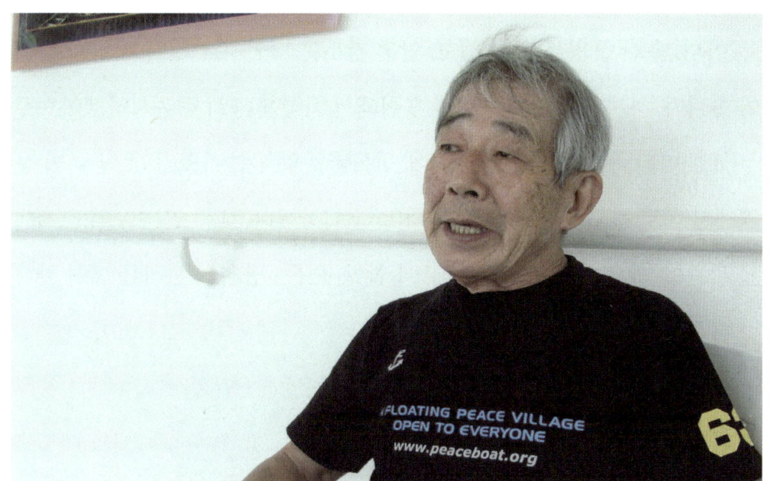

평화의 간절함을 알리는 테루오 이데구치

에 관련된 일본 정부의 입장에 대해선 강하게 반대한다고 말씀드렸다. 그러자 내가 피스보트에서 진행하는 '위안부' 할머니 관련 프로그램에 대해 알고 있다며 운을 띄우셨다.

"그 '위안부'도 문제이긴 한데, 그런 식으로 증오만 표출해서 평화에 도움이 될까요? 어차피 역사적으로 전쟁이 있을 때마다 그런 일은 수도 없이 일어나기 마련인데."

뭐야, 이 할아버지. 멀미로 고생하는 사람 불러다가 이게 무슨 뚱딴지같은 소리야? 전쟁 중에는 원래 그런 거니까 덮자고? 칭기즈칸도, 알렉산더도 그랬으니 일본 정부도 사과할 필요가 없다는 거야? 전쟁범죄에 대해선 당연히 처벌하고 사과하고 보상해야지! 식민지 근대화론 꺼낼 때부터 알아봤어야 했는데, 완전 TV에서 보던 일본 우익 할아버지구만!!

"아니, 우린 분명 잘못을 했고, 일본 정부는 당연히 인정하고 사과를 해야 합니다. 하지만 그렇게 증오만 표현해선 어떻게 평화를 유지하겠어요?"

서로 미워해선 평화가 없다는 게 할아버지의 말씀이었지만, 난 이미 불쾌해질 대로 불쾌해진 후였다. 근데 조금 이상했다. 보통 일본 우익 단체에선 사과할 게 없다고 주장하는데, 이 할아버지는 당연히 사과를 해야 한다고 하잖아? 그럼 전쟁범죄라는 사실은 인정한다는 건데. 그냥 시비 거는 건 아닌 것 같고, 대체 무슨 의도로 내게 저런 말을 하는 걸까?

미간을 찌푸린 채 째려보는 날 보며 웃으시던 할아버지. 74세의 테루오 이데구치. 그는 스스로를 1945년 8월 9일 원자폭탄이 떨어진 나가사키에서 생존한, 원폭 피폭자라고 소개했다.

의외였다. 전혀 예상하지 못한 이야기였다. 내가 갖고 있던 피폭자의 이미지에 비해 할아버지는 너무나 건강했다. 예전에 나가사키 원폭 박물관에서 피폭자들의 모습을 본 적이 있다. 정말 눈 뜨고 보기 힘들 정도로 처참했었다. 하지만 이 할아버지는 담배도 피고, 심지어 뱃멀미도 없을 정도로 건강하신데? 멀미를 안 겪으셔서 부럽다는 내 말에 배를 잡고 웃으시던 할아버지. 건강한 겉모습과 달리, 방사능 노출로 평생 고통받고 있단다. 무엇보다 폭탄이 떨어지던 지옥의 순간, 잔인한 그 기억에서 단 하루도 벗어난 적이 없다고….

모든 것이 불타는 지옥의 도시,
원자폭탄이 떨어진 나가사키

1945년 8월 9일, 당시 아홉 살이었던 테루오는 두 형, 그리고 옆집에서 놀러온 친구와 함께 엎드려 그림책을 보고 있었다. 깔깔대며 웃고 있던 그때 '피융~' 하는 소리에 미사일이 떨어지는 것을 알아챈 그들이 본능적으로 일어나는 순간, '쾅' 하는 굉음과 함께 온 세상이 은색으로 변했다. 귀가 터질 것 같은 굉음 속에서 세상은 다시 노란색으로 물들더니, 순식간에 핑크색으로 바뀌었다. 그러면서 폭풍이 몰아쳤고, 테루오는 7미터를 날아 화장실 벽돌 벽에 내동댕이쳐졌다. 잠시 뒤, 머리가 깨지고 온몸에 파편이 박힌 테루오를 구한 것은 그의 집에서 일하던 식모였다. 그녀 역시 피투성이였지만, 다행히 테루오와 그의 형제들을 챙겨 방공호에 몸을 숨길 수 있었다. 식모의 팔에 옮겨질 때, 테루오는 겨우 들어 올린 눈꺼풀 사이로 피를 흘리며 쓰러진 친구를 보았다. 폭탄이 터지는 순간, 재빨리 일어나지 못한 친구는 그 자리에서 즉사해버렸다. 단 1초가 바꿔놓은 운명. 운 좋게 테루오와 그의 형제들은 살아남았지만, 심한 부상 탓에 방공호에서 다시 정신을 잃고 말았다.

사람들의 비명과 불타는 소리만이 가득한 나가사키. 어렵게 정신을 차린 테루오는 그곳에서 생지옥을 보았다. 눈앞에 모든 것이 파괴되고, 고통의 신음 소리가 끊이지 않는 참혹한 현장.

"집에 애가 있어요. 제발 우리 애를 살려주세요."

온몸에 화상을 입은 채로 불타 스러진 집 앞에서 울며불며 도움을 청하다 결국 숨을 거두던 이웃들의 모습. 익어버린 몸의 열기를 견디지 못하고 뛰어든 사람들의 시체가 둥둥 떠다니는 하천, 3,000도의 열기가 모든 것을 삼키고 붉은색과 검은색 두 가지만 존재하는 세상을 보며 어린 테루오는 세상의 종말이 왔다고 생각했다. 그 순간, 화상을 참지 못하고 물을 찾아 뛰어다니는 무리가 나타났다. 고통을 참지 못하고 옷을 다 찢어버린 한 소녀는 물을 달라며 식모에게 울부짖었다. 식모는 깨끗한 물을 주겠다며 피를 닦아낸 물을 버리고 우물로 뛰어갔지만, 돌아온 그녀를 기다리는 건 벌겋게 익어버린 시체 한 구뿐이었다.

그날 하늘에서 떨어진 원자폭탄, 일명 'Fat man'은 7만 5천 명의 목숨을 앗아갔다. 투하 지점에서 1킬로미터 떨어진 지역에선 생존율이 50퍼센트도 되질 않았던 그 폭발에서, 테루오의 가족들은 운 좋게 모두 살아남았다. 오후가 되자, 다른 도시에 갔다가 사고를 피한 아버지까지 돌아와 눈물의 상봉을 했다. 부상 정도가 덜한 식모와 둘째 형이 파괴된 근처 공장에서 아연판을 가져왔고, 그것을 지붕 삼아 거처를 마련했다. 하지만 그 때문인지 둘째형은 방사능에 심하게 노출되었고, 손도 제대로 써보지 못한 채 한 달 만에 숨을 거두고 말았다.

폭탄 하나에 모든 것이 파괴되는 지옥을 목격한 할아버지. 그때의 상처로 지금도 고통스러워하는 그는 전쟁에 대한 두려움과 평화에 대한 간절함을 알리기 위해 내게 증오를 물은 것이라 했다. 할아버지는 혹시 모를 증오의 싹을 잘라내기 위해서라도 꼭 일본 정부가 잘못한 일을 인정하고 사과

해야 한다고 했다. 그러면서 꼭 평화를 지켜야 한다는 당부를 잊지 않았다.

간혹 원폭에 대해 그렇게 말하는 사람들이 있다. 일본이 침략한 죄가 있으니, 폭격당하고 고통받는 건 당연하다고. 하지만 폭격을 당한 사람들은 전쟁을 일으킨 사람들이 아니다. 같은 전쟁의 피해자인 그들이 받는 고통을 알고도 그렇게 말할 수 있을까? 전쟁을 결정하는 건 극소수의 사람들이다. 그리고 그들은 전쟁의 명분을 만들기 위해 증오를 만들어내고 사람들을 전쟁터로 내몬다. 그렇게 참전한 사람들과 피해를 입는 민간인들. 결국 어느 쪽이 이기건 간에, 대다수의 사람들은 피해자며 패배자가 될 뿐이다.

No one can do everything,
but everyone can do something

증오를 이겨내고 평화를 꼭 지켜야 한다고 성인군자처럼 말하는 테루오 이데구치. 그에게 조심스레 여쭤보고 싶은 것이 있었다.

"할아버지, 혹시 미국에 대한 증오는 없으신가요?"

'용서'라는 단어가 떠올랐지만, 선뜻 그 단어를 입에 담을 용기가 나지 않았다. 그래서 돌려 묻고는 할아버지 눈치만 보고 있었다.

"전쟁 끝나고 미군이 왔는데, 나는 서양인을 처음 보고 정말 무서웠어요. 근데 오자마자 초콜릿을 나눠주더라고. 먹을 게 없는 폐허에서 초콜릿을 주니까 얼마나 고마워요? 그래서 미국을 용서하게 되었어요."

맙소사, 초콜릿 하나에 모든 걸 용서했다니. 이걸 웃어야 하나, 말아야 하나?

처음 나가사키에 진주한 미군들은 일본 사람들의 보복이 두려워 높은 언덕 위에 캠프를 마련했다. 하지만 사람들에겐 패배의 분위기가 팽배해 있었고, 그 때문인지 미군을 해하려는 사람들은 없었다. 머리에 붕대를 감은 어린 테루오는 언덕에서 내려온 미군들을 마냥 따라다녔단다. 당시 사람들에게 증오니 복수니 하는 것보다 미군을 따라다니며 배고픔을 달래는 것이 중요했던 모양이다. 그들은 당장 생존의 문제를 해결해야 했으니까. 패전국의 국민인 동시에 전쟁의 피해자였던 사람들. 그들은 전쟁이 끝났다는 것만으로도 안도하지 않았을까? 그렇다면 대체 그들에게 전쟁은 무엇이란 말인가?

테루오는 자라면서 전쟁에 대해 알게 되고, 초콜릿으로 용서해버린 미국에 대한 반감도 가지게 되었다. 그런데 그건 미국인에 대한 반감이 아니라, 원폭 투하를 결정한 '미국 정부'에 대한 반감이라고 말했다. 그러면서 자신의 명함에 적힌 글귀를 보여주는 할아버지.

No one can do everything, but everyone can do something.

"미국 정부는 의회 의결 없이 폭탄을 투하했어요. 그건 미국 국민들에게 엄청난 살인에 대해 알리지 않았다는 뜻입니다. 만일 미국인들이 알았다면, 반드시 그걸 막았을 거예요. 지금 우리 또한 같은 상황이 벌어진다면 마찬가지로 행동하겠죠."

증오를 걱정하던 할아버지는 민주주의를 말씀하셨다. 현대의 민주주의 사회에서 전쟁이 다시 일어나고 사람이 죽는다면 그건 분명 우리의 책임이라고. 그러니 우리는 전쟁을 막고 평화를 지킬 의무가 있다고 몇 번이고 강조했다. 어쩌면 지극히 상식적인 그 말을 들으며 나 자신을 돌아보게 되었다. 일흔이 넘은 어른께서 성치 않은 몸으로 평화를 지키기 위해 세계를 여행하시는 동안 나는 무엇을 했던가? 30년 전, 일본의 어린 대학생들이 시작했다는 피스보트, 당시 그들과 나이가 같은 나는 평화를 위해서 무엇을 한 적이 있던가? 정부가 이라크에 군대를 파병하겠다고 했을 때, 한번이라도 나서서 반대의 목소리를 낸 적이 있는가? 결국 명분도 없는 이라크 전쟁을 그저 방관하고 있었던 게 아닌가? 훗날 나는 그 책임에서 자유로울 수 있을까? 할아버지와 계속 대화를 나누는 동안 그토록 증오하던 뱃멀미는 날 괴롭히지 않았다. 하지만 증오와 전쟁, 그리고 평화에 대한 고민과 반성 때문에 마음속은 더 많이 고통스러웠다.

'원폭 피폭자'라는 이유로 사랑한 여인과 결혼할 수 없었다는 할아버지. 그는 어렵사리 다른 사람과 결혼하고 아이도 가졌지만, 자식들이 불치병을 앓을까 평생을 전전긍긍해야 했다. 게다가 방사능에 노출되었다는 이유로, 건강하지 못하다는 이유로 사회적 차별을 당하며 승진도 못하고 평생 숨죽이며 살아야 했다. 피폭자의 70퍼센트 이상이 걸린다는 암으로 가족과 친구들이 세상을 떠나는 것을 곁에서 지켜보며, 항상 마음의 준비를 한 채 살아가야 했다. 그러면서도 불러주는 어느 곳이든 찾아가, 1945년 그날의 악몽을 전하며 평화를 부르짖는 할아버지.

며칠 뒤 인도양을 벗어난 피스보트는 맑은 날씨 속에 서쪽으로 항해했고, 그제야 나는 뱃멀미에서 조금씩 벗어나 진정한 바다를 즐길 수 있었다. 꿈꾸던 풍경화를 매일같이 즐기며 뱃놀이를 하던 어느 날, 내 시야에 불청객이 등장했다. 바로 일본 자위대에서 파견한 군함이었다. 당시 피스보트는 소말리아 해협을 지나고 있었는데, 일본 정부에서 해적의 공격이 우려된다며 반강제적으로 군함의 보호를 받게 한 것이었다. '자위대 반대! 전쟁 반대!'를 주장하는 피스보트를 억지로 보호하던 자위대 군함은 하루 종일 확성기로 일본 자위대의 필요성을 홍보했다. 태평양 전쟁 패전 이후, 일본

피스보트를 억지로 보호하던 자위대 군함

에는 이른바 '평화 헌법 9조'라는 것이 제정되었다. 일본의 군대는 방위를 위해서만 존재할 뿐, 다른 나라를 공격하거나 파병되어선 안 된다는 것이 주 내용이다. 그런데 최근에 일본 우익 단체들은 그 헌법을 폐기하기 위한 명분을 찾고 있다고 한다. 헌법을 폐기하고 군사력을 증강시켜 동북아시아의 긴장을 만들려는 것이다. 그것에 정면으로 반대하고 있는 피스보트를 따라다니며 끊임없이 자위대 존재의 이유를 설득시키려는 군인들 위로 펄럭이던 욱일승천기. 테루오 할아버지는 피스보트와 자위대가 대립하는 그 광경을 갑판에서 쓸쓸히 바라보며 담배를 피우고 계셨다.

국민들을 보호한다는 핑계로 소말리아 해협까지 따라와 헬기를 띄우며 위용을 자랑하던 자위대. 평화를 위해서라면 어느 분쟁 지역이든 마다하지 않고 달려가는 피스보트. 그리고 다시는 어디에도 전쟁이 일어나선 안 된다며, 매번 눈물 섞인 목소리로 전쟁의 악몽을 증언하는 원폭 피폭자, 테루오 이데구치. 내 풍경화 속에 들어온 세 개의 피사체. 노을이 지는 바다를 배경으로 한 나의 풍경화는 전쟁을 꿈꾸는 불청객으로 얼룩져갔다.

할아버지를 만나고 '증오와 전쟁이 없는 평화'라는 구체적인 그림을 그려야겠다 생각했다. 더 많은 사람들과 함께 반드시 평화를 지켜가겠노라고. 피스보트의 사람들과 함께 전쟁 없는 세상이 올 때까지 평화를 향한 발걸음은 멈추지 않을 것이다.

"평화로운 지구마을을 꿈꾸며……."

PEACE

Peace Boat

그가 전하고 싶었던 이야기는…

"일본 정부는 공식으로 사죄하고, 즉각 할머니들에게 배상하라!"

비가 오건 눈이 오건 수요일 낮 12시만 되면 종로에 있는 일본 대사관 앞에 모여 한 맺힌 목소리로 외치는 '위안부' 할머니들. 매일 피스보트에서 진행되는 40여 개의 프로그램 중 절반 이상을 승객들이 기획해서 준비한다는 말을 들었을 때, 가장 먼저 떠오른 것이 바로 할머니들의 얼굴이었다. 한국의 아픔이고 일본의 문제이며, 동시에 피스보트의 '우리'들이 반드시 알아야 할 할머니들의 이야기. 여행 전부터 할머니들과 관련된 프로그램을 기획하기로 마음먹은 나는 조언을 얻기 위해 〈한국정신대문제대책협의회〉 사무실을 찾아갔다. 감사하게도 그곳 활동가 분은 일본어 자막이 있는 관련영상 DVD를 챙겨주셨다. 당시 일본에서는 '위안부' 할머니들을 위한 배

상법 제정을 촉구하는 서명운동이 한창 진행 중이었다. 그래서 일본인이 다수인 피스보트에서 서명운동을 해보면 어떻겠느냐는 제안을 하셨고, 좋은 아이디어라고 생각한 나는 서명 용지를 챙겼다. 뿐만 아니라 같은 일본인의 목소리를 전하면 좋을 것 같다는 생각에 나는 〈수요 집회〉에 참석한 일본인들을 만나 인터뷰를 촬영했고, 모든 준비를 마치고 비장한 마음으로 피스보트에 합류했다.

피스보트에 할머니들을 위한 프로그램을 진행하겠다는 뜻을 미리 밝혔다. 이미 수년 전, 할머니 한 분을 피스보트에 초대해 증언을 들은 적이 있다는 피스보트도 좋은 뜻에 적극 공감했다. 하지만 혹시 무슨 일이 생기지는 않을지 조심스러워했다. 일본인만 천여 명이 탑승하는, 일본 섬이나 다름없는 피스보트에서, 더군다나 8월 15일에 맞춰 서명운동을 하겠다고 했으니 그럴 법도 했다. 물론, 나 역시 걱정이 되었다. 많은 사람이 서명해줄까? 혹시 TV에서나 보던 일본 우익 같은 사람들이 나타나 멱살이라도 잡으면 어떻게 하지? 설마 서명은커녕 아무것도 못한 채 배에서 쫓겨나는 건 아니겠지….

같은 걱정을 함께하던 피스보트 측에서는 '피스 데이'라고 부르는 8월 15일 공식 프로그램에 내가 참가해서 이야기하기를 제안했다. 그 덕분에 많은 사람들 앞에서 20여 분 동안 발언할 기회를 얻은 나는 사진과 인터뷰 영상을 통해 할머니들의 목소리를 사람들에게 전할 수 있었다. 처음엔 혹시나 하는 걱정 때문에 잔뜩 긴장했었지만, 피스보트는 이름 그대로 평화로웠다. 영상을 통해 할머니들의 목소리가 생생하게 전해질 땐 눈물을 훔

김치를 사랑하는 히데토 오가와

치는 분들로 가득했고, 끝난 후에도 많은 박수로 할머니들을 응원해주셨
다. 그리고 바로 시작된 서명운동. 서명운동은 심한 뱃멀미로 서 있기도 힘
든 날 대신해 재일 동포 친구들이 도와주었다.

애초의 걱정은 기우였다. 일본인뿐만 아니라 인도인, 캐나다인 등 많은
피스보트 주민들이 줄을 서서 서명에 동참했다. 심지어 고생이 많다며 등
을 두드려주시는 일본인 할머니들도 계셨다. 많은 분들의 응원 덕분에 멀
미마저 사라지는 기분, 한국에서 할머니들이 이 사실을 아신다면 얼마나
기뻐하실까?

들뜬 마음을 감추지 못하고 왔다 갔다 하는 내게 한 중년 신사가 악수를
청했다. 손을 잡은 채 잠깐 주저하시더니 이렇게 말씀하시는 게 아닌가?

"에… 저도 3년 전에… 수요 집회에 다녀왔스무니다."

맙소사, 피스보트에서 한국말을 듣다니…. 순간 내 귀를 의심했다. 피스보트에서 한국어로 말하는, 더군다나 〈수요 집회〉에 다녀온 일본인을 만나는 건 꿈에도 상상하지 못했다. 내가 눈이 휘둥그래진 채 아무 말이 없자, 그분은 자기가 한국어를 잘못 말한 줄 아셨다. 그러더니 곧바로 옆에 있던 재일 동포 친구를 데려왔고, 그 친구를 통해 수줍게 일본어로 짧은 격려만 전하시고는 그 자리를 떠나셨다.

한류 열풍으로 한국어를 할 줄 아는 일본인이 있을 거라고 생각은 했지만, 피스보트에서 '위안부' 할머니들을 만난 일본 아저씨를 만날 줄이야. 찌릿찌릿한 전율만 남기고 사라진 저 중년 신사는 누굴까? 분명 일본인인데, 대체 정체가 뭘까? 점점 올라오는 뱃멀미에 어질어질하면서도 그분의 얼굴이 자꾸만 아른거렸다.

기대도 우려도 많았던 서명운동은 일본인만 총 178명의 서명을 받고 성공적으로 끝이 났다. 그리고 서명 용지는 피스보트가 인도에 정박했을 때, 일본에서 서명운동을 진행하는 NGO로 보내졌다. 서명은 끝났지만 뱃멀미는 전혀 떠날 생각이 없는 듯했고, 아무것도 못한 채 대부분의 시간을 침대에서 보내야 했다. 하지만 머릿속으론 DVD 상영회를 열어야 한다는 생각이 굴뚝같았다. 우리에게는 광복절, 일본에는 패전일인 8월 15일에 맞춰 제기한 할머니들의 문제에 대한 논의를 이어가야 하니까 말이다. 서명에 참여한 것으로 끝날 것이 아니라, 문제를 해결하는 것이 우리의 책임이란 사실을 알려야 했으니까….

그래서 준비한 다음 단계는 '위안부'라는 이름으로 고통받았던 재일 동포 송신도 할머니의 일본 투쟁기를 담은 영화《나의 마음은 지지 않았다》 상영회였다. 서명운동의 여파 덕분인지 많은 사람들이 한자리에 모였다. 영화가 상영되는 동안 나는 스크린이 아닌 사람들의 얼굴을 봤다. 할머니의 거친 삶을 담은 영화를 보면서 사람들이 어떤 반응을 보일지 궁금했기에…. 슬픔, 분노, 안타까움이 교차하는 사람들의 얼굴. 내가 영화를 처음 봤을 때 지은 표정과 같은 표정을 짓는 사람들을 보며, 과연 그들이 나와 같은 문제의식을 공유하고 있는지 궁금해졌다.

눈물 섞인 박수와 함께 영화가 끝이 났고 자리를 정리하는 동안, 지난번의 그 신사 분이 다시 찾아오셨다.

"일본에서 송신도 상을 만난 적이 있스무니다."

이번에도 역시 한국말로 말하는 그는 영화의 주인공인 송신도 할머니를 알고 있다고 했다. 그러면서 준비된 다음 프로그램이 있는지 물었다. 나는 토론의 장을 열고 싶다고 했다. 다양한 정체성을 가진 사람들과 함께 이 주제에 대해 터놓고 토론하고 싶다고. 고개만 끄덕이면서 공감하시던 그 중년의 신사는 자신도 꼭 참석하겠다는 말만 남기고 자리를 떠나셨다. 점잖은 모습의 저 신사 분은 어떻게 '위안부' 할머니들을 알고 있는 걸까? 한국 드라마를 보다가 한국에 관심이 생겨서? 그렇다고 보기엔 굉장히 진지하고 많은 걸 알고 계신 것 같은데. 웬만한 한국인보다도 많은 걸 알고 계신, 저분의 정체는 과연 뭘까?

김치로 시작된 한국의 인연,
그리고 유관순

상영회가 끝난 뒤 난 다시 뱃멀미에 시달려야 했다. 바람을 쐬면 좋다고 해서 갑판에서 산소 충전도 해보고, 땀내는 게 좋다고 해서 피트니스 룸에서 운동도 해봤지만 전부 헛수고였다. 내내 침대에 누워 있어야 했지만, 그래도 멀미는 쉽게 가시지 않았다. 오히려 파도의 굴곡이 온몸으로 느껴지는 것이 놀이공원의 바이킹에 누워 있는 기분 같다고 할까?

몸이 항해에 적응하고 멀미를 극복하는 동안, 어느덧 피스보트는 위험한 소말리아 해협을 지나 수에즈 운하를 통과하고 있었다. 운하를 지난 피스보트는 지중해에 진입했고, 그때부턴 이틀에 한 번씩 항구에 정박해 하루를 보내는 강행군이 이어졌다.

물론 바쁜 와중에도 약속한 토론회는 잊지 않고 있었다. 다른 사람들의 생각을 알고 싶다는 개인적 열망도 있었지만, 무엇보다 피스보트에서 진행하고 있던 한국어 교실에 그분이 오셔서 무언의 압력을 가하고 계셨다. 피스보트에는 한국어를 배우고 싶어 하는 사람들이 많았다. 그래서 네이티브 한국인인 나는 자의 반 타의 반으로 격일제 한국어 수업을 하고 있었다. '가나다라' 쓰는 법부터 가르치는 수업에 한국말을 할 줄 아는 분께서 매일 출석하셨으니, 토론회를 깜박했다는 핑계는 애당초 불가능했다.

처음엔 대서양을 건너 쿠바에 가는 동안 날을 정해서 토론회를 열어야겠다고 맘먹었다. 하지만 뜻대로 되진 않았다. 피스보트에 오르기 전부터 맘먹었던 또 다른 기획인 피스보트의 해양 환경문제에 관한 내부 고발 프로그램을 친구들과 준비하고 있었기 때문이다. 거기에 한국어도 가르치고, 선내 패션쇼에도 참여하고, 심지어 노래자랑에 나가 욘사마 분장을 하고 《겨울연가》 주제곡까지 불렀으니 다른 걸 준비할 시간이 있을 리 없었다. 설상가상 피스보트가 허리케인을 맞닥뜨리면서 아메리카 대륙 입성의 신고식을 호되게 치르기까지 했다. 덕분에 배가 지연되며 대서양 일정에 하루가 더 생겼지만, 나는 또다시 찾아온 뱃멀미 때문에 오히려 이틀을 잃고 말았다. 울렁대는 속을 부여잡고 침대에 눕게 되자, 마음이 조급해졌다. 하루빨리 그 신사 분을 모시고 토론회를 열어야 하는데! 이렇게 한가하게 누워 멀미나 즐기고 있을 때가 아니라고!

그러거나 말거나 시간은 흘러갔고 어느덧 피스보트는 쿠바를 지나 에메랄드빛 카리브 해를 항해하고 있었다. 그날, 늦은 점심을 먹으러 올라간 식당에서 나는 '김치 볶음'이란 요리를 만났다. 김치 볶음보단 배추에 고춧가루를 곁들인 샐러드 같은 느낌이었지만, 돼지고기까지 들어가 있는 그 음식이 내겐 '제육볶음'과 다를 바가 없었다. 오랜만에 만난 '김치'라는 한글만으로도 흥분되던 그 순간! 정신줄 놓고 김치 볶음을 접시에 산더미처럼 쌓아들고 테이블을 찾는데, 마침 혼자 식사를 하고 계신 그 신사 분이 날 보며 손짓했다.

"내 아내가 김치를 참 잘 만드는데, 이건 맛이 좀 없죠?"

집에서 김치를 즐겨 드신다는 말에 한국 사람인지 일본 사람인지 헷갈리는 그분과 한국말로 대화하며, 점점 한국에 있는 착각에 빠져들었다.

"참, 제가 좋아하는 한국 노래가 있는데, 혹시 제목 알아요? 그… 사랑도, 명예도, 이름도 남김없이~"

헐… 이 노래는 〈임을 위한 행진곡〉이잖아? 80년대 민주화 운동의 대표곡, 지금도 집회가 있을 때면 사람들이 가장 먼저 부르는 그 노래. 그걸 어떻게 알고 계신 거지? 일본 국민가요가 되어버린 《겨울연가》 주제곡도, 빅뱅의 신곡도 아닌 민중가요라니. 손녀랑 동방신기 콘서트 다녀왔다고 자랑하는 일본 할머니는 봤어도, 〈임을 위한 행진곡〉을 알고 심지어 부르기까지 하는 일본 사람은 생전 처음이었다. 대체 당신은… 누구세요?

히데토 오가와. 그는 일본의 한 중소기업에서 일하다 은퇴하고, 오사카 지역 어느 노동조합에서 비정규직들을 돕는 일을 하고 있다고 했다. 그가 한국과 맺게 된 인연의 시작은 바로 김치. 김치를 너무 좋아해서 한국까지 좋아하게 되었다는 그는 김치 볶음을 먹으며 자신의 이야기를 풀어놓았다.

김치를 워낙 좋아하다보니 부인이 오사카에서 김치 담는 법을 배우러 다녔단다. 그러다 '김경숙'이란 한국인을 알게 되었다고 했다. 김경숙은 당시 태평양 전쟁에 일본 군인으로 참전한 조선인들의 권리를 찾기 위한 '군인근속재판'을 추진 중이었는데, 그녀 덕분에 오가와 씨 부부는 한국 역사에 관심을 갖게 되었다. 그리고 전쟁으로 전사한 조선인들을 기리는 위령비를 보기 위해 춘천도 방문했다고 했다. 한류 열풍이 시작되고 월드컵 특수까지 겹쳤던 2002년, 첫 한국 방문을 마치고 춘천에서 공항으로 가던 오가와 씨 부부는 우연히 서대문 형무소에 잠시 들리게 되었다.

"어린 여학생들이 어떤 여성의 사진 앞에 모여 있더군요. 뭔가 싶어서 아무 생각 없이 가봤죠. 사진 속의 그 사람, 바로 유관순이었어요."

그의 입에서 유관순이란 말이 나왔을 때, 굉장히 당황스러웠다. 일본인으로 유관순을 알고 얼마나 놀랐을까? 아니나 다를까, 유관순이 옥중에서 당한 수모에 대해 알게 된 그는 부끄러워 그곳을 뛰쳐나왔다고 했다. 무엇보다 옆에 있던 어린 여학생들을 제대로 쳐다볼 수조차 없었다고. 일본인으로 살면서 그렇게 얼굴이 화끈거리고 충격을 받은 건 처음이라고 했다.

일본에 돌아가서도 한동안 그 충격에서 벗어나지 못했다는 오가와 씨. 그는 그날의 경험을 계기로 한국 역사를 공부하기 시작했다. 역사와 함께 한국어도 배웠다는 그는 이후로 매년 한국을 방문하고 있다.

+ '위안부' 할머니에서 여성 인권까지, 뜨거웠던 120분의 토론회

한국 드라마는 잘 보지 않는다는 오가와 씨는 유난히 한국 근현대사에 관심이 많았다. 심지어 몇 년 전에 방문한 전태일 기념관에서는 전태일 열사의 어머니 '이소선' 여사를 만난 적도 있다고. 역사를 공부하며 '위안부' 할머니들의 이야기도 당연히 알게 된 그는 〈수요 집회〉뿐만 아니라 할머니들이 살고 있는 〈나눔의 집〉까지 방문한 적이 있다고 했다. 그 말을 들으며 베트남에서 내가 느꼈던 두려움이 떠올랐다. 끔찍한 학살에서 살아남은 베트남 생존자를 만났을 때, 한국인으로서 느끼는 죄책감과 의무감보다는 알 수 없는 두려움과 공포가 더 컸었다. 절규하듯 토해내던 울음소리에 숨죽여 눈물 흘릴 수밖에 없었던 순간들. 〈나눔의 집〉을 찾아갔던 오가와 씨도 어쩌면 나와 비슷한 심정이 아니었을까?

일본인으로서 사죄하는 마음으로 용기 내어 〈나눔의 집〉을 찾아간 오가와 씨를 할머니들께선 반갑게 맞아주셨다고 했다. 죄송하다고 거듭된 사과를 할머니들은 유창한 일본어로 받아주셨다고. 유관순부터 '위안부' 할머

니들을 만나기까지, 보통의 일본인이 하기 힘든 경험을 한 오가와 씨의 이야기를 많은 사람들과 공유하면 좋을 것 같단 생각이 들었다. 그래서 '위안부' 할머니들을 만나고, 일본 대사관 앞에서 함께 구호를 외쳤던 귀한 경험을 다른 사람들에게 말씀해주실 것을 정중하게 부탁드렸다. 흔쾌히 그러겠다고 약속해주시던 오가와 씨! 든든한 지원군을 얻은 나는 식사를 마치고 곧바로 토론회 개최 준비를 시작했다.

드디어 기다렸던 토론회 날이 밝았다. 서명운동을 준비하던 그날처럼 기대 반, 걱정 반이었다. 사람들이 너무 없으면 어떡하지? 혹시 누가 와서 할머니들을 비난하는 이야기라도 하면 어떻게 대응해야 할까? 그래도 피스보트니까 관심 갖고 토론에 참여하는 사람들이 많이 있겠지?

20분짜리 할머니들에 관한 영상으로 막을 올린 토론회. 영상이 끝나고 오가와 씨가 자신의 경험담을 공유하는 것을 시작으로 뜨거운 토론이 시작되었다.

치열함, 그 자체였다.

나이 많은 할머니부터 젊은 청년까지 모두가 자신의 생각을 쏟아내고 부딪쳤다. 사회를 보는 내가 말할 틈을 잡지 못할 정도로 뜨거웠다. 초반에 어느 아저씨가 위안소 운영으로 일본인도 피해자가 많았고 돈은 모두 지급되었다며, 사과할 필요가 없다는 주장을 펼쳤다. 혹시나 하고 우려했던 주장이었다. 만일을 대비해서 답변을 준비했었지만, 그래도 그 말을 듣는 순간엔 마음이 철렁하고 내려앉았다. 싸늘하게 식어버린 토론장의 분위기. 그때 갑자기 한 아주머니가 치고 들어왔다. 그녀는 일본인과 한국인은 엄연히 다른 경우이며, 사실과 다른 잘못된 정보 때문에 일본 정부가 아직도 사죄하지 않는 거라며 따끔하게 비판을 했다. 그러자 잇따라 재일 동포 종복이 형은 식민지뿐만 아니라 그 이후로도 일본엔 재일 조선인에 대한 사회적 차별이 존재한다며 분노를 쏟아냈다. 그러면서 청산되지 못한 식민지 문제에 대해 한동안 토론이 이어졌다. 그러다 한국뿐만 아니라 중국, 인도네시아 등에도 '위안부'로 끌려간 사람들이 있다는 주장은 상식적으로 믿을 수 없다며 누군가 반박하고 나서자, 다시 토론은 할머니들의 문제로 돌아와 반박에 재반박을 거듭했다. 결국 역사 교과서 문제까지 불이 옮겨 붙던 토론은 캐나다인 에린의 가세로 여성 인권에 대한 논의에 이르렀다. 막판엔 통역을 돕던 미국인 토마까지 날 버리고 참여했고, 토론의 열기는 식을 줄 모른 채 뜨겁게 타올랐다.

100분으로 예정했던 토론회는 20분을 더 채우고서야 잦아들었다. 그 토론의 뜨거운 열기에 정신을 차릴 수 없었던 나는 마지막이 되어서야 처음으로 마이크를 잡을 수 있었다. 맨 먼저 할머니들의 목소리에 귀기울여주신 것에 감사하다는 말로 발언을 시작했다. 그리고 할머니들의 아픔은 역사 속에 화석으로 남은 것이 아니라, 지금 현재까지도 이어지고 있다는 점을 기억해달라고 부탁드렸다. 이것을 다른 누구의 잘못이나 책임으로 미룰 것이 아니라, 현대를 살아가는 우리가 반드시 해결해야 할 문제임을 잊지 말아야 한다고. 아울러 〈전쟁과 여성인권 박물관〉 건립이 준비 중이라는 사실을 알리며, 항해가 끝나고도 꼭 우리 할머니들을 위해 잊지 말고 노력해달라는 당부로 뜨거운 토론의 막을 내렸다.

+ 그는 달랐다,
그런데 나는…?

끝나자마자 한 번 더 토론회를 열자는 제안이 이어졌다. 민감하고 불편하게 느낄 수 있는 문제였지만 이렇게 터놓고 이야기해본 적이 없다며, 다른 주제로 토론회를 열어보자는 분들까지 나타났다. 하지만 며칠 뒤 멕시코에서 홀로 피스보트를 떠나야 하는 내게 남은 시간이 별로 없었다. 진작 토론의 장을 마련하지 못한 내 자신이 두고두고 후회되는 순간이었다. 어쩌면 또 다른 오가와 씨가 생겨날지도 모르는데 시간이 없어서 포기해야 하다니. 하지만 무엇보다 죄송한 건 나의 불찰로 할머니들을 위한 또 다른 기회를 살리지 못했다는 것이다. 떠나야 했으므로….

다음 날. 피스보트가 파나마 운하를 통과한 그날 오후에 나는 오가와 씨를 다시 만났다.

"한국 사람들에게는 죄송하다는 말밖에 할 얘기가 없습니다. 오히려 한국이 우리 일본 사람들에게 할 이야기가 많겠죠."

한국인들에겐 어떤 말을 전하고 싶은지 묻는 질문에 대한 그의 답이었다. 그리고 이렇게 덧붙였다. 일본 사람들이 한국 영화배우에 관심을 갖는 것의 반이라도 한국 역사에 관심을 갖고, 역사 문제를 함께 풀어갔으면 좋겠다고.

역사 문제 해결을 위해 활동하는 일본인 학자나 활동가는 만나본 적이 있다. 하지만 개인적으로 관심을 갖고 노력하는 일본인을 만난 경우는 처음이었다. 물론 전날 토론을 진행하며. 언론이라는 '창'에 비치지 않은 수많은 '오가와 씨'가 일본에 있을지도 모른다는 생각이 들었다. 그래도 행동으로 옮기는 사람이 과연 얼마나 될까? 한국 사람으로 태어나서 한국말을 쓰는 나는 과연 그처럼 열정을 갖고 행동하고 있는 걸까? 다른 한국인들은 이 문제에 얼마나 관심을 갖고 있을까? 현대를 사는 우리는 문제 해결을 위해 당연히 행동으로 나서야 하는 게 아닌가?

그 누구보다 열정적인 모습으로 나의 마음을 깨워준 오가와 씨. 그에게 감사한 마음으로 피스보트에서 상영했던《나의 마음은 지지 않았다》DVD 를 선물했다. 그리고 한국에서 다시 뵙고 〈나눔의 집〉을 함께 찾아갔으면 좋겠다는 말도 덧붙였다. 그러자 그는 야스쿠니 신사를 다룬 영화《안녕, 사요나라》의 DVD를 나에게 선물하고 싶다고, 집주소를 적어가며 이렇게 말했다.

"다음엔 광주에 가고 싶어요. 5·18에 대해서 알고 싶거든요."

맙소사, 5·18도 알고 계신 거야? 게다가 이번엔 아들까지 데리고 가서 공부시킬 생각이라고 한다. 이런 분들이 일본에도, 한국에도 많아진다면 얼마나 좋을까? 천 번이 넘는 〈수요 집회〉로도 해결하지 못한 역사 문제의 실마리를 풀 수 있지 않을까? 그럼 할머니들이 수요일마다 고생스럽게 일본 대사관 앞에서 시위하지 않으셔도 될 텐데…. 무엇보다 생전에 할머니들 가슴에 맺힌 한을 조금이나마 풀어드릴 수 있을 텐데….

★ 평화와 인권의 전당이 될 〈전쟁과 여성인권 박물관〉

"우리는 죽지 않을 거예요…,
우리가 한 사람만 남아도 싸울 것이고…."

"언니야, 언니 몫까지 내가 열심히 싸울 테니까
여기는 걱정 말고 편안히 가라!"

한 피해자는 병마와의 싸움 끝에 숨을 거두면서도 결코 죽지 않을 것이라며 절규하고, 남아 있는 생존자는 그녀의 주검 앞에서 먼저 가는 동료의 몫까지 다하겠노라며 울부짖습니다. 이제 한 분 두 분 우리 곁을 떠나시는 '할머니'들은 오랜 침묵을 깨고 용기 있게 일본 정부의 범죄를 고발했습니다. 1991년 8월 14일, 김학순 할머니의 첫 증언을 시작으로 지금까지 234명의 일본군 '위안부' 피해자들을 우리는 그렇게 만났습니다.

벌써 20년의 세월이 지났습니다. 엄마 배 속에서 처음으로 〈수요 집회〉에 참석했던 아이는 어느새 대학생이 되었습니다. 그 세월 동안 많은 피해자들이 이미 고인이 되셨고, 2012년 4월 말 현재 61명만이 생존해 있습니다. 생존해 계신 분들도 80~90대 중반의 고령이어서 해마다 사망률이 높아지고 있습니다.

피해자들이 일본 정부에게 요구하는 것은 지극히 기본적이고 상식적인 것입니다. 일본 정부가 저지른 행위가 범죄였음을 인정하고, 공식 사죄와 법적인 책임을 다하라는 것입니다.

세계 곳곳에서는 여전히 전쟁이 계속되고 있고, 그 전쟁에서 여성들은 똑같은 피해를 입고 있습니다. 그래서 일본군 '위안부' 피해자들은 더 절박하게 "다시는 우리와 같은 희생을 반복하지 말라!"고 외칩니다.

이제 전쟁 시대를 살지 않았던 우리들에게 할 일이 남아 있습니다. '내가 아니었기 때문에' 그 여성들에게만 고스란히 모든 짐을 맡겨둔 채 그녀들의 아픔에 방관자로, 또 다른 범죄자로 살아온 지난 반세기를 정리하고, 할머니들의 숙제를 우리가 나눠 안아야 할 것입니다.

〈한국정신대문제대책협의회〉는 다시는 이 땅에 전쟁이 발붙이지 못하도록 하기 위해 노력하고 있습니다. 국제 연대를 통해 여론을 조성하여 일본 정부에게 문제 해결을 촉구하고, 피해국 여성들과 함께 연대하며 문제 해결을 위한 활동을 해오고 있습니다. 1992년 1월 8일부터 매주 수요일마다 해오는 〈수요 집회〉는 1000회가 넘었습니다.

무엇보다도 할머니들의 "전쟁을 하지 마라"는 뜻을 마음에 새기며 〈전쟁과 여성인권 박물관〉 세우는 일을 추진하게 되었습니다. 할머니들은 "왜 이제야 이 일을 추진하는 것이냐"며 나무라면서 가장 먼저 100만 원, 200만 원, 1,000만 원 등 주춧돌 기금을 주셨습니다. 일본 시민들도 지속적으로 모금을 전달해주고 있습니다. ▶ 모금계좌: 국민은행 011201-04-008524 / 정신대문제대책협의회

그렇게 한 분 두 분 모아주신 성금이 어느새 16억 원이 모였습니다. 정부도, 기업도 도움의 손길을 주지 않았지만, 한 사람 한 사람의 정성이 모여 큰 산을 이루었습니다.

"여러분이 우리의 희망이고 꿈입니다. 우리 늙은이들은 힘이 없어요.
여러분들이 함께해주니까 우리도 힘이 납니다. 계속 힘써주세요."

할머니들의 소망이 메아리가 되지 않도록 하는 것, 그것은 바로 우리의 책임일 것입니다. 지금, 마음이 조금이라도 움직인다면 할머니들과 함께 가는 이 평화의 행진에 참여해주십시오.

▶ www.womenandwar.net / 02-3655-4016

Peace Boat

07 이스라엘 아이들에게 생명을 나눠준 팔레스타인 아버지

뜨거운 여름, 태양이 작열하는 이집트의 카이로는 모든 것을 말려버리는 사막 그 자체였다. 하지만 바짝 마르다 못해 가문 논처럼 쩍쩍 갈라지는 목과 입술에도 마실 수 있는 건 아무것도 없었다. 그 이유는 바로 라마단! 1년에 한 달, 이슬람교에서 갖는 라마단 기간에는 동틀 녘 햇살이 비칠 때부터 해가 완전히 수평선 아래로 저물 때까지 식사, 음주, 흡연 등이 금지된다. 신자들이 인내와 자제력을 배우고 소외된 이웃을 되돌아보게 하는 것이 목적이라는데, 나는 본의 아니게 이슬람의 가르침을 받게 되었다. 자의 반, 타의 반 수분으로부터 내 몸을 소외시키며 거리를 방황하고 있던 그때, 다리를 절며 걷는 한 남자가 내게 말을 걸었다.

"먹고살려고 팔레스타인에서 겨우 여기까지 어렵게 왔는데…"

다짜고짜 팔레스타인에서 왔다며 날 붙잡고 하소연하는 이 남자. 이스라엘과의 분쟁으로 얼룩진, 뉴스에서 보던 그 팔레스타인에서 왔다는 말을 믿으라고? 하하, 미안하지만 그런 뻥에 쉽게 속을 내가 아니야! 지금까지 여행 내공이 얼마인데, 그런 말에 넘어가 지갑을 열진 않는다. 더군다나 피스보트가 이집트에 도착하기 전 갑판장 아저씨로부터 팔레스타인에서 왔다는 말에 속아, 돈을 뺏길지 모르니 조심해야 한다는 특별 교육까지 받은 터였다. 그런 나에게 팔레스타인이라니. 아스팔트마저 익어가는 뜨거운 카이로 거리에서 그의 손을 뿌리치고 차갑게 돌아섰다. 그 사람은 이야기만 들어달라고 눈물을 흘리며 돌아서는 날 붙잡았지만, 울며불며 매달린다는 그 수법도 익히 들어 알고 있었다. 갈증 때문에 가뜩이나 예민해져 있던 나는 짜증까지 내며 매몰차게 그를 뿌리쳤다.

한 블럭, 두 블럭 멀어져 가는데 찜찜한 기분이 들기 시작했다. 혹시 진짜 팔레스타인 사람이면 어떡하지? 괜히 내가 실수한 건 아닐까? 매몰차게 돌아설 땐 언제고 또 소심하게 걱정을 하고 있었다. 그래도 애써 갑판장 아저씨의 말을 떠올리며, 계속 앞만 보고 걸었다. 아, 근데 똘라 아저씨 이후로 다신 여행하면서 사람 의심 안 하기로 맹세했었잖아. 더군다나 소외된 이웃을 돌아보라는 라마단 기간인데? 아니야, 그래도 그 사람은 분명 사기꾼일 거야.

혹시나, 혹시나 하는 마음이 들었지만, 이를 악물고 끝까지 앞만 보고 걷기로 했다. 그러나 반 블록도 더 못가고 결국 뛰어 돌아갈 수밖에 없었다. 무더운 카이로 거리를 달리며 그 동네 신께 진심으로 기도했다.

‘알라여~ 제발 그가 이상한 사람이기를, 지금 이 순간에도 다른 관광객을 붙잡고 같은 레퍼토리를 읊으며 울고 있기를 진심으로 바라나이다. 오~ 알라시여~ 부디, 부디 제 잘못이 아니기를!’

저쪽 모퉁이에 그가 고개를 숙이고 앉아 있는 게 보였다. 조금 떨어진 곳에서 비 오듯 흘러내리는 땀을 닦아내며 가만히 지켜보았다. 어깨를 떨고 있는 그의 모습, 흐느끼는 것처럼 보였다. 옆에서 빵 파는 아저씨가 날 보더니 뭐라고 말을 한다. 손짓을 보니 아까부터 저렇게 울고 있다는 뜻인 것 같았다. 가슴이 철렁, 결국 또 이놈의 의심병이 실수를 하고 말았다. 어떻게 사과를 해야 하나 고민하다 말없이 그의 옆에 앉았다. 혼자 흐느끼던 그는 날 보더니, 펑펑 울며 신세 한탄을 하기 시작했다. 서툰 아랍식 영어에 울먹이기까지 했으니, 사실 내가 알아들을 수 있는 말은 거의 없었다. 하지만 나는 끝까지 자리를 지키며, 그의 등을 도닥여주었다. 팔레스타인 사람 ‘예넨’. 상처받은 그를 위해 할 수 있는 건, 옆에서 함께 눈물 흘리는 것뿐이었다. 흐르는 눈물만큼이나 가슴 깊이 새겨지던 알라의 가르침. 소외된 이웃을 돌아보라는 라마단의 의미.

예넨을 만난 이야기를 들은 갑판장 아저씨는 어쩌면 예넨은 진짜 팔레스타인 사람일지도 모른다고 했다. 이집트나 요르단을 비롯한 아랍 국가에 워낙 팔레스타인 난민들이 많이 살고 있으니까. 하지만 그건 더 이상 중요하지 않았다. 이집트건 팔레스타인이건, 삶의 무게에 짓눌려 힘들어 하는 그를 위로해줬어야 했는데. 무턱대고 의심부터 했던 내 자신이 원망스러울 뿐이었다.

피스보트가 이집트를 떠나 지중해를 항해하는 동안에도 내내 예넨의 얼굴이 눈앞에 아른거렸다. 팔레스타인은 과연 어떤 곳일까? 얼마나 아픔이 많기에 다 큰 어른이 길 한복판에서, 그것도 생면부지의 외국인을 붙잡고 통곡하게 만드는 걸까? 갑판에서 평화로운 지중해를 바라보면서도 머릿속은 복잡하기만 했다. 그때 우연히 들려온 영화 상영 소식.

영화,《제닌의 심장 The heart of Jenin》

팔레스타인에 관한 다큐멘터리라는 말을 친구에게 듣고 깜짝 놀랐다. 이 시점에 갑자기 팔레스타인 영화를 상영한다고? '예넨'과의 만남이 우연이 아닐 것 같단 생각이 직감적으로 들었다. 영화를 꼭 보고 싶었다. 아니, 난 그 영화를 꼭 봐야만 했다.

내가 예상했던 내용은 힘들게 살아가는 팔레스타인 난민들과 테러로 고통받는 이스라엘 사람들의 모습 정도였다. 평화운동을 하는 피스보트니까 그것보단 조금 더 평화에 초점을 맞춘 영화일 수도 있겠다 싶었다. 어쩌면 나는 '예넨'처럼 고통 받는 사람들이 많다는 걸 보면서, 평소 가지고 있던 팔레스타인에 대한 선입견을 강화하고 싶었는지도 모른다. 어쩔 수 없는 사회구조적인 문제라고, 그러니 '예넨'에게 미안했던 감정은 이젠 정리해도 된다며 스스로를 위로하기 위해서. 하지만 그 기대는 완전히 빗나가고 말았다.

죽은 아들로 이스라엘 아이들을 살린
팔레스타인 아버지

2005년 11월, 팔레스타인의 제닌 난민 캠프 지역에서 작전 중이던 이스라엘 군인들은 장난감 총을 가지고 놀던 열두 살 아흐메드를 향해 방아쇠를 당긴다. 두 번의 총성이 울렸고, 아이는 그 자리에서 피 흘리며 쓰러졌다. 사람들은 아이를 급히 지역 클리닉으로 옮겼지만 그곳에서 할 수 있는 것은 아무것도 없었다. 숨만 붙어 있는 아이를 데리고 이스라엘 군인들이 지키는 체크포인트를 넘어 이스라엘 지역 병원까지 후송했다. 하지만 안타깝게도 이미 아이는 뇌사에 빠진 후였다. 뒤늦게 아이의 부모가 병원에 도

착했지만, 그들이 할 수 있는 건 아들의 손을 잡고 마지막 순간을 기다리는 것뿐이었다.

흐르는 눈물을 닦으며 아이의 임종을 기다리는 그들에게 한 의사가 다가왔다. 유감을 표하던 그는 뇌사에 빠진 아이의 장기 기증을 제안했다. 형식적인 절차였다. 그런데 아이의 아버지가 용기를 냈다. 그는 아이의 장기를 모두 기증하겠다는 어려운 결심을 했다. 그것도 팔레스타인 아이들이 아닌 이스라엘의 여섯 아이들에게.

아흐메드의 장례식이 지난 몇 년 후, 아버지 이스마엘이 아들의 장기를 기증받은 이스라엘 아이들을 찾아가는 장면을 영화는 담고 있었다. 아들의 생명을 앗아간 이스라엘에 처절한 복수를 해도 시원치 않을 판에, 그 나라의 아이들에게 생명을 나눠줄 생각을 하다니. 그 믿을 수 없는 스토리에 영화를 보는 내내 분노와 감동이 교차했다. 오랜 분쟁을 겪고 있는 두 나라의 관계를 생각하면 일어날 수 없는 일이었다. 심지어 영화에서 장기 기증을 받은 한 이스라엘 아이의 아버지는 팔레스타인 사람의 장기인 걸 알았다면 기증받지 않았을 거라고 말할 정도니, 원수지간 같은 두 나라의 갈등이 오죽할까? 그런 상황에서 아이의 장기를 기증했다니. 영화가 끝나고 크레딧이 올라가는데도 도무지 믿을 수가 없었다. 아니, 어떻게 원수의 아이들에게 아들의 생명을 나눠줄 생각을 할 수 있단 말이지?

영국이 점령하고 있던 팔레스타인 지역에 1948년 유대인들의 나라인 이스라엘이 세워진다. 그러면서 아랍인들과 유대인들 사이에 영토 분쟁이 본격화되었고, 1·2·3차 중동전쟁이 진행되는 과정에서 많은 팔레스타인 난민들이 생겨났다. 이후 팔레스타인 사람들은 웨스트뱅크와 가자지구에 나뉘서 살게 되는데, 이스라엘이 점령하고 있는 웨스트뱅크에는 1993년부터 팔레스타인 자치 정부가 공존하고 있다. 자치 정부가 생기고 전쟁은 일단락되었지만, 팔레스타인과 이스라엘의 분쟁은 여전히 진행 중이다. TV에 나오는 것처럼 팔레스타인 무장 단체가 이스라엘에 테러를 가하기도 하고, 이스라엘 군인들이 테러리스트를 잡겠다며 웨스트뱅크에서 군사작전을 펼치는 일이 비일비재하다. 그리고 열두 살 아흐메드는 그 분쟁 속에서 결국 세상을 떠나고 말았다.

영화를 본 이후, 점점 '팔레스타인'에 빠져들며 심각해져가는 내 모습에 친구들은 걱정을 했다. 마침 배가 그리스의 피레우스(Pireus)에 정박했는데, 바람 쐬면서 기분 전환하자는 친구들에게 이끌려 그곳에서 1박을 하게 되었다. 별 의욕도 없이 카메라와 돈만 챙겨서 친구들을 따라 설렁설렁 항구로 나서는데, 저 멀리서 낯익은 사람이 우리 배에 오르는 것이 보였다. 나는 아랍계 친구가 없는데….

+ 팔레스타인 인연의 끝에서 만난
아버지 이스마엘

눈인사를 하며 내 옆을 지나가는 그 사람은 분명 영화 속 아버지 이스마엘이었다. 너무 놀란 나머지 말도 못하고 '엇!'만 외치는 내게 한 스태프가 피스보트가 그를 초청했다고 살짝 귀띔해주었다. 이집트에서 만난 예넨부터 피스보트에 오르는 이스마엘까지. 알라신이 의도적으로 나와 팔레스타인을 연결이라도 하는 걸까?

밖에서 날 애타게 찾는 친구들을 두고 배로 급하게 돌아갔다. 무작정 아버지 이스마엘 뒤만 쫓아다니다, 잠깐 틈이 생긴 순간 그에게 악수를 청했다. 근데 긴장한 탓인지 그만 영화를 '재밌게 – interesting' 봤다고 말해버렸다! 상업 영화 시사회에서 만난 영화배우에게 전할 법한, 《제닌의 심장》엔 어울리지 않는 바보 같은 감상, 인사였다. 영어를 하지 못하는 그는 다행히 내 말을 이해하지 못했고, 옆에 있던 통역사를 통해서 다시 한번 예의를 갖춰서 인사를 할 수 있었다. 한국에도 팔레스타인 이야기를 전했으면 한다며 반가워하던 아버지 이스마엘. 하지만 그와 피스보트에서 함께할 수 있는 기간은 고작 일주일이었다. 궁금한 것도, 이야기하고 싶은 것도 많은데 겨우 일주일이라니. 팔레스타인 이야기로 날 심란하게 만들 땐 언제고 정작 시간은 일주일밖에 허락하지 않은 알라신의 야박함이 원망스러웠다. 어쩔 수 없이 주어진 시간 동안 그를 열심히 따라다니는 수밖에.

항구에서 재촉하던 친구들을 만나 일단 그리스 구경에 나섰다. 파르테논 신전 등 영화에서나 보던 유명한 유적지들이 끊임없이 날 유혹했지만, 이미 내 맘은 일편단심 팔레스타인이었다. 미션을 끝내듯 구경을 마치고 부랴부랴 피스보트로 돌아갔다. 근데 막상 그를 찾아가려니 생각보다 쉽지가 않았다. 내가 무슨 기자도 아니고, 그렇다고 슈퍼스타의 팬클럽도 아닌

팔레스타인 아버지 이스마엘 카팁

데 따라다니는 게 이상하게 보이지 않을까? 더군다나 주제는 팔레스타인의 역사와 현재라는 무겁고 어두운 내용인데…. 소심한 마음에 말 한번 못 걸고 고민만 하다 다음날 시도해보기로 결정하고 혼자 마음을 접었다.

그날 밤, 멀어지는 그리스의 피레우스항은 정말 아름다웠다. 하얀 달빛이 빛을 밝히고, 파도에 닿을 듯 낮게 떠 있는 별들이 가득한 하늘에 배 엔진과 파도 부서지는 소리만이 들리는 그림 같은 뱃놀이. 새삼 지중해의 아름다움에 취해 있던 그때, 멀리서 '쿵쿵'거리는 소리가 들려왔다. 설마 이 시간에 농구를 하는 사람이 있나? 호기심에 위층 갑판 농구장에 올라보니, 아버지 이스마엘이 혼자 달밤의 농구를 하고 있는 게 아닌가?

쏟아지는 달빛을 조명 삼아 농구를 하는 모습이 운치 있었지만, 그에게선 왠지 모를 외로움이 느껴졌다. 혹시 아들 아흐메드가 생각난 건 아닐까?

불쑥 농구 코트로 들어가서 눈인사를 건네자 그는 미소로 답하며 공을 건
넸다. 그렇게 둘이서 달밤의 농구를 했다. 샤워까지 하고 올라간 갑판에서
온몸에 땀이 흥건할 정도로 열심히 뛰어다녔다. 아무 말 없이 공만 주고받
던 우리 두 사람은 그 갑판에 나란히 앉아 하늘을 보며 콜라를 홀짝거렸다.
그렇게 만나고 싶던 그였지만, 막상 단둘이 있게 되니 아무 말도 떠오르지
않았다. 오히려 '팔레스타인'이란 글자로 팽팽 돌아가던 머릿속이 차분해
지고, 마음도 가볍고 편안해졌다. 달빛을 받으며 말없이 목만 축이던 우린
그날 밤 아무 말도 나누지 않은 채 그렇게 헤어졌다. 하지만 마음의 교감을
나눈 덕분일까? 다음 날 아침에 다시 만난 우린 이미 친구가 되어 있었고,
그렇게 남은 시간을 함께하게 되었다.

+   "아흐메드가 살린 사람은
이스라엘 사람도, 팔레스타인 사람도 아닌
그저 아이들일 뿐입니다."

5남매 중 가장 명석했다는 아흐메드. 이스라엘 군의 총 앞에 쓰러진 그
아이는 우리 상식처럼 119 구급차를 타고 바로 병원으로 후송된 것이 아니
었다. 바로 팔레스타인과 이스라엘 사이의 벽, 체크포인트가 그를 가로막
고 있었다. 아흐메드가 살았던 제닌이란 곳은 팔레스타인 웨스트뱅크에 있
는 난민촌이다. 그곳엔 팔레스타인 자치 정부가 있긴 하지만, 사실상 이스

라엘 군인들이 그곳을 점령하고 있다. 그들은 이스라엘을 보호한다는 명목으로 웨스트뱅크로 통하는 모든 교통을 감시하고 통제한다. 체크포인트는 그런 목적으로 곳곳에 설치되어 있는 검문소 같은 곳이다. 항상 무장한 이스라엘 군인들이 있는 그곳을 팔레스타인 사람들은 마음대로 넘나들 수 없다. 물론 머리에 총을 맞은 아흐메드도 예외는 아니었고, 당연히 체크포인트를 지나 이스라엘 병원까지 후송되는 시간은 지연될 수밖에 없었다.

만약 그 아이가 유대인이었다면 어땠을까? 어쩌면 여드름 가득한 얼굴로 웃는 사춘기 소년의 모습을 볼 수 있지 않았을까? 하지만 체크포인트는 아흐메드의 미래 따위엔 관심이 없었다. 그의 몸에 박힌 것이 이스라엘 총알일지라도, 어쨌거나 그는 팔레스타인 사람이었으니까.

"아흐메드가 살린 사람은 이스라엘 사람도, 팔레스타인 사람도 아닌 아이들일 뿐입니다."

맞는 말이다. 하지만 당장 죽어가는 아들의 장기를 적국의 아이들에게 기증하는 게 어디 쉬운 일인가? 갈등의 골이 깊은 팔레스타인과 이스라엘. 한 번도 그는 총을 들고 아들의 복수를 생각하지 않았던 걸까?

"복수심으로 이스라엘 사람 몇 명 죽이는 것보다 내가 한 일이 더 이스라엘을 혼란스럽게 했어요. 이스라엘뿐 아니라 전 세계를 놀라게 했죠. 이만큼 큰 복수가 있을까요?"

아흐메드의 장기 기증 소식이 알려지면서, 어린 아이를 조준 사격한 이스라엘에 대한 비난이 세계적으로 들끓었다. 결국 이스라엘 장관이 직접 아버지 이스마엘에게 사과 전화를 걸었고, 다시는 팔레스타인 아이들이 희생되지 않을 거란 약속까지 해야 했다. (하지만 안타깝게도 그 이후로 5년 동안 420여 명의 팔레스타인 아이들이 더 희생되었다.)

아버지 이스마엘의 용기 있는 행동은 언론을 통해 유럽에도 알려졌다. 그러던 중 독일의 어느 청년들이 장례식이 끝나기도 전에 카메라를 들고 팔레스타인을 찾았다. 그리고 수년에 걸쳐 독일과 제닌을 오가던 그들은 2005년 마침내 영화《제닌의 심장》을 제작했다. 영화 덕분에 이스마엘의 감동적인 스토리는 더 많이 알려졌고, 이탈리아 중소도시 '쿠네오'의 사람들은 제닌에 사무실을 열어 이스마엘의 활동을 적극 지원하게 되었다. 그

런데 영화가 세계적으로 알려지고 각종 영화제에서 수상받은 것과 달리, 정작 제닌에 사는 사람들은 극장이 없어 영화를 보지 못하고 있었다. 수년 전 폭격으로 극장이 사라졌기 때문이다. 그래서 아버지 이스마엘은 도움을 구하러 다녔고, 괴테 재단의 지원으로 3년의 준비 끝에 2010년 8월 극장 〈Cinema Jenin〉을 열게 되었다. 극장에서는 영화 상영뿐만 아니라 절망과 좌절에 빠진 팔레스타인 사람들을 치유하기 위한 영화 학교도 운영하고, 그곳에서 제작된 영화를 개봉하기도 했다.

\+   한국인은 찾아오지 않는다는
그의 말에…

"아흐메드의 복수는 지금도 진행 중입니다. 총이 아닌 아이들의 손으로 평화를 만드는 방식으로 말이죠."

중무장한 군인들 앞에 총을 들고 맞서는 것이 아닌, 평화를 노래하고 사랑하는 방법을 통해 한 발씩 나아가겠다는 아버지 이스마엘. 그의 이야기에 감동하고 전 세계에서 찾아오는 봉사자들 덕분에 평화의 꿈을 잃지 않는다는 그는 한 번도 제닌에서 한국인을 본 적이 없다고 했다. 한국 사람들은 텔레비전, 냉장고, 휴대폰, 자동차까지 팔면서 왜 아무도 팔레스타인에 관심을 갖지 않는지 몇 번이나 묻던 아버지 이스마엘. 그 질문이 당황스러워서 매번 그냥 웃어넘기거나 다른 말로 돌리곤 했었다. 하지만 계속 반복

되는 그의 질문에 결국 욱해버린 나는, 조만간 꼭 제닌에 가겠다고 덜컥 약속을 해버렸다. 그 순간 TV로 본 수많은 자료 화면들이 머릿속으로 재생되었다. 제닌을 좋아하게 될 거라며 웃으며 말하는 그를 보면서도 머릿속에 떠오르는 단어는 테러, 납치, 폭격뿐이었다. 쓰나미처럼 몰아치는 공포 속에 이라크, 아프가니스탄의 장면들까지 겹쳐 혼란스럽기만 했다. 그런데도 나는 웃으며 이렇게 말하고 있었다. 조만간 출발할 때 연락하겠다고. 꼭 제닌에서 다시 만나자고.

맙소사. 내가 지금 무슨 짓을 하고 있는 거지…. 대체 이집트에서 시작된 팔레스타인 폭풍은 어디까지 몰아치는 거야? 알라여, 저를 어디로 데려가시나이까? 기어이 제가 그 분쟁의 소용돌이로 들어가야만 한단 말입니까? 왜 저를 시험에 들게 하나이까? 제가 무사히 여행을 끝내고 집에 갈 수 있기는 한 건가요? 오오, 알라여!

아버지 이스마엘과의 약속을 지키러,
팔레스타인 제닌에 가다.

Peace Boat
PEACE BOAT

08

평화 지킴이 피스보트,
바다의 평화를 놓치다

하늘도, 바다도 푸르게 물든, 푸르다 못해 찬란히 빛나는 세상에 여섯 갈래의 더러운 물줄기들이 피스보트에서 쏟아져 내린다. 아름다운 바다 위로 우리의 오세아닉호가 고장 난 수도꼭지마냥 끊임없이 더러운 물을 방출하고 있었다. '노상방뇨'라는 단어가 떠오른다. 갑자기 바람을 타고 날아온 물방울들이 내 팔 위로 떨어졌다. 미간을 찌푸리며 문질러 닦아내려다, 닦아내는 손마저 오염될 것 같단 생각에 그냥 내버려뒀다. 미처 피하지 못한 '오줌' 몇 방울에 온몸이 오염되는 기분이란. 그러거나 말거나 피스보트의 방광에서 쏟아져 내리는 찝찝한 녀석들은 'PEACE BOAT'란 자랑스러운 이름을 지나, 바다의 하얀 거품 위로 줄지어 투신하고 있었다. 새파랗게 질린 하늘만이 걱정스레 그 모습을 바라보고 있을 뿐.

"에이, 걱정할 것 없어. 물고기 밥 준다고 생각하면 되잖아."

탑승 석 달 전, 요코하마에서 열린 피스보트 시승식에서 우연히 음식물 쓰레기를 바다로 버린다는 사실을 알고 놀란 내게 한 선원이 해준 말이었다. 그 말을 처음 들었을 땐 당연히 안 믿었다. 참가자가 천 명이나 되는 피스보트의 음식물 쓰레기를 바다에 투척한다는 건 상식적으로 말이 안 되는 소리다. 낚싯줄에 거는 떡밥도 금지하는 요즘 세상에, 세계적으로 평화 활동을 하는 피스보트가 그런 짓을 한다고? 말도 안 되는 소리를.

"음식물 쓰레기를 바다에 버리는 건 사실이에요."

'말도 안 되는 소리'를 농담 삼아 하는 내게, 도쿄에서 만난 피스보트 스태프 R은 그게 사실임을 확인시켜주었다. 처음에 R은 알리고 싶지 않은 비밀을 들킨 것처럼 무척 당황했었다. 하지만 이내 평정심을 찾고 무미건조한 목소리로 설명했다. 피스보트가 불법을 저지르는 게 아니라 해안에서 10킬로미터 이상 벗어나면 쓰레기를 투척할 수 있다는 국제 규약을 지키고 있다고. 항해 중에 쓰레기를 버린다는 사실에 충격을 받았던 나는, 그런 이상한 국제 규약이 존재한다는 사실조차 믿을 수 없었다.

지구를 돌아다니며 세계 평화를 위해 활동한다는 취지에 감동해서 찾게 된 것이 피스보트였다. 항해하는 동안 세계의 많은 활동가들을 배에 초청하고, 항구에 정박할 때마다 현지인들과 생각을 공유할 기회를 제공한다는 점도 매력적이었다. 무엇보다 대기오염에 주범이 되는 비행기를 타지 않아도 된다는 점이 마음에 들었다. 그런데 R을 만난 이후로, 바다에 불친절한 피스보트를 타야만 하는 것인지 고민이 되기 시작했다. 어쩌면 비행기보다

THE
OCEANIC
PEACE BOAT

더 지구를 망가뜨리고 있는 건 아닐까?

　R과의 만남 이후에도 피스보트 탑승에 관한 고민은 멈추질 않았다. 그러던 중에 우연히 한국의 어느 환경 단체가 바다와 관련된 프로젝트를 진행한 적이 있다는 사실을 알게 되었다. 그들은 자연을 지키는 사람들이니까 내 고민에 대한 해답을 갖고 있을 거란 확신이 들었다. 곧바로 이메일을 보냈고, 그날 저녁 예전에 항해에 참여했다는 활동가 한 분의 전화를 받게 되었다.

　"우리도 피스보트 잘 아는데, 요즘 거기 사정이 안 좋아요. 그러니 괜한 걸로 문제 일으키지 않는 게 좋아요."

　뜻밖이었다. 그는 이미 피스보트의 '노상방뇨'에 대해 알고 있다며, 오히려 피스보트를 위한 변명을 늘어놓고 있었다. 큰 기대를 했던 나는 피스보트를 대변하는 그의 목소리에 한숨만 나왔다. 한참을 듣고 있다가, 혹시 피스보트에 대안으로 제시할 만한 사례를 그들의 프로젝트에서 찾을 수 있지 않을까라는 생각이 들었다. 그래서 물었다. 항해하는 동안 바다를 지키기 위해 무엇을 하셨느냐고. 그는 참가자들이 개인 식기류나 컵을 사용하며 일회용품을 줄이는 데 노력했다는 것만 반복적으로 이야기했다. 그러면서 덧붙였다. 대학생이 흔치 않은 좋은 기회를 얻은 것 같은데, 복잡하게 생각하지 말고 항해를 즐기다 오라고.

　뒤통수를 맞은 느낌이었다. 이슈가 있을 때마다 앞장서 자연을 지켜온 단체였다. 특히 정부에서 대운하 건설이나 4대강 사업을 발표했을 때, 입에 거품을 물고 반대했던 곳이었다. 그런데 '당신의 친구 피스보트가 바다를 오염시켜요'라고 고자질하는 내게, 오히려 '사고치지 말고 조용히 다녀오라'는 훈계를 하고 있었다.

물고기 밥이 될 거니까 걱정하지 말라던 선원의 미소, 국제 규약을 지키고 있다고 말하던 R의 무미건조한 말투, 피스보트 괴롭히지 말라고 훈계하던 어느 환경 단체 활동가의 목소리가 차례대로 떠올랐다. 오기인지 분노인지 모를 뜨거움이 온몸을 달구었고, 평소 환경오염에 관심 없던 내가 피스보트를 바꿔놓겠다는 다짐까지 하게 되었다. 어느새 나도 모르게 피스보트에서 일으킬 환경 혁명을 꿈꾸기 시작했다.

+

'피스보트 환경 혁명'의
동지들을 만나다

항해 초반, 심한 뱃멀미로 바람 쐬느라 갑판에서 많은 시간을 보내면서 갑판 청소부에서 조타수까지 많은 선원들을 두루 알게 되었다. 그들 중에는 라틴아메리카 출신이 많았는데, 미리 배워둔 스페인어 덕분에 그들과 금방 친구가 될 수 있었다. 선원들은 엔진부터 오수 처리 방식까지, 환경 혁명에 필요한 많은 정보를 제공해주었다. 그런데 그 내용이 생각보다 훨씬 심각했다.

• 쓰레기 – 쓰레기는 분리해 처리하고 있다고 했다. 태울 수 있는 것들은 보

일러에서 소각하고, 국제 규약에 규정된 독성 물질들은 따로 보관한다고 했다. 음식물 쓰레기는 알고 있던 대로 바다에 배출되고 있었다. 압축시켜서 배출하는 1일 음식물 쓰레기의 양은 자그마치 2~3톤. 피스보트가 80일에 한 번씩 지구를 돈다는 점을 생각해보면, '물고기 밥'이 바다 곳곳에 산처럼 쌓이고 있다는 것을 상상할 수 있다.

• 물 – 배가 항구에 정박할 때마다 선원들이 배에 호스를 연결해 물을 채우는 모습을 보았다. 그들 중 과테말라에서 온 앙헬로라는 성격 좋은 친구가 있었는데, 그는 내게 하루에 소비되는 물의 양이 무려 300톤이나 된다고 했다. 1인당 하루에 230리터를 사용한다는 것이다. 그런데 더 놀라운 것은 화장실 등에서 사용된 물을 제외한 나머지는 매일 바다로 배출한다는 점이었다. 그 양이 자그마치 하루에 200톤을 넘어서고 있었다.

• 매연 – 꼭대기 층에 있는 굴뚝을 통해 검은 매연이 배출되는 것을 간간히 볼 수 있었다. 그때마다 갑판에 검은 먼지가 떨어져, 농구 한 게임 하고 나면 손이 금방 까매졌다. 얼마나 많은 기름이 사용되는 걸까? 그 물음은 매일 같은 시간 굴뚝을 체크하던 기관실 직원 호세가 풀어주었다.

피스보트에서 5년 계약으로 대여했다는 만 45세의 오세아닉호는 매일 15만 리터의 기름을 먹어치웠다. 이건 마치 참가자 한 명이 한 번에 자동차 20대를 운전하며 여행하는 것과 같은 양이었다. 더 재미있는 것은 오세아닉호에서 사용하는 기름이 액체가 아니라 고체 상태로도 존재한다는 것이었다. 배 엔진 수리를 위해 잠시 배에 올랐던 한 미국인 엔지니어는 '럭비공'처럼 던질 수 있는 기름을 보았다고 말했다. 상식적으론 이해하기 힘든 질 나쁜 '찌꺼기' 상태의 기름을 뜻했다. 그 때문에 엔진 효율은 최저, 이산화탄소 배출량은 상상을 초월했다.

하나 둘 정보를 모으면서 피스보트를 멈춰야 하는 것이 아닌가 하는 생각이 들었다. 하지만 그러기엔 피스보트는 정말 착했다. 세계를 항해하는 동안 캄보디아에 지뢰 제거팀을 파견하기도 하고, 참가자들이 배에서 내려 요르단에 있는 팔레스타인 난민 캠프를 찾아가 구호물자를 나눠주기도 했다. 또 태평양 항해 중에 칠레 지진 소식을 접했을 땐, 침구류 등 배에 있는 물자를 모두 피해자들에게 전달했었다. 심지어 니카라과에선 오르테가 대통령을 만나 핵무기에 반대하는 서명을 하고, 그걸 UN 총회에 보내기도 했다. 그렇게 인류의 평화를 위해서 피스보트는 착하게 항해하고 있었다. 하지만 그것이 바다 오염 행위에 대한 면죄부는 될 수 없었다. 멈추라고 하기엔 아쉽고, 그렇다고 그대로 흘러가게 내버려둘 수도 없는 피스보트. 변해야 한다고 생각했다. 그리고 항해에 참여한 이상, 나부터 피스보트 멤버로 책임감을 갖고 체질 개선에 앞장서야 했다.

그러던 차에 참가자들이 직접 환경 관련 프로그램을 기획하는 '지구의 날' 행사가 준비되고 있다는 것을 알게 되었다. 그 준비 모임을 찾아가 '피스보트 내부 고발 프로그램'을 제안하기로 했다. 기대가 컸다. 최소한 환경에 관심이 있는 사람들이 모일 테니까, 다들 관심을 갖고 적극적으로 나설 거라고 생각했다. 그런데 누구 하나 함께하자고 하는 사람이 없었다. 다들 지구온난화, 생태계 파괴와 같은 굵직굵직한 것만 관심을 가졌다. 뜻을 함께할 친구들을 쉽게 만날 거라 생각했던 나는 크게 실망하고 말았다. 더군다나 모임에서 질문조차 제대로 하지 않는 그들을 보며, 나만 예민하게 구는 게 아닐까하는 회의까지 들었다.

모임이 끝난 뒤 무기력하게 갑판에 앉아 있는 내게 한 친구가 찾아왔다. 평소 굴뚝으로 뿜어져 나오는 검은 연기를 보며 불편했다던 그는 내가 제안한 프로그램에 관심이 있다고 했다. 하지만 이미 상심이 컸던 나는 그런 그가 귀찮게만 느껴졌다. 그래서 건성으로 대답만 하는데, 내 말에 조곤조곤 살을 붙이는 그에게서 알 수 없는 포스가 느껴졌다. 핏기 없어 보이는 얼

굴, 삐쩍 마른 몸매에 목소리마저 조곤조곤했지만, 분명 내공과 강단이 있는 친구란 걸 알 수 있었다. 꼼꼼하게 따져 묻는 그의 목소리에 나는 점차 빠져들었고, 어느 순간 우린 혁명을 함께할 동지가 되어 있었다. 하세켄 켄지. 일본 와세다 대학에서 환경 관련 전공으로 석사 과정을 마쳤다는 그는 나의 환경 혁명을 함께할 천군만마와 같은 존재였다.

하세켄의 도움으로 세 명의 동지를 더 만날 수 있었다. 그들과 3주 뒤에 열릴 '지구의 날'에 맞춰 혁명을 일으키기 위해 회의를 하는 동안, 한 거물이 피스보트에 올랐다. 요시오카 타츠야. 1982년 일본 정부의 역사 교과서 왜곡에 발끈했던 그는 당시 23세의 나이에 친구들과 함께 처음으로 피스보트의 닻을 올렸다. 그 후 피스보트 공동대표의 한 사람으로 30여 년이 넘는 세월 동안 지구를 돌며 평화운동을 한 그를 만나고 싶었다. 무엇보다 그가 피스보트의 환경 문제에 대해 어떻게 생각하고 있는지 알고 싶었다. 하루 종일 바삐 움직이던 요시오카 씨를 찾아가 인터뷰를 요청했고, 그가 일정을 마치고 배를 떠나기 직전에서야 어렵사리 마주할 시간을 가질 수 있었다.

평생 전 세계 분쟁 지역을 찾아다녔다는 그는 열정 바이러스 그 자체였다. 굉장한 에너지를 뿜어내는 그의 모습에 나는 감탄할 수밖에 없었다. 그 누구보다 피스보트를 아끼고 인류를 사랑하는 요시오카.

웃는 얼굴로 열변을 토하던 그가 갑자기 정색하는 걸 보고, 나는 긴장했다. 순간 목소리마저 갈라졌지만, 그래도 이를 악물고 또박또박 다시 물었다. 매일 바다를 오염시키며 항해하는 피스보트에 대해 어떤 입장을 가지고 있느냐고. 잠시 정적이 흘렀고, 굳은 얼굴로 천장을 쳐다보던 그는 조금 뒤 다시 차분하게 말을 이어가기 시작했다.

그는 분명 피스보트가 바다에 '영향(effect)'를 주는 건 인정한다고 했다. 하지만 국제 규약에 따라 항해하고 있으므로 '오염(pollution)'이란 단어는 동의할 수 없다고 했다. 바다에 영향을 주는 것만으로 오염시킨다는 비판을 한다면, 환경 단체 〈그린피스〉도 자유로울 수 없다고 그는 주장했다.

그러면서 다시 한 번 평화에 대해 강한 열망을 드러냈다.

"전쟁 없는 세상을 위해서, 우린 직접 만나야 합니다. 인터넷으론 부족하죠. 자동차건 배건 비행기건, 타고 가서 직접 만나고 악수를 나눠야 합니다. 그래서 환경에 어느 정도 영향을 미치는 건 감수할 수밖에 없습니다."

그는 '오염'이란 단어를 내 머릿속에서 지워버리려는 듯, '영향'이란 단어만 수차례 강조하며 반복했다. 갸우뚱하는 표정으로 그의 이야기를 듣고 질문하던 내 목소리도 조금씩 높아졌고, 순식간에 둘 사이의 공기는 긴장감으로 팽팽해졌다. 물론 그도 환경보호의 중요성을 인식하고 있었다. 하지만 어린 시절 경험한 냉전을 이야기하던 그에게 전쟁 없는 평화가 0순위, 환경은 그 다음 문제였다. 불과 몇 분전까지만 해도 전쟁과 학살에 대해 열변을 토하며, 날 감동시킨 그였다. 그런 그가 정작 바다의 평화에 대해선 큰 고민이 없다니. 인류의 평화를 꿈꾸기 바빠서 자연의 평화를 생각할 여유가 없는 걸까?

그를 보며 한국의 486세대가 떠올랐다. 486세대 정치인들을 보면 항상 장애인·여성 인권, 환경문제에 대해 열변을 토한다. 하지만 정작 그들 중 훈장 같은 반독재 민주화 운동 이상으로 다른 이슈에 열정적인 모습을 보여주는 사람은 많지 않다. 젊은 시절의 가치만 중요하게 생각하는 기성세대에게 느꼈던 그 실망감이 요시오카에게도 느껴졌다. 그와 나이도 비슷한 486세대처럼 말이다.

인터뷰가 끝날 쯤 형식적으로 피스보트의 목표를 물었다. 당연히 세계 평화. 그럼 개인의 꿈은?

"피스보트의 꿈이 내 꿈입니다. 이 세상에 전쟁이 사라지는 그날이 오는 게 내 꿈이며, 반드시 올 거라 믿고 있습니다."

누구보다 피스보트를 아끼고 인류를 사랑하는 요시오카,
하지만….

웃으며 말하는 그를 보며 알 수 있었다. 피스보트의 꿈과 자신의 꿈을 동일시하는 그가 변하지 않는 이상 피스보트가 자발적으로 변하는 일은 없겠구나 라고.

이야기를 전해들은 하세켄과 다른 친구들도 참가자들의 혁명이 일어나지 않는 이상, 피스보트의 노상방뇨를 멈출 수 없을 거란 사실에 공감했다. 그래서 일단 '지구의 날' 프로그램을 통해 강하게 문제 제기를 하고, 캠페인과 같은 참가자들의 자발적인 활동을 이끌어보기로 했다.

먼저 피스보트 전체의 여론을 움직이기 위해서 선원들을 통해 알게 된 정보부터 정리하기 시작했다. 그리고 국제기구에서 일하는 지인이 보내준 크루즈와 환경오염에 관한 보고서들도 함께 검토해서 필요한 통계 자료를

추려냈다. 사람들을 움직이기 위해선 문제 제기뿐만 아니라 대안도 제시
해야 했다. 머리를 맞대고 고민한 끝에 '환경세'에 초점을 맞췄다. 항공사의
경우 '환경세'를 받아 나무를 심는 프로젝트를 진행해서 탄소 배출에 대한
책임을 지기도 한다. 같은 방식으로 피스보트에서도 '환경세'를 모아서 해
양오염 방지를 위한 프로젝트를 진행할 수 있을 것이라 생각했다. 그래서
'환경세'라는 대안을 바탕으로 여론을 움직여 피스보트의 변화를 이끌어
내기로 했다. 혁명 플랜이 세워지자 열정이 불타올랐고, 회의가 밤새도록
이어졌다.

닳고 닳은 혁명 선언문의
종착지는

　　우리의 첫 발걸음은 설문 조사였다. 피스보트의 환경오염에 대해 사람
들이 인식하고 있는지 알아보는 과정이 필요하다는 게 명분이었다. 하지만
그것은 '꼼수'고, 설문 조사는 사실상 '예고편'이자 '선전물'이었다. 피스보
트의 노상방뇨에 대해 아는 참가자는 거의 없었다. 그래서 설문 조사의 질
문 내용을 통해서 환경오염을 공론화시키자는 게 숨겨진 의도였다. 더군다
나 한 배에 다 같이 살다보니 소문이 퍼지는 속도는 상상 그 이상이었다. 그
걸 이용해 여론 몰이에 성공한 다음, 사람들을 프로그램에 참석시키는 것
이 우리의 다음 목표였다. 그리고 흥행이 보장된 그 자리에서 사람들에게

강한 충격을 줘서 혁명을 이끌어내려고 했다. 많은 참가자들에게 자극을 줘야 한다는 생각에 피스보트 참가자 1000명 중 무려 10퍼센트인 100명을 상대로 설문 조사 겸 홍보를 준비했다.

그런데 처음부터 우리의 계획이 내부의 벽에 부딪쳤다. 설문 조사 진행을 '지구의 날' 행사 담당 메인 스태프가 알게 된 것이다. 처음에 그녀는 우리 프로그램에 대해 그다지 신경을 쓰지 않았다. 그런데 우리 계획의 실체가 드러나고 소문이 나기 시작하자, 그녀는 무척 당황했다. 혁명을 꿈꾸는 나보다 상상력이 풍부했던 그녀는 프로그램이 성공할 경우, 사람들의 자발적인 캠페인을 넘어 일부 참가자들의 '중도 하차'라는 극적인 반응을 우려하기 시작했다. 그녀는 우리 프로그램의 진행 상황에 대해 확인하려 했고, 급기야 프로그램의 수위를 낮추려는 그녀와 내가 마찰을 빚게 되었다. 그러던 중 그녀의 상사였던 R이 날 찾아왔다.

R은 내가 진행할 프로그램에 대해 피스보트 측이 걱정하는 부분을 이야기하며 자극적인 부분을 자제해달라고 요청했다. 그에 대해 논리적으로 반박하던 나와 무미건조하게 답하던 R과 논쟁이 붙기 시작했다. 한 10분 정도 흘렀을까? 가만히 듣고 있던 R은 사실 자신도 오래전 처음 피스보트에 참여할 때, 비슷한 고민을 한 적이 있다고 했다. 갑작스러운 R의 고백, 어떤 의도로 그런 말을 하는지 알 수 없었다. R은 차분하게 말을 이어갔다. 배를 멈춰야 하는 것이 아닌가 하고 고민을 했었고, 문제 제기도 했지만 어느 순간 타성에 젖어 있는 자신을 발견했다고. 그러다 우리 팀의 이야기를 듣고 다시 많은 고민을 하게 되었다고 했다. 그뿐이었다. R은 이렇다 저렇다 결

론도 없이 자리를 떠났다. 표면적으로는 반대지만, 분명 R도 우리 팀 활동을 지지하고 있었다. 바다의 평화를 지키는 피스보트를 만들어보겠다는 꿈은 더 이상 우리만의 것이 아니었다.

하지만 현실은 순탄치 않았다. 논의 끝에 하세켄을 비롯한 팀원들이 메인 스태프의 의견을 받아들이자고 했다. '지구의 날'이라는 타이틀 아래 진행되는 행사인 만큼 스태프 측과 의논하는 게 당연하다고 했다. 그러나 그것은 검열이 아닌가? 하지만 함께 팀을 꾸려가는 차원에서 내 고집만 피울 수 없었다. 더군다나 팀원들이 전부 일본인이었는데, 일본어가 서툴다보니 설득하려 해도 어쩔 수 없는 한계에 부딪쳐야만 했다.

그때부터 모든 내용을 메인 스태프와 상의하기 시작했다. 먼저 그녀는 설문지를 지적했다. 애초에 객관적인 자료 수집보다는 선전을 위한 꼼수였기 때문에, 당연히 선정적이고 유도적인 질문들이 많았다. 하지만 그녀의 지적 앞에 결국 원래의 계획을 포기하고 설문지는 평이한 내용으로 수정할 수밖에 없었다.

그녀는 선원들을 통해 알게 된 오세아닉호의 쓰레기나 물 배출량에 대한 통계도 지적했다. 선원들의 말이 객관적으로 믿을 만한 것이냐는 이유였다. 담당 선원이 아니면 누구의 말을 믿어야 하느냐고 반박했지만, 그녀를 설득할 순 없었다. 결국 우리의 주장을 증명하기 위해 비교할 만한 다른 크루즈의 자료들을 더 모아서 프로그램에 포함시켜야 했다.

국제 규약을 지키고 있으므로 환경오염이 아니라는 지적도 있었다. 그래서 우리는 바다마다 설정된 국제 규약의 내용이 다르고 허점이 많다는 점을, 프로그램을 통해 설명하기로 했다.

'바다를 오염시키는 피스보트'라는 타이틀도 그녀는 딴죽을 걸었다. 선정적이라는 이유였는데, 심지어 '오세아닉호의 발자취'라는 새 이름을 제시해주기도 했다. 피스보트의 이미지를 고려해 배 이름인 오세아닉을 앞세운 것인데, 논쟁 끝에 결국 '오세아닉호의 환경'이란 무난한 이름으로 양보하고 말았다.

이리저리 부딪치며 닳고 닳은 우리의 프로그램은 강한 메시지로 사람들에게 충격을 주겠다는 처음 의도와 많이 달라졌다. 심지어 나조차도 외우지 못하는 수많은 숫자와 그래프가 가득했는데, 과연 주어진 시간 내에 다 설명이나 할 수 있을지 의문이 들었다. 하지만 어느 정도 소문이 나 있었고 참가자들이 관심만 가져준다면 혁명은 충분히 성공할 수 있을 거라며 마지막까지 희망을 버리지 않았다.

드디어 '지구의 날', 우리는 주어진 시간에 최선을 다했다. 다듬어진 내용은 밋밋하기만 했지만, 그래도 최대한 목청 높여가며 강하게 메시지를 어필했다. 하지만 처음에 호기심을 보이고 놀라기까지 했던 사람들의 집중력이 시간이 지날수록 급격히 떨어지는 것을 볼 수 있었다. 무엇보다 사람들은 숫자만 가득한 우리의 발표를 지루해했고, 이해하지 못하는 듯했다. 심지어 제시된 통계자료를 보면서 저것이 심각한 것인지 괜찮다는 것인지 되묻는 사람까지 있었다.

오랫동안 꿈꾸었던 '피스보트 환경 혁명'은 그렇게 처참히 실패했다. 피스보트 참가자들에게 충격을 주겠다는 본래의 목표와는 반대로, 오히려 우리가 실패의 충격을 받고 말았다. 혁명을 위해서는 메인 스태프와 마찰을 빚더라도 스포츠 신문처럼 강하고 선정적으로 갔어야 했다는 후회가 들었다. 알 수 없는 숫자와 그래프는 인쇄해서 배포하고, 배 내부의 현장 사진과 선원들의 인터뷰 영상 같은 시청각 자료를 바탕으로 발표를 했어야 했다는 아쉬움도 있었다. 한 번의 프로그램에 집중하기 보다는 크고 작은 토론회를 지속적으로 개최해서 여론을 모으는 방법이 적합했다는 지적도 나왔다. 하지만 닳고 닳아버린 우리의 프로그램은 본래의 메시지마저 퇴색되어 있었다. 어쩌면 '지구의 날'이라는 공식 행사에 참여해 내부 고발을 시도했던 것 자체가 실수라는 생각까지 들었다.

우리가 꿈꾸었던 혁명의 물결은 일어나지 않았고, 피스보트의 사람들은 평소와 다름없이 생활했다. 나는 실패의 충격에 며칠을 앓고 나서야 일상으로 돌아올 수 있었다. 그런데 종종 피스보트의 환경오염에 대해 묻는 사람들을 만날 수 있었다. 그들 중에는 참가자들뿐만 아니라 스태프들도 있었다. 심지어 전혀 모르고 있었다며, 우리 자료를 복사해가는 사람들도 있었다. 그들 덕분에 조금씩 힘을 낼 수 있었다. 물론, 다시 혁명을 일으킬 여력도 시간도 없었다. 하지만 조금은 기대가 되었다. 어쩌면 우리가 만들어낸 작은 균열이 훗날 피스보트의 극적인 변화로 이어지지 않을까, 라는.

피스보트는 요시오카 대표처럼 인류의 평화에 집착해서 다른 것은 보지 못하는 것 같았다. 아니면 타성에 젖어 내부 변화를 시도할 수 없는지도 모른다. 지금도 스태프들이 우리 프로그램을 지적하던 노력의 절반만 관심을 가지면 충분히 바다의 평화를 위한 일을 할 수 있을 거란 생각이 든다.

　지금 이 순간에도 지구 어딘가를 항해하며 평화를 부르짖고 있을 요시오카를 비롯한 많은 피스보트 주민들. 평화에 대한 갈망과 열정만큼은 세계 최고인 그들에게 진심으로 부탁하고 싶다.

　　전쟁 없는 세상을 꿈꾸는 피스보트 여러분,

　　평화를 위해 착한 일을 한다는 이유로

　　'피스보트의 노상방뇨'를 모른 척할 거라면,

　　그럴 바엔 차라리 배를 멈추는 게,

　　피스보트를 없애는 게 나을지도 모릅니다.

　　바다의 평화도 피스보트가 지켜야 할

　　PEACE입니다.

한국에 갓 돌아와 다시 일상을 꾸려가던 어느 날,
피스보트 스태프라는 일본인에게 메시지를 받았다.
바다의 평화에 관한 글을 블로그에서 읽었다며 나를 만나고 싶다는 그녀.
그 메시지를 보는 순간, 가슴이 철렁 내려앉았다.
혹시 그 글을 지워달라는 압박을 넣으려는 건 아닐까?

얼마 뒤, 홍대의 카페에서 어색하게 자리를 함께하게 된 우리.
잔뜩 긴장한 내게, 그녀는 피스보트의 문제를 지적해줘서 고맙다고 했다.
심지어 그걸 번역해서 이미 일본의 피스보트 센터에 공유했고,
다른 스태프들과도 문제의식에 대해 공감하며,
바다를 지키기 위해 노력하기로 다짐했다고.

그리고 책이 나오기 몇 주 전,
일본으로 돌아간 그녀에게 다시 연락이 왔다.
드디어 피스보트에서 크루즈를 바꾸기로 결정했다고.
새로운 크루즈의 이름은 〈Ocean Dream〉
환경문제에 있어 전보다 20~30퍼센트 정도 더 개선될 것이고,
바다를 지키기 위한 다른 노력들도 이어질 것이라고 했다.

평화로운 세상을 위해 한 걸음씩 나아가는 피스보트.
바다의 꿈이라는 크루즈의 이름처럼,
앞으로 바다의 평화도 지켜주길 간절히 바라본다.

Peace Boat

09

출생은 일본, 고향은 밀양,
국적은 한국, 조국은 조선

"아! 서울에서 왔어요? 내가, 마, 여기 피스보트에서 일꾼으로 있는 강종복입니다. 앞으로 잘 부탁합니다."

독특한 억양과 말 중간에 섞어 쓰는 '마'라는 감탄사, 그리고 자신을 '일꾼'이라고 소개하던 그 사람. 강백호를 닮은 외모와 달리, 동생이 생겼다며 아이처럼 좋아하던 모습까지. 갑자기 나타난 강종복, 그는 자이니치, 재일조선인이었다.

원래 자이니치는 일본에 거주하는 외국인을 통칭하는 말이지만, 1980년대까지 외국인의 다수였던 재일조선인들을 그냥 '자이니치(在日)'라고 부르기도 한다. 한국에선 자이니치는 물론 재일조선인이란 단어가 익숙하지 않다. 가끔 '조선인'이란 말을 쓰면, 조선시대 이야기로 착각하기도 한다. 그래서 쉬운 설명을 위해 '조총련' 단어를 입에 올리는 순간, 주입식 반공

교육을 받은 기존 세대들은 마치 귀신이라도 본 듯 이렇게 되묻는다.

"조총련? 북한 사람 이야기하는 거야?"

'붉은'색이 짙은 조총련이란 단어에 대한 이미지 때문이지만, 사실 그들은 북쪽이 아닌 일본에 사는 '재일조선인'이다.

1945년 해방 이후 일본에 살던 180만 명의 조선인 중 60만 명이 일본 땅에 남았다. 식민지 본토에서 해방된 그들. 일본 정부는 '황국신민'에서 '외국인'이 된 그들에게 행정 서류의 국적란을 채워줄 것을 요구한다. 해방 이후 분단으로 이어지는 역사의 소용돌이 속에서 그들 중 일부는 통일된 한반도 국가를 바랐고, 이에 남한도 북한도 아닌 '조선'이란 두 글자를 국적란에 새겨 넣었다. 그러면서 '조선적'을 가진 재일조선인의 역사가 시작되었다. 하지만 실제 '조선'이라는 국가는 존재하지 않았기 때문에 그들은 무국적자가 될 수밖에 없었고, 일본의 온갖 차별 속에서 어렵사리 명맥을 유지

단란하게 운동회를 하는 〈홋가이도조선 학교〉

하고 있다. 시련 속에서 민족의 뿌리를 지키겠다는 생각으로 시작한 〈조선 학교〉. 학교는 지금까지도 재일조선인 사회의 중심 역할을 하고 있다.

2006년 개봉한 다큐영화《우리 학교》는 삿포로에 있는 〈혹가이도조선 학교〉의 모습을 담고 있다. 영화에서는 일본 우익 세력의 협박과 위협에서 도 '조선 사람은 조선 학교에 다녀야 한다'는 신념을 지켜나가는 학생과 학 부모, 선생님들의 모습을 그린다. 이 영화를 통해 나는 처음으로 재일조선 인의 존재를 알았다. 그리고 '동아시아 평화인권캠프'라는 프로그램을 통 해 '조선'적을 가진 사람들을 실제로 만나면서, 그들과 정기적으로 재일조 선인 사회의 고민을 함께 나눌 기회를 가졌다. 그러던 중 2009년 6월에 삿 포로에 갈 기회가 생겼을 때, 영화의 배경이 된 학교에 가보고 싶다는 생각 으로 무작정 〈혹가이도조선 학교〉에 전화를 걸었다.

김치 없이 밥 못 먹는 사람들
〈우리 학교〉

"우리 학교에 오고 싶다고요? 무슨 용건이신지요?"

"용건이 따로 있는 건 아니고요. 영화를 봤어요…. 그래서 삿포로 가는 김에 방문하고 싶은 마음이 생겨서…."

"그럼, 토요일에 운동회가 열리는데 그때 오시겠어요?"

사흘 연달아 전화를 건 끝에 연결된 〈혹가이도조선 학교〉의 교장 선생님은 나를 학교 운동회에 초대해주셨다. 하지만 토요일에 삿포로에 가는 난 운동회 시간에 맞춰갈 수 없었다. 그런 안타까운 마음을 하늘이 알아준 걸까? 마침 토요일에 비가 많이 내려 운동회는 일요일로 연기되었고, 덕분에 그 축제에 함께할 수 있었다.

운동회는 학생들뿐만 아니라 삿포로 지역 재일조선인들이 모두 참여하는 축제였다. 일본 사회의 차별에 맞서 똘똘 뭉쳐 살아온 공동체는 가족이나 다름없었고, 한국에서 날아간 젊은 청년도 가족 같은 포근함 속에서 하루를 마음껏 즐길 수 있었다. 나는 성격 좋은 교무 선생님 가족에 끼여 훈훈함을 느낄 수 있었다. 쌀밥에 김치는 물론이고, 김밥, 부침개에 족발까지 나눠 먹던 점심식사. 거기에 반주까지 곁들이니, 여기가 한국인지 일본인지 구분이 가지 않을 정도였다.

오후에는 영화《우리 학교》의 주인공들을 만나는 영광도 누렸다. 영화에서 고등학생이었던 그들은 이미 성인 이 되어 사회생활을 하고 있었다. 하지만 영화 속 순수한 모습이 남아 있던 영화배우들. 스크린의 주인공들을 실제로 만나 영광이라고 하자, 배우들은 수줍어하며 몸 둘 바를 몰라 했다. 또래 친구들답게 가수, 드라마 이야기를 하면서 친해진 그들은 내게 자신들의 고향에 대해서도 물어보았다. 일본에서 나고 자란 그들이지만, 정작 고향은 일본 땅이 아닌 할아버지, 할머니의 고향인 경상도와 제주도라고. 억양도 다르고 옷 입는 스타일도 달랐지만, 그들 역시 나처럼 김치 없이는 밥 못 먹는 한반도 출신의 '조선 사람'이었다.

식사 때마다 김치가 그립고, 밤이면 막걸리 한잔이 생각난다는 피스보트에서 만난 종복이 형의 고향은 경남 밀양이다. 물론, 그도 일본에서 태어 났지만 할아버지의 고향이 자기 고향이라며 내게 밀양에 대해서 종종 묻곤 했다. 종복이 형은 초 · 중 · 고등학교는 물론 대학까지 조선 학교를 졸업한 '재일조선인' 토박이지만, 사실 일본 사회에서 그의 학력은 인정되지 않는 다. 조선 학교에서 자체 교과서를 통해 학생들을 가르친다는 이유로 60년 이 넘는 세월 동안 정식 학교가 아닌 학원으로 허가되어 있기 때문이다. 그 래서 졸업을 해도 학위를 인정받지 못하는 것은 물론, 직업 선택에 제약이 따르는 등 많은 사회적 차별을 받고 있었다. 그런 이유로 대부분의 사람들 이 재일조선인 사회 안에서 직업을 갖는데, 종복이 형도 대학 졸업 후 재일 조선인이 운영하는 조그마한 회사에서 몇 년간 일한 경험이 있다고 했다. 그러다가 피스보트에서 일할 기회가 생겼고, 내가 만났을 때가 벌써 두 번 째 피스보트 항해였다.

참여정부는 '조선'적인 재일조선인들에게 여행증명서를 발급해주었다. 하지만 이명박 정부는 한국을 방문하기 위해 여행증명서를 신청하는 재일 조선인들에게 국적을 '한국'으로 바꿀 것을 강요하고 있다. 그 때문에 국적 이 '조선'인 나의 지인은 한국에서 박사과정을 이수할 기회를 얻었지만, 정 부의 허가를 받지 못해 포기하는 일까지 생겼다. 이미 연세대에서 교환학 생으로 1년간 한국살이를 한 적이 있는 그는 충격이 컸다. 일본 사회에서 신념으로 지켜온 '조선'이란 두 글자를 바꾸라는 정부의 불법적인 강권은, 일본 사회의 차별만큼이나 큰 폭력이었다. 그의 이야기는 《한겨레 21》을 통해 기사화되기도 했었다.

국적에 관한 그들의 고충을 알고 있기에, 전 세계 국가의 스탬프를 찍게 될 종복이 형의 여권이 궁금했다.

"나도 마, 남한 사람이야. 올해 초 피스보트에 처음 합류할 때 불편할 것 같아서 국적을 바꿔버렸어. 그전에는 나도 '조선'적을 가진 사람이었지."

불편할 것 같아 국적을 바꿨다고? 선뜻 이해가 가지 않았다. 일본 사회에서 차별받을 걸 뻔히 알면서 조선 학교를 다니고 한국 이름을 떳떳하게 밝히며 살아온 형이었다. 그 누구보다 재일조선인으로서 자부심이 강했고, 그래서 그는 '위안부' 할머니 문제에 대한 토론회에서도 거침이 없었다.

"저는 할아버지가 강제로 일본에 끌려와서 지금 일본에 살고 있습니다. 아마 일본이 한국을 식민지로 안 했다면, 나는 지금 행복하게 조선 땅에 살고 있을지도 모릅니다. 그래서 사실 왜 이 토론을 하는지 모르겠습니다. 지금 당장 일본 사람들의 사과를 받아도 모자란 판에, 왜 사과도 없이 우리가 이런 얘길 나누고 있어야 하는 겁니까?"

일본에서 태어나고 자라며 그 차별을 몸으로 경험했기 때문인지, 누구보다 그는 일본에 대한 배타심이 컸다. 재일조선인으로서 자부심도 누구보다 강한 그였다. 그런 그가 한국 국적을 선택했다니, 역시 한국 영사관으로

일본? 조선 사람 강종복

부터 국적을 바꾸길 강요받았던 걸까?

"나는 오히려 국적 변경하는 게 힘들었어. 하루는 영사관에서 왜 국적을 바꾸는지 묻더라고. 내가 조선 학교 나온 사람이니까 갑자기 바꾼다고 해서 의심스러웠나봐. 설명하느라 시간이 많이 걸려서 하마터면 피스보트 못 탈 뻔했어."

국제법상 무국적자였던 그는 여행을 하려면 임시 여권을 발급받아야 했다. 그런데 피스보트가 지구를 돌며 각 나라의 항구에 정박할 때마다, 임시 여권 때문에 생길 문제들이 그는 걱정되었다. '여행할 권리'조차 누릴 수 없었던 조선인 종복이 형은 결국 법적으로 한국인이 될 결심을 했다.

'편의상' 국적을 바꾸는 것에 배신하는 느낌이 들진 않았는지 조심스레 묻는 내게, 형은 서류상의 글자 몇 개 바꾸는 일이 무슨 대수냐고 웃으며 말했다. 맘속에 품고 있는 신념이 중요한 거라고 쿨하게 말하는 형을 보며, 글자 몇 개에 연연하는 내가 오히려 소심하게 느껴졌다.

피스보트에는 이중국적자가 많았다. 미국과 일본 혼혈인 토마, 볼리비아가 고향이라는 일본인 레오, 미국에서 자란 레이 등 피스보트에는 여권을 두 개씩 가지고 다니는 사람들이 많이 있었다. 신기한 건 그런 그들이 때론 한국인인 나보다 종복이 형의 마음을 잘 이해한다는 것이다. 국적이 자유로운 그들과 처음으로 국적이 생긴 종복이 형. 그들의 모습을 보며 생전 처음으로 내 여권에 새겨진 'Republic of Korea'란 글자가 어색하게 느껴졌다. 너무 당연한 것이라 한 번도 고민해 본적이 없었던 국적. 내게 국적이란 과연 어떤 의미인걸까?

+ "나는 조선 사람이니까
조선이 내 조국이야."

어릴 때 가장 좋아했던 가수 유승준. 춤도 잘 추고, 노래도 잘하던 그는 어느 날부터 다신 한국에 올 수 없게 되었다. 그리고 세상이 한 목소리로 그를 욕했다. 군대에 간다고 약속할 땐 언제고, 몰래 국적을 미국으로 바꾸었다면서.

내 눈엔 너무 이상했다. 가족들도 다 미국 국적이고, 그 또한 미국에서 나고 자란 사람인데 왜 모든 사람이 그를 손가락질하는지 이해가 되질 않았다. 법을 어긴 것도 아닌데, 다만 약속을 어겼다는 이유로 쫓겨나야 하는 건가? 그러면 군대에 가지 않기 위해 한국 국적을 포기하고 미국 국적을 선택한 내 친구들은 어떻게 한국에서 잘 지낼 수 있는 걸까? 그들은 대중과 약속한 적이 없으니까? 한국을 '배신'한 일이 다시는 한국에 발을 들이지 못할 정도로 큰 잘못인가? 그렇게 배타적인 사람들이, 왜 미국에서 태어나고 자라서 심지어 국적도 미국인 '미셸 위'를 굳이 '위성미'라 고쳐 부르며 '자랑스러운 한국인'으로 만드는 걸까? 아무리 생각해도 이해가 되지 않는 것들뿐이었다.

여행을 하고 다양한 국적을 가진 친구들을 만나며, 국적을 선택하는 자유에 대해 고민하게 되었다. 그래서일까? 한국 사회가 사람들에게 특정 국적 선택을 요구하는, '우리'가 될 것을 강요하는 일들이 폭력으로 느껴졌다. 물론 나는 항상 한국인임을 자랑스러워하며 세계를 여행하지만, 다른 누구에게 나와 같은 마음을 강요할 수는 없을 것이다. 강요받는 사람에겐 인권을 무시한 폭력이 될 테니까. 애국심 또한 마찬가지라고 생각한다. 내 나라를 사랑할 자유가 있듯이, 사랑하지 않을 자유도 있다. 그러니 국적이 같다고 애국심마저 강요할 수는 없지 않을까?

나라를 사랑하는 마음. 종복이 형에게 그 나라는 과연 어디일까?

"나라? 내 조국은 마, 조선이지. 조선 사람이니까 조선이 내 조국이야."

형이 말하는 조선은 '북조선'도 '한국'도 아닌, 그냥 '조선'이란다. 해방 후 재일조선인이 '국적란'에 적었던 '조선'이 바로 재일조선인 3세 강종복에겐 마음의 조국인 것이다. 애국심 또한 어느 한 국가에 대한 감정이 아니라, 조선 사람으로 조선을 사랑하는 마음이라고 했다. 그 말이 쉽게 와 닿지 않았다. 통일된 한반도와는 조금 다른 느낌으로 다가오는 그가 말하는 '조국'. 아마도 일본 사회의 차별 속에서 반세기 넘게 지켜온 재일조선인의 정체성이 아닐까 추측할 뿐.

'조선'을 사랑하다 보니, 형은 '2010 월드컵'이 열렸을 때 무척이나 바빴단다. 한국과 북한 모두 응원하느라 매일 밤을 지새워야 했다고. 그래도 같은 학교 후배인 '정대세'를 조금 더 응원했다며 웃으며 말하던 종복이 형. '독도는 우리땅'이라고 새겨진 티셔츠를 입고 일본 정부는 사과하라며 목에 핏대를 세울 땐 언제고, 함께 일하는 일본인 스태프를 사랑하는 가족이라고 소개하는 그의 이중적인 태도가 처음엔 이상했다. 하지만 시간이 지나 알게 되었다. 그에게 중요한 것은 여권에 적힌 국적이 아니라, 서로를 아끼고 사랑하는 사람들과의 인연이라는 것을.

사랑한다!

+

지금 생각해보면 피스보트에서 진행한 '위안부' 할머니를 위한 서명운동은 형이 없었다면 엄두도 못 냈을 일이었다. 처음부터 형의 도움을 받아서였을까? 어린 내가 의욕에 넘쳐 한국어 교실을 열겠다고 했을 때도, 마이크에서 프린트물까지 챙겨주던 형이었다. 노래 대회에 나가 가발 쓰고 욘사마 흉내를 내며 노래할 때도 내 뒷바라지하느라 힘들었던 형은 언제나 든든한 버팀목이 되어주었다. 니카라과 시인 루벤 다리오의 시를 한국어로 번역해서 낭송회에 참여할 때도, 우리말이 듣고 싶다며 밤샘 피로도 잊고 끝까지 자리를 지켜주던 우리 형. 매번 미안하다고, 고맙다고 말하는 내게 형은 오히려 고향 땅에서 온 네이티브와 우리말로 이야기할 수 있어 항상 즐겁다고만 했다. 밤마다 삼겹살과 김치찌개를 그리워했던 우리. 우리에게 국적, 애국심 같은 건 더 이상 중요치 않았다.

피스보트가 멕시코 만사니요에 닿았을 때, 나는 다음 일정 때문에 홀로 배에서 내려야 했다. 정든 피스보트를 떠나보내야 한다는 생각에 하루 종일 싱숭생숭했던 그날 오후, 나는 배 출입문에 서서 고마운 친구들과 포옹으로 일일이 작별의 인사를 나누고 있었다. 하지만 이상하게도 그날따라 종복이 형을 만날 수 없었다. 같이 기다리던 한 스태프가 그를 찾아주겠다며 무전으로 애타게 불러도 봤지만, 아무런 대답이 없었다. 마지막 헤어지는 순간까지도 형과 인사를 나눌 수 없었고, 나는 방파제에 서서 피스보트의 문이 닫히는 걸 지켜만 보고 있었다.

닻이 천천히 올라가고 피스보트 엔진 소리가 커지기 시작했다. 조금씩 멀어지던 피스보트의 갑판에는 수많은 친구들이 한국말로 "감사합니다" "안녕"을 외치고 있었다. 나 역시 떠나가는 배를 바라보며 목이 터져라 외치며 손을 흔들었다. 바로 그때, 굳게 닫혀 있던 창 하나가 열리더니 익숙한 목소리가 들렸다.

"사랑하는 동생! 우리 꼭 다시 만나자!"

형이었다. 하루 종일 보고 싶던 그 모습에 더 이상 눈물을 참을 수 없었다.

조금씩 빨라지는 피스보트. 점점 멀어지는 나의 집, 나의 가족, 나의 사랑하는 친구들. 멀어지는 그들과 조금이라도 더 가까이 있으려고, 출입금지 팻말을 넘어 방파제 끝까지 달렸다. 형도 갑판 끝에 서서 손을 흔들어주었다. 그제야 형에게 말할 수 있었다. 정말 고마웠다고. 잊지 않겠다고. 우리, 꼭 다시 만나자고. 하지만 이미 멀어진 피스보트에 내 목소리는 닿지 않는 듯했다. 점점 작아지던 모습. 형은 서로를 알아볼 수 없을 때까지 갑판에 서서 날 향해 손을 흔들어주었다. 모두가 가족 같던 피스보트 사람들. 하지만 종복이 형은 그 누구보다도 애틋했다. 형 말대로 우린 같은 조선 사람, 같은 핏줄이니까.

일본 여자는 조선 사람을 이해할 수 없기 때문에,
만날 수 없다는 형이었는데….
그의 여자 친구는 캐나다에서 온 에린.

일본어와 한국어 말고 아무것도 모르는 남자와
프랑스어와 영어만 할 줄 아는 여자.
공통된 언어가 없는 두 사람은 눈빛으로 말하고, 마음으로 통하며,
피스보트 갑판 위에서 사랑을 싹 틔웠다.

내가 만났을 때는 이미 그들의 두 번째 피스보트 항해.

여전히 말이 100퍼센트 통하지 않던 그들은,
다툼이 생길 때면 사전 앞에 나란히 앉아
말을 주고받는 귀여운 커플이다.
말이 통하지 않는 간극을 메꾸기 위해 서로에게 더 집중하게 되었고,
그래서 더 잘 이해하게 되었다는 종복이 형과 에린.

사랑이 모든 걸 가능하게 하는지 모르겠지만…
한 가지 분명한 사실은 사랑에 있어 언어는 중요하지 않다는 거다.
말보다는 마음이 통하는 사랑.
지구마을을 떠도는 내게 언제쯤 그런 인연이 찾아올까…

물부에서 만난 소녀에게

우연히 가게 된 잠비아였어. 출발 열흘 전만 해도 내가 잠비아에 갈 거라곤 상상도 못했거든. 내가 사는 여긴 한국이란 곳이야. 네가 사는 잠비아에서 비행기로 꼬박 하루가 걸려야 올 수 있는 곳이지. 이곳엔 한국으로 유학 온 잠비아 소년이 있어. 내겐 친동생이나 다름없는 녀석인데, 그 아이가 잠비아에서 촬영하는 TV프로그램에 출연하게 되면서, 얼떨결에 내가 보호자로 잠비아까지 날아가게 되었어.

사실 출발할 때까지만 해도 우물을 파러 간다는 것 말곤 촬영에 대해 아는 게 아무것도 없었단다. 말이 보호자였지, 잠비아가 그 동생의 고향이었고, 나는 초행길이었으니 오히려 내가 보호받을 처지에 놓여 있었던 거야. 더군다나 방송 촬영도 처음이었고. 모든 것이 생소하고 어색하던 그때, 처음 널 보게 되었단다.

정글에 있는 네가 사는 마을에 어렵사리 도착해서 막 촬영을 시작할 때였어. 사람들 뒤에서 남동생을 업고 서 있던 너와 눈이 마주쳤지. 내가 카메라를 내밀었을 때, 렌즈를 보고 해맑게 웃는 널 보며 무슨 생각이 들었는지 아니? 아, 이 아이의 눈은 멀지 않았구나. 다행히도, 정말 다행히도 나와 눈을 마주칠 수 있구나…. 셔터를 누르면서, 아름다운 너의 모습을 담으면서 얼마나 감사했는지 몰라.

오염된 식수를 먹고 아이들이 시력을 잃는다는 걸 그곳에서 처음 알았어. 굉장히 충격이었고, 그래서 많이 걱정했는데 다행히 많은 아이들이 나와 눈을 마주칠 수 있어서 정말 감사했어. 그때부터 방송을 떠나서 진심으로 기도했지. 꼭 우물이 터질 수 있게 도와달라고 말이야.

　물이 고여 있던 웅덩이에서 촬영했던 것 기억나니? 회색빛이 돌던 그 물을 마신다고 사람들이 말했을 때 우린 믿을 수가 없었어. 물론 그 물을 마시며 살아온 너는 그게 얼마나 큰 충격이었는지 이해하기 힘들 거야. 하지만 한국에서 온 우리들에겐 사람들이 그 물을 마시는 장면을 지켜보는 건, 죽어가는 사람을 지켜보는 것만큼이나 힘들고 가슴 아픈 일이었어. 맞아. 그때 너도 그 물을 마시려고 했었지. 그 순간에는 놀라서 급히 말리긴 했었지만, 어쩔 수 없다는 걸 잘 알고 있었어. 넌 그 물을 마셔야만 살 수 있었을 테니까.

　우리 팀이 계속 촬영하는 동안, 네 얼굴이 눈에 계속 밟혔어. 그래서 혼자 잠깐 빠져 나와 널 찾으러 다녔었단다. 때마침 마을에선 우물이 터지길 기원하는 축제를 열고 있었는데, 거기서 어느 아주머니들을 마주치게 되었지. 축제에 쓸 음식을 장만하시던 아주머니들이었는데 날 보시더니 만들던 음식을 선뜻 권하셨어. 그 순간 입은 감사하다고 하는데, 어떤 물로 만든 음식인지 뻔히 알고 있었으니 차마 먹을 수가 없었어. 그걸 들고 주저하는 내 모습에 아주머니들이 많이 실망하는 게 보였지. 분위기를 바꿔보려고 커다란 솥을 젓고 있던 주걱을 얼떨결에 잡아들었어. 첨엔 그냥 저어보다가 나중엔 재밌게 하려고 일부러 우스꽝스러운 표정을 짓기도 했어. 그제야 웃으시던 아주머니들이 노래까지 불러주시더라. 노래가 쉬워서 따라 부르며 함께 춤도 췄었어. 그러면서 너도 잊고, 촬영도 잊고, 마냥 거기서 춤추며 놀았지. 물론, 음식도 함께 나눠 먹었어. 맞아. 배탈이 날 수도 있다고 생각을 했어. 어쩌면 깨끗한 물만 마셔온 나는 다른 사람들보다 더 아플 수도 있다는 걱정도 했어. 하지만 그곳에 온 외국 아이가 같은 음식 먹는 모습을 마을 사람들에게 보여줘야겠단 생각이 들었어. 왠지 모르겠지만 그게 마을 사람들에게 힘을 줄 것 같았거든.

　다음 날, 같이 간 연예인들이 노래를 가르치던 곳에서 널 다시 보았단다. 동생을 업은 채로 춤까지 추던 네 모습을 말이야. 몰랐겠지만 난 한참 널 바라보고 있었어. 오랜 비행과 힘든 촬영으로 지쳐 있던 내게 웃는 네 모습은 정말 큰 힘이 되었지. 그 미소를 오래 간직하고 싶어서, 너 몰래 몇 번이나 셔터를 눌렀었는데.

　너와 네 친구들을 보며 다시 한 번 기도했어. 제발 우물이 터지게 해달라고. 우물이 성공할 확률이 50퍼센트라는 말을 들었을 때, 처음엔 거짓말이라고 생각했어. 텔레비전에 나오는 사람들은 가끔 그러기도 하거든. 근데 우물을 시추하는 대장님께 직접 물어봐도 확률이 절반이라고 하시더라. 사실 말이 절반이었지, 동전 뒤집기처럼 성공 아니면 실패, 결과는 아무도 알 수 없었어.

　우물이 터지길 기다리는 동안 대장 아저씨가 옥수수로 만든 물을 주셨어. 그걸 마시며 우물이 터지길 기다리다, 전날처럼 너와 눈이 또 마주친 거야. 한 모금 나눠주고 싶어서 너에게 손짓했었는데, 사람들 뒤에 숨어버리더라? 다가가니까 멀리 뛰어서 도망가버리고. 아무리 부끄러워도 그렇지, 맛있는 옥수수 물이었는데 맛이라도 보지 그랬어. 정말 맛있는 물이었는데….

　우물이 터지지 않아서 많이 조마조마했지? 자꾸 시간은 지연되고, 물은 나올 기미도 보이지 않으니까 이러다 실패하면 어쩌나 걱정이 많았단다. 사실 동생의 보호자로 일하러 간 거지만, 솔직히 말하면 그땐 방송이고 뭐고 관심이 없었어. 오로지 우물, 우물 터지기만을 목을 매고 기다렸었지.

　갑자기 흙탕물이 터져 나오던 그 순간을 기억하니? 우리 모두 울어버렸던 그 순간, 난 아마 평생 그 순간을 잊지 못할 거야. 우리도, 마을 사람들도 모두

기뻐서 소리치며 뛰어다녔지. 그때 널 다시 찾았는데, 웃고 있는 네 모습을 꼭 보고 싶었는데, 다들 신나서 뛰어다니니 그 속에서 도무지 널 찾을 수가 없었어. 그래도 물이 솟구치는 걸 보니 참 행복했단다. 이젠 모든 게 해결되었다고 생각했으니까 말이야.

촬영이 끝나고 마을 사람들이 한동안 물 마시는 교육을 받아야 한단 얘길 들었을 때, 처음엔 의아했어. 우물이 나오면 모두가 그 물만 마시는 줄 알았거든. 근데 그게 아니래. 웅덩이 물맛에 익숙해진 사람들이 우물에서 나오는 깨끗한 물은 맛없다고 안 마신다는 거야. 너도 그랬니? 깨끗한 우물물은 맛이 없어? 난 그 말을 듣고 마음 한구석이 많이 쓰라렸단다. 오염된 물에 익숙해져 깨끗한 물이 맛이 없다니…. 그 물에 익숙해졌다는 건, 그만큼 네 몸도 많이 아팠을 거란 뜻이잖아.

지금은 어때? 이젠 깨끗한 우물물을 마시고 있지? 이젠 너도 네 동생도 흙탕물 때문에 아파서 시력을 잃을 걱정은 하지 않아도 되는 거지?

아, 함께 갔던 잠비아 동생은 지금 여기서 열심히 공부하고 있어. 그리고 언젠가 그 아이가 고향에 갈 때, 나도 다시 한 번 뭄부아에 가보려고 해. 이번엔 방송 촬영 없이, 그냥 널 만나기 위해서 말이야. 그땐 수줍다고 도망가면 안 된다. 알았지?

환한 미소처럼 아름답게 잘 자라고 있을 거라 믿을게. 우물이 터진 행운처럼 네 인생에도 좋은 일만 가득할 거고. 다시 만날 그날까지 부디 행복하렴.

비가 촉촉하게 내리는 밤,
뭄부아를 그리며.

Part 3

Vietnam

Cambodia

Peace boat

Mexico

Ecuador

Peru

Bolivia

Palestine

눈물이
멈추지 않는

지구마을 인터뷰

:

Mexico
Manzanillo

10 멕시코 해변을 지키는 거북이 아버지

바다, 모래, 나무 오두막, 그리고 모기.

그것이 눈앞에 보이는 전부. 고된 하루 일과에서 유일한 휴식은 모래 위에서 모기와 살을 부비며 바다가 해를 삼켜 빨갛게 물들어가는 걸 지켜보는 것뿐인 오두막 생활. 그리고 붉은 바다 어딘가를 항해하고 있을 피스보트.

'지금쯤 어디를 가고 있을까? 다들 나 없이도 잘 지내고 있겠지? 난 왜 여기에서 이 고생을 하고 있는 걸까?'

어딘지도 모를 이국땅 해변에 앉아 밑도 끝도 없이 센치해지고, 한국에 있는 가족들 얼굴마저 아른거리며 이성을 잃을 때쯤, 어김없이 그 조그마한 녀석들이 날 깨웠다. 그래, 내 곁엔 너희들이 있었지. 사랑하는 내 새끼들.

멕시코 어딘가에서 야생 거북이를 보호하는 캠프에 참여했다는 말을 사촌 형에게 듣는 순간, 어릴 적 우리 집에 있었던 어항 속 거북이가 떠올랐다. 어린 내 눈에 비친 조그만 어항의 거북이들은 무척 신기했지만 한편으론 걱정이었다. 혹시나 거북이가 TV에서 본 것처럼 거대해져서 어항을 깨고 나올까봐. 거북이의 성장을 기대(혹은 걱정)했던 조숙한 초등학생은, 곧 거북이 때문에 온 가족이 바닷가로 이사 갈 거라고 추측하고 미리부터 친구들과 작별의 인사를 준비했다. 허나 하루가 멀다 하고 성장통을 느끼며 쑥쑥 자라는 나와 반대로, 거북이들은 어른이 될 생각이 없는지 하루 종일 굼뜨기만 했다. 하루, 이틀, 사흘, 나흘을 어항에 얼굴을 대고 쳐다보아도, 거북이는 항상 그대로였다. 그러다 알게 된 충격적인 사실은 우리 집 거북이는 바다거북이 아닌 미국 미시시피 강에서 온 '미시시피붉은귀거북'이라는 거다. 커다란 바다거북이 될 수 없다는 걸 알게 된 순간, 흥미를 잃어버린 나는 더 이상 어항에 눈길조차 주지 않았다. 그리고 얼마 뒤 인기를 잃은 거북이는 엄마의 손을 거쳐, 거대한 바다거북을 보고 싶어 하는 누군가의 집으로 떠나갔다.

그런 내게 사촌 형이 이야기해준 거북이 이야기는 설렘 그 자체였다. 초등학교 때 짝사랑했던 아이의 소식을 알게 된 것 같은 기분이랄까. 그 설렘을 안고, 나는 거북이 캠프 문을 두드렸다. 왜 거북이를 보호하는 일을 하러 가느냐고 묻는 사람들에겐 개체수가 줄어 멸종 위기에 놓인 거북이를 구출(?)하겠다는 거창한 사명감을 늘어놓기도 했다. 하지만 진짜 이유는 바로 첫사랑 거북이 때문이었다. 그래서 멕시코에서 정든 피스보트를 떠나보내고 바다, 모래, 오두막 그리고 모기와 정붙이며 살기로 마음먹었던 것이다.

형이 말해주지 않은 오두막살이의 정체

처음 본 거북이의 모습은 사촌 형 표현대로 정말 '판타스틱'했다. 알에서 깨어난 거북이들이 40센티미터 땅속에서 혼자 힘으로 올라와, 본능적으로 바다를 향해 달려가는 그 모습은 첫사랑을 찾아 멕시코에 간 경상도 촌놈을 눈물짓게 만들었다. 의욕 없이 물장구만 치던 어항 속의 거북이와 달리, 모래 위를 아장거리는 아기 거북이들은 생기가 넘쳤다. 사람만큼이나 다양한 아기 거북이들의 모습을 보며 나는 그에 걸맞는 이름을 하나씩 지어주었다.

"급하게 뛰는 요 녀석은 기준이, 어리바리하게 두리번거리는 거 보니까 너는 딱 파랑이고, 겁먹고 도망가는 넌 필무, 졸고 있는 애는 무조건 동우야. 그리고…"

내가 이름을 붙여주기 전에 다만 하나의 거북이에 지나지 않았던 녀석들. 하나씩 이름을 불러주자 그들은 나에게 피붙이처럼 다가왔다. 겁을 먹고 파도 근처에도 못 가던 막내 거북이가 몇 번의 도전 끝에 바닷속으로 사라져가는 것을 보며 나는 비로소 알게 되었다. 첫사랑을 꼭 닮은, 수많은 자식들이 생겨날 거란 것을.

누구도 알려주지 않았던
지옥의 캠프 생활

거북이 새끼들을 바다로 보내는 감동은 일몰 후와 일출 전, 하루에 딱 두 번 찾아왔다. 어두울 때면 천적인 물고기나 새로부터 상대적으로 거북이들이 안전하다. 그래서 우리는 하루 종일 올라오는 새끼 거북이들을 오두막에 옮겨두었다가, 해가 없을 때 방생했다. 그게 사촌 형이 내게 말해주었던 판타스틱한 감동의 순간이었는데, 문제는 그 순간을 제외한 나머지 생활이었다.

형이 말해주지 않은 오두막살이의 정체. 거북이를 떠나보낼 때면 어김없이 감동의 눈물을 흘렸지만, 오두막을 보고 있을 때도 억울한 마음에 눈물이 날 지경이었다. 형은 캠프가 문명과 단절되어 있다는 걸 말한 적이 없었다. 하긴 오두막 50미터 후방 호수에 식인 악어가 살고 있다는 것에 비하면 사소한 것이니까 깜박했을 수도 있다. 해변에 전갈이 있어서 조심해야 된다는 걸 알려줬으니, 수도나 전기가 없는 것을 말해주지 않은 것도 이해할 수 있다. 그렇지만 나는 생전 처음으로 형과 나의 관계에 대해 진지하게 되돌아보게 되었다. 내가 살면서 형에게 대체 무슨 잘못을 저질렀던 걸까? 설마, 초등학교 때 형이 아끼던 모형 탱크를 떨어뜨린 일이 이런 참담한 결과를 가져온 건 아니겠지?

모래가 자글거리는 오두막 2층 모기장 속에서 밤새도록 모기와 사투를 벌이고 일어나면, 아침엔 꼭 모든 관절이 쿠데타를 일으킨 것 같은 처참한 기분이 들었다. 더운 날씨에 이른 아침부터 땀이 삐질삐질 쏟아졌다. 그리고 알알이 맺힌 땀방울 사이에 자리 잡고 브런치를 드시는 모기님들. 모기님들께서 차례대로 식사를 마치고, 팔다리가 엠보싱 모양으로 올록볼록해지고 나면 그제야 우린 잠이 덜 깬 채 '거북이 밭'으로 향했다. 안전을 위해서 엄마 거북이들이 해변에 낳은 알을 옮겨놓은 둥지가 모인 곳인데, 끊임없이 새끼 거북이들이 올라오는 통에 그곳을 '거북이 밭'이라고 불렀다.

엄마 거북이는 40센티미터 정도의 땅을 판 다음, 한 번에 80~120개의 알을 낳고 흙으로 땅을 덮는다. 그리고 45일이 지나면 부화된 새끼 거북이들이 땅 위로 올라와 바다로 향하는 게 자연이 만들어놓은 법칙이다. 하지만 해변에 사는 너구리, 새, 그리고 정력에 좋다는 속설을 믿고 거북이알을 불법으로 찾는 사람들 때문에, 그곳에서 거북이알은 수난을 당하고 있었다. 그래서 거북이 지킴이들은 해변에 있는 거북이알을 매일 수거해서 안전한 곳으로 옮겨놓고, 45일이 지나서 올라온 새끼 거북이들을 모아 방생하는 일을 했다. 그리고 46일이 되면 우린 45센티미터 아래의 거북이 둥지를 파헤쳤다. 둥지를 파는 이유는 여러 가지이다. 먼저 땅속에서 올라오다 지친

거북이 아버지 디에고

거북이들을 구출하기 위해서였다. 그리고 알의 개수도 파악해야 했다. 알은 부화된 알, 부화가 되지 않은 알, 나오다 죽은 거북이가 있는 알, 그리고 애벌레가 파먹은 거북이 알까지 모두 구분해서 기록했다. 매번 그것을 기록해서 통계를 내는 것도 거북이 지킴이들의 중요한 임무 중 하나이다. 그리고 둥지를 청소해야 하는데, 그건 새로운 거북이알을 다시 그곳으로 옮기기 위해서다.

여기서 가장 힘든 것이 바로 애벌레들과 맞서 싸우는 일이다. 동료들과 둥지를 차례대로 확인하다보면 다섯 개 중 하나는 꽝이 나온다. 바로… 수백 수천 마리의 애벌레들이 점령한 거북이 알더미를 만나게 되는 것이다. 물론 벌레와 맞서고 있는 새끼 거북이를 구출해내는 일은 정말 보람차다.

하지만 그 벌레의 꿈틀거림을 장갑 낀 손으로 느끼는 건 온몸에 소름이 끼치도록 징그럽다. 더군다나 썩어가는 악취 때문에 속이 뒤집어지는 고통을 견뎌야만 했다. 재수 없는 날이면 연달아 꽝이 두 번씩 터지곤 했는데, 그럴 때면 결국 악취를 참지 못하고 바닷물에 뛰어들곤 했다. 시원한 바다로 뛰어들면 기분이 나아질 것 같았으니까. 하지만 열정적인 멕시코는 바닷물마저 열정이 넘쳐서 뜨끈뜨끈했다.

온갖 역경 속에 둥지 청소를 끝내면 해는 이미 중천에 떠 있었다. 한창 허기가 질 시간, 그럼 우린 지친 몸을 이끌고 근처 호텔을 향했다. 거북이 지킴이들을 위해서 직원용 식당과 샤워실을 제공하는 호텔이 있었다. 거기서 점심을 해결하곤 했는데, 그 호텔까지는 걸어서 왕복 한 시간이 걸렸다. 정수리를 쪼아대는 태양을 모른 척하고 한 시간을 모래 위만 걷고 나면 밥을 아무리 먹어도 배가 고프고, 힘들고 지치기만 했다. 더군다나 오두막에 물이라도 떨어지면 20리터 생수통을 들고 물을 충전하러 가야 했다. 물론 그것도 왕복 한 시간. 20리터 생수통을 등에 짊어지고 다니면, 길에서 멍 때리던 이구아나가 한심한 눈으로 쳐다보곤 했다. 아, 형은 나에게 무슨 원한이 있었던 걸까?

생수통까지 무사히 운반하고 나면 오후 두세 시, 더위가 세상의 모든 짜증과 귀차니즘을 몰고 올 시간이 된다. 해먹에 누워서 잠깐 눈이라도 붙이면 모기들이 배고프다고 징징대며 달라붙었다. 모기의 입술이 내 피부에 닿고, 피가 조금씩 줄면서 몽롱해질 쯤이면 어김없이 달팽이관을 공격하는 날카로운 목소리!

"라파! 거북이 둥지 체크 안 하고 뭐해!"

'라파엘'이란 내 이름을 줄여 부르는 그 소리가 울려 퍼지면 모기들마저 눈치채고 도망가곤 했다. 그럼 어기적거리며 지친 몸을 일으켰다. 그때마다 머리 위로 보이던 메시지.

2년 전 사촌 형이 써둔 문구. 형은 정말 이곳이 좋았던 걸까? 아니면 나처럼 멋모르고 온 사람들을 놀리려고 써둔 건 아닐까?

월화수목금금금! 주 7일제로 돌아가는 거북이 세계

둥지 체크는 말 그대로 거북이 둥지를 체크하는 일이다. 시도 때도 없이 땅 위로 올라오는 새끼 거북이들을 그대로 두면, 뜨거운 열기에 말라서 죽게 된다. 그래서 15분에 한 번씩 올라온 거북이들을 구출해서 오두막의 음지로 옮겨야 했다. 그렇다. 그 말은 곧 15분에 한 번은 거북이 밭을 순찰해야 한다는 뜻이다. 그나마 동료들이 많은 날은 돌아가며 눈을 붙일 수 있었지만, 누구 하나 외출이라도 하는 날이면 꼼짝없이 거북이 밭을 지켜야 했다. 그리고 더 뼈아픈 사실은 거북이 세계엔 주말이 없다는 것. 황금 같은 토요일 밤에도 해변에서 출산의 고통을 느끼는 거북이 산모들이나 일요일 아침에도 땅속에서 올라오는 새끼 거북이들 때문에 우리도 꼼짝없이 주 7일제로 똑같은 일과를 소화해야 했다.

그렇게 바쁜 하루를 보내고 해가 져서 거북이 방생까지 하고 나면, 우린 거북이 산모들이 낳은 알을 수거하기 위해서 해변을 걸어야 했다. 보통 해변에 흩어진 산모의 발자국만 따라가면 쉽게 둥지를 찾을 수 있었다. 그 알을 수거해서 거북이 밭으로 옮기고, 손톱 밑이 까매져 침낭에 들어가면 시계는 꼭 열두 시를 가리켰다. 하지만 한창 출산 중인 산모를 만나면 아빠가 된 심정으로 무작정 기다려야만 했다. 명당 찾느라 뺑뺑 도는 산모와 술래잡기라도 하게 되는 운 없는 밤이면, 눈 밑으로 검은 강이 흘러내렸다. 수능 공부할 때도 안 생기던 다크서클….

어렵사리 잠자리에 들면 남녀노소 모두 약속이나 한 듯 코를 골아댔다. 하지만 그 달콤한 코골이도 딱 다섯 시 반까지였다. 아침을 부르는 닭의 울음소리. 새벽 순찰 시간을 알리는 그 소리가 들리면 눈도 뜨기 전에 반사적으로 거북이 밭으로 간다. 밤새 올라온 아가들과 눈인사만 나누고, 바로 그들을 바다로 방생한다. 그리고 근처 쓰레기통에서 자는 너구리들이 둥지를 습격하기 전에 알을 수거하기 위해 해변을 걷는다. 그러면 시간은 아침 여덟 시, 이미 세상은 밝아져 있다. 잠깐 눈을 붙인 뒤, 둥지 청소를 하며 벌레들과 사투를 벌이며 시작되는 빡빡한 일과. 그 고달픈 생활을 한 달이나 해야 한다고 생각하면, 눈앞이 깜깜해지곤 했다. 점점 지쳐가는 몸뚱이와 쌓여가는 피로, 그리고 발목을 붙잡는 귀차니즘…. 아, 내가 왜 피스보트를 떠나 이 개고생을 하고 있는 걸까?

열정적인 캠프 리더?
잔소리 대마왕!

힘든 캠프 생활에서 절대 잊을 수 없는 한 사람이 있다. 바로 캠프 리더 디에고. 지금도 그를 생각하면, 충격적인 그날의 사건이 함께 떠오른다. 디에고는 근처 대학에서 생물학을 전공하는 학생이다. 그는 2007년에 우연히 오두막에 견학을 와서 첫눈에 거북이에게 반해 주말마다 오두막에서 지내다, 그해 10월 짐을 싸들고 이사와 살기 시작했다고 한다.

모래 위 텐트에서 잠을 자고, 바닷물로 샤워하고 빨래도 하는 그는, 닭이 울면 제일 먼저 일어나 우리를 데리고 새벽 순찰에 나서곤 했다. 더 대단한 건 순찰이 끝나면 바로 학교에 가서 강의를 듣고, 늦은 오후면 어김없이 캠프로 다시 돌아온다는 것이었다. 심지어 오후에는 캠프를 방문하는 학생들과 관광객들에게 거북이에 대해 친절하게 설명해주고, 해가 수평선을 넘어가고 거북이들이 첫 물질을 시작할 때도 어김없이 그 곁을 지켰다. 우리가 밤에 순찰을 돌 때면 그는 촛불을 켜놓고 책을 읽곤 했는데, 그렇게 공부하면서 장학금을 받는 그의 독한 모습에 모두들 혀를 내둘렀다.

돈 받는 NGO의 상근 활동가가 아니라 단지 거북이가 좋아서 캠프를 지키는 디에고를 캠프 리더로 무척 존경했다. 하지만 오두막에 함께 사는 친구이자 룸메이트 디에고는 최악의 잔소리쟁이였다. 스페인 바스크 지방에서 온 한 동료는 이렇게 말했다. 달려드는 모기떼보다 해질녘에 돌아오는 디에고의 발소리가 더 무섭다고. 거북이 둥지는 체크 했느냐, 왜 캠프 2층 청소는 안 해놓았느냐 등등 그의 잔소리는 끊이질 않았고, 그가 학교를 안 가는 주말이 되면 우릴 이끌고 숲에서 나무를 베어와 무언가 만들곤 했다. 하지만 디에고가 앞장서서 일하니 누구도 다른 말을 할 수 없었다. 그저 그가 학교 가는 월요일이 오길 기다리는 수밖에.

그렇게 2주쯤 흐른 어느 날, 그날따라 유난히 높이 뜬 태양이 모든 걸 쪄버릴 듯 더웠고, 땀이 흐르다 못해 온몸이 녹아내리는 기분을 느끼고 있었다. 끈적끈적해진 땀방울엔 자연스레 모래가 달라붙었고, 눈치 없는 모기들이 끊임없이 미운 입술을 내밀어댔다. 뜨겁게 익어버린 모래에 발바닥마저 노릇노릇 구워지면서 짜증이 났던 나는 기분 전환도 할 겸 바다에 들어갔다. 하지만 목욕탕의 온탕 같은 소금물은 컨디션만 더 악화시킬 뿐이었다. 몇 번 물장구만 치다가 포기하고 밖으로 나오자 바닷물에 땀이 섞여 끈적임이 더 심해졌다. 그걸 기다렸다는 듯 모기들은 미친 듯이 달려들었고, 결국 짜증이 한계를 넘어서고 말았다.

이유 없는 울분까지 솟구치면서 폭발 직전의 상태였던 바로 그 순간, 드디어 해변 저편에서 디에고가 등장했다.

'그래, 오늘은 너로 정했다. 나의 분풀이 대상이 되어다오.'

나는 이미 이성을 잃고 디에고를 향해 분노의 초점을 맞추고 있었다. 근데 때마침 디에고가 내 이름을 부르는 게 아닌가? 그래, 한 번만 잔소리를 해줘. 그럼 이 세상 모든 분노와 짜증을 너에게 쏟아 붓고 내 영혼은 자유로워질 테니까!

"라파! 치킨 사왔어! 식기 전에 얼른 먹자!"

"치킨? 앗싸!"

맙소사, 앗싸라니. 치킨이란 말에 순간 소리를 지르고 말았다. 게다가 나도 모르게 그를 향해, 아니 치킨을 향해 달리고 있었다. 먹을 것 앞에 쉽게 굴복해선 안 된다며 멈추라고 명령을 했지만, 이미 두 손은 디에고를 대신해 치킨을 들고 있었다. 이성을 되찾으려 노력했지만, 정신을 차렸을 땐 이미 치킨을 입에 문 후였다. 그러나 어떻게든 디에고에게 트집을 잡을 궁리를 했다. 하지만 디에고는 무슨 좋은 일이 있었는지 그날따라 잔소리 한마디 없었고, 나는 마지막 닭다리를 뜯으며 때를 기다려야 했다.

치킨이 전부 배 속으로 사라졌을 때, 해변에서 놀던 새들이 떼를 지어 집으로 돌아가는 것을 보았다. 디에고는 새들이 퇴근했으니 아기들을 바다로 보내주자며, 자리에서 일어섰다. 아직 완전한 어둠이 오진 않았지만, 새들이 돌아갔으니 안전할 거라고 판단했다. 치킨 기름이 묻은 손을 모래로 닦곤 여느 때처럼 새끼 거북이들을 데리고 바다 앞에 섰다. 촉촉한 해변을 처음 맛 본 새끼 거북이들은 파도 소리에 귀를 기울이더니, 하나 둘 하얀 거품 속으로 사라져갔다. 작은 발자국만 남기며 거대한 태평양을 향해 달려가는 그 모습. 그래 얘들아, 아빠는 항상 너희들의 도전을 진심으로 응원한단다. 부디 너희만큼은 피로와 짜증 없는 세상에서 한평생 행복하렴.

갑자기 귀를 찢는 외마디 비명 소리가 들리더니, 첨벙!

디에고가 손에 돌을 쥔 채 헤엄을 치고 있었다. 무슨 영문인지 몰라 주위를 살피는데, 갑자기 새 한 마리가 바다로 낙하하더니 금세 거북이 새끼 한 마리를 물고 날아가는 게 아닌가? 너무 갑작스러운 일이라 바보처럼 바라만 보고 있었다. 그랬더니 다른 새들도 차례대로 날아와 새끼들을 하나씩 물어가고 있었다. 급한 대로 아직 해변에서 갈피를 못 잡고 있던 거북이들을 손으로 안았다. 하지만, 이미 바다로 떠나버린 거북이들은 어쩔 도리가 없었다. 부디 살아남길 기도하는 수밖에.

바다 위로 맴돌면서 번갈아 거북이를 낚아채는 새떼들 아래에 디에고가 있었다. 발도 닿지 않는 깊은 바다에서 디에고는 새를 향해 돌을 던지고 있었다. 하지만 새들은 아랑곳하지 않고 더 높은 곳을 날며 계속 우리 새끼들을 잡아갔다. 누가 봐도 계란으로 바위 치기였지만, 디에고는 물러서지 않았다. 멀어지는 거북이들을 따라 점점 작아지던 그의 모습은 한눈에도 지쳐 보였다. 하지만 디에고는 풀려버린 팔로 끝까지 물을 튀기며 새들의 공격에 맞섰다.

산란을 위해 엄마 거북이들은 태평양 반대편에서 죽을힘을 다해 자기가 태어난 해변을 찾아온다. 그리고 출산의 고통 끝에 수많은 알을 낳고 다시 바다로 떠나면, 밤잠을 잊은 거북이 지킴이들이 45일 동안 그 알을 소중히 보호한다. 그런 노력 끝에 태어난 귀중한 아가들이었다. 그 귀한 새끼들을 이렇게 허무하게 보내야 하다니. 그게 너무 억울해서 고래고래 소리를 질렀다. 하지만 새들의 부리는 계속 바다를 향했고, 결국 난 고개를 돌릴 수밖에 없었다. 차마 볼 수 없어 감은 두 눈에 눈물이 흘러내리던 그 마지막 순간에도 디에고는 악을 쓰며 새들에 맞서고 있었다.

지인들에게 거창한 일을 하는 양 큰소리 뻥뻥치며 멕시코까지 간 나였다. 그래 놓고 캠프 생활이 힘들다고 투정부리며 사촌 형만 원망하고 있었다. 그것도 모자라 고생하는 디에고에게 화풀이하려고 맘먹고 있었으니, 바보 같은 내 모습이 부끄러워 죽을 지경이었다. 디에고가 바다에 뛰어들 때, 나는 왜 바다에 들어갈 생각조차 못한 걸까. 정말 거북이를 위해서 이곳에 온 게 맞을까. 어쩌면 다른 나라에서 착한 일 한다는 걸 훈장으로 삼으려고, 스펙이나 하나 건지려는 마음을 은근슬쩍 먹고 있었던 건 아닐까.

지친 몸을 이끌고 바다에서 나오는 디에고에게 한마디라도 건네고 싶었지만, 차마 입이 떨어지지 않던 그 순간.

"어쩔 수 없어. 이게 자연이니까…."

'순리'라고 말하는 그 녀석이 갑자기 거대하게 보였다. 동시에 내 자신이 너무 부끄러워 땅속으로 숨어버리고 싶은 심정이었다. 나중에 알았지만, 사실 그때 디에고도 우리에게 미안하고 부끄러웠다고 했다. 리더로서 나름 안전한 시간이라 판단하고 거북이를 바다에 보낸 건데, 새떼가 갑자기 나타나는 바람에 잡혀가는 거북이에게도, 지켜보는 우리에게도 너무 미안했다고. 그래서 아무 소용도 없다는 걸 뻔히 알면서 바다에 뛰어들었다고.

그 사건을 겪으며 진정으로 거북이들의 멋진 아빠가 되기 위해선 어떤 마음가짐이 필요한지 고민하게 되었다. 더 이상 어항 속 거북이의 예쁜 모습만 보고 싶었던 어린 감정은 날 구속하지 않았다. 형이 왜 내게 거북이 캠프를 추천했었는지 그 이유도 그제야 알 것만 같았다. 거북이를 통해 자연을 배우고, 사랑하는 법을 알게 해준 거북이 캠프. 그때서야 비로소 난 진정으로 캠프에 동화될 수 있었고 진짜 거북이 아빠가 될 수 있었다.

더 이상 입을 삐죽거리는 모기도, 뜨거운 멕시코의 태양도, 심지어 악취를 풍기는 애벌레들의 공격도 전혀 문제가 되질 않았다. 오로지 거북이를 위해 사는 사람처럼 난 내 새끼들을 아꼈고, 검게 변해가는 피부와 달리 얼굴엔 밝은 미소를 되찾아갔다.

하지만 어렵고 견디기 힘든 위기는 계속해서 닥쳐왔다. 산란을 위해 올라온 엄마 거북이를 근처 호텔의 술 취한 미국 관광객들이 사진 찍겠다고 괴롭힐 때마다, 거북이 산모를 옆에 두고 그 사람들과 다퉈야 했다. 대낮에 낚싯줄에 질식한 엄마 거북이가 떠내려 왔을 때는 정말 마음이 찢어지는 것 같았다. 그땐 강심장 디에고도 아무 말도 못했고, 그저 묵묵히 해변에 묻어주어야만 했다. 사흘 연달아 누군가 거북이 둥지를 파헤쳐 약 천 개의 거북이 알을 훔쳐간 적도 있었다. 다행히 잠복 끝에 도둑을 잡아 경찰에 넘기

고 알을 되찾을 수 있었다. 하지만 도둑의 얼굴을 다음날 신문 1면에서 다시 보게 되었을 때, 혹시 모를 훗날의 보복을 걱정하며 밤새 뒤척여야 했다.

첫사랑을 찾아온 멕시코에서 눈물 콧물 다 흘리며 아빠가 되는 사이, 날 괴롭히던 멕시코의 더위는 가고 어느새 밤낮으로 쌀쌀한 바람이 불어오고 있었다. 해변에 가을이 왔다는 건, 이제 곧 떠나야 한다는 뜻이기도 했다. 그즈음 날 대신해 거북이 엄마 아빠가 되어줄 봉사자들이 유럽에서 도착했고, 거북이 발자국 찾는 법부터 둥지 청소까지 모든 일을 인수인계했다. 하지만 차마 발길이 떨어지지 않았다. 동료들과 쌓인 정도 있었지만, 무엇보다 아직 거북이 밭에서 올라오지 않은 내 새끼들이 마음에 걸렸다. 잠을 포기하고 지켜낸 거북이 알에서 아직 깨어나지 않은 내 새끼들. 그 아기들이 세상을 향해 첫발을 내딛을 때 옆에 있어주고 싶은 마음이 무엇보다 간절했다. 그래서 이런저런 핑계를 대며 일정을 늦추기도 했다. 하지만 결국 눈물을 머금고 캠프를 떠나야 할 순간이 오고 말았다. 배낭을 메고 오두막을 등지던 그날, 마지막 거북이가 파도 속으로 사라지던 그 순간을 아직도 잊을 수 없다. 서운해하는 내게 거북이 잘 지킬 테니까 걱정 말고 몸조심하라던 디에고와 동료들. 든든한 그들이 있기에 나는 다시 길을 나설 수 있었다.

석사, 박사 공부를 계속하면서 캠프를 지키고 싶다던 디에고. 8년 뒤 우리 새끼들이 엄마가 되어 해변으로 돌아올 때, 우리 손으로 꼭 손주들을 맞이하자던 그 약속을 우린 정말 지킬 수 있을까? 지금도 문득문득 떠오르는 거북이 캠프의 추억. 멕시코 해변을 가득 채우던 그의 잔소리가 서울 하늘 아래에서도 자꾸만 그리워진다.

누에스트라 티에라 Nuestra Tierra ⋯▶ http://www.nuestratierra.org.mx/

〈누에스트라 티에라〉는 1996년부터 멕시코 푸에르토 바야르타(Puerto Vallarta)에 있는 거북이 캠프를 통해서 거북이 보호 활동을 적극 펼치고 있습니다. 거북이 캠프를 통해서 2008년 한 해에만 801개의 둥지를 찾아 74,100개의 거북이알을 발견, 보호 활동을 펼쳤고, 부화된 34,510 마리의 새끼 거북이를 바다로 방생했습니다. 또한 매년 6월 5일 환경의 날에는 환경 페스티벌을 통해 컨퍼런스, 전시회를 개최하는 〈누에스트라 티에라〉에서는, 함께 거북이를 지킬 봉사자들을 기다리고 있습니다.

2011년 일본에서 원자력발전소 사고 소식이 전해졌을 때,
사랑하는 거북이 새끼들이 떠올랐다.
멕시코 해변에서 태어나서 태평양을 집 삼아 살아가는 거북이들.
그들 중 일부는 일본 앞바다에 살고 있다고 했는데….

어쩌면 방사능을 뒤집어썼을지 모를 거북이.
혹시 방사능에 노출이라도 되었다면 그들은 과연 무사할까?
살아남았다고 하더라도 무서운 질병에 걸리는 것은 아닐까?

8년 후 그들이 엄마가 되어 해변으로 돌아왔을 때, 내 손주들은
과연 무사히 태어날 수 있을까? 혹시나 거북이가 아닌 기괴한
모습으로 세상의 빛을 보게 되는 건 아닐까?

지진은 천재지변이지만, 원자력발전소 사고는 분명 인재였다.
인간 때문에 사랑하는 거북이 새끼들을 잃었다는 죄책감을

결코
지울 수가
없다.

Ecuador
Andes

11 안데스 산맥, 곰의 혁명을 꿈꾸는 곰게바라

혁… 혁… 하아… 콜록

계속 이런 거친 숨을 내뱉다간 가슴이 뻥하고 터질 것만 같았다.

"안… 안드레… 스! 대체… 헉헉… 대체… 어디까지 가는… 거야?"

"여기 근처라고 했으니까 조금 더 올라가면 될 거야. 힘들면 내려가서 쉬고 있을래?"

"뭐… 뭔 소리야! 잔말 말고… 콜록… 얼른… 하아… 가기나… 하아… 가… 가…!"

날 쓰윽 쳐다보던 안드레스는 군말 없이 다시 산을 오르기 시작했다. 하지만 진흙투성이가 된 내 두 다리는 수신 거부, 힘이 다 빠진 근육은 진동 모드였다. 숨이 간당간당해 정신마저 아득해질 지경이었지만, 여기서 포기할 수는 없었다. 중풍 맞은 사람처럼 떨리는 몸으로 다시 한 발, 또 한 발을 내딛었다.

'지금까지 애타게 찾던 그 녀석이 저기 넘어 있을지 몰라. 조금만 더, 조금만 더 힘을 내라고!'

하지만 다리가 풀려버린 나는 이내 주저앉아버리고, 결국 고물 자동차처럼 호흡을 씩씩거리며 소똥인지 진흙인지 모를 것들에 섞여 기어올라야 했다. 그런 내 모습을 비웃기라도 하듯, 지루한 표정의 소들이 주변을 어슬렁거리며 맴돌고 있었다.

멍들고 까져서 만신창이가 된 모습으로 겨우 4,000미터 높이의 정상에 올랐지만 그곳엔 기대했던 곰도, 곰에게 맞아 죽었다는 소도 없었다. 타다 남은 재와 잘려나간 나무 밑동, 그리고 안드레스의 쓸쓸한 뒷모습뿐이었다.

오후만 되면 구름이 땅으로 내려오는 곳. 운무가 뿜어놓은 습기가 세상을 하얗게 머금어 버리는 산동네. 3,500미터 고지에 있는 에콰도르 NGO 〈안데안 베어 Andean bear〉 숙소에서 안드레스를 처음 만났다. 185미터가 넘는 큰 키에 긴 수염, 긴 머리를 기르고 무뚝뚝하던 안드레스는 얼핏 보면 체게바라, 조금이라도 인상을 찡그리면 영락없는 산적이었다. 신기하게 잘 어울리는 핑크색 티셔츠를 입고 웃어줄 때면, 같은 편이라 천만다행이란 생각마저 들던 안드레스, 그와 내가 맡은 임무는 바로 '곰' 보호!

"곰? 그럼 곰발바닥 먹으러 가는 거야?"

친구들에게 곰을 찾으러 안데스에 간다고 했을 때, 국적·연령·성별에 상관없이 다들 곰발바닥을 물어봤다. 거기다 남자들의 경우엔 어찌나 웅담

곰게바라 안드레스

을 칭찬하는지. 과테말라 시장에서 우연히 만났던 아저씨들조차 웅담과 정력의 상관관계에 대해 토론하는 걸 보면서, 그 효험이 국제적으로 인증이 된 건가 하는 생각마저 들었다.

그들의 기대와 달리 나는 곰을 보호하고 만나고 싶어서 에콰도르를 향했다. 여행 계획을 세우면서 에콰도르 NGO를 검색한 적이 있었다. 아이들에게 영어를 가르치거나, 집을 지어주는 여러 NGO 사이에서 곰을 보호하는 단체를 발견했다. 그때 국립공원에서 근무하셨던 큰아버지가 해주신 '지리산 반달곰' 이야기가 기억났다. 곰을 키워서 방사하고, 몸에 달린 추적기를 통해 위치를 파악해 보호 활동을 펼친다는 그 스릴 넘치는 경험을 할 수 있다는 건가? 다양한 일을 해보고 싶던 나는 〈안데안 베어〉에서 누구도 하기 힘든 값진 경험을 할 수 있을 것 같단 생각이 들었다. 혹시 운이 좋으면 야생곰을 볼 수도 있다니. 이거 생각만 해도 흥미진진한걸?

모니터에 나타난 사진을 하나씩 확인하면서 가슴은 쿵쾅쿵쾅, 영혼은 이미 에콰도르행 비행기를 타고 날아가고 있었다. 이렇듯 단순했던 나의 여행 동기와 달리, 〈안데안 베어〉는 곰 보호라는 뚜렷한 목표를 갖고 있었다. 안데스 곰의 서식지는 안데스 산맥을 따라 콜롬비아에서 볼리비아까지 넓게 분포되어 있다. 하지만 안데스 곰에 대한 연구는 진행된 것이 거의 없다. 아니, 연구는 고사하고 곰에 대해서 알고 있는 사람들도 별로 없었다. 오죽하면 동네 사람들조차 뒷산에 곰이 사는 걸 모를 정도였을까. 그래서 안데스 곰에 대해 연구를 해보겠다는 목적으로 시작한 팀이 바로 〈안데안 베어〉다. 에콰도르뿐만 아니라 콜롬비아 지역에서도 활동하는 〈안데안 베어〉는 조사된 내용을 학회에 발표해서 안데스 곰의 존재를 알리는데 주력하고 있다. 이것은 단순하게 알려지는 것뿐 아니라 안데스 곰의 생존을 위해서도 중요한 일이다.

최근에 사람들이 숲에 불을 질러 불법으로 목장을 확장하면서, 곰의 서식지가 사라지는 위기를 맞고 있다. 서식지가 사라진다는 것은 멸종 위기에 놓인다는 것을 의미한다. 또한 그 지역 생태계가 파괴되고 있음을 뜻하기도 하다. 그래서 〈안데안 베어〉에서는 다친 곰을 치료하고, 환경 감시를 통해 서식지를 보호하는 활동을 통해 '안데스 곰의 수호대'를 자처하고 있다. 안데스 산맥을 따라 전방위적인 활동을 펼치고 있는 그 팀에서 내가 맡게 된 임무는 안테나를 통해 추적기가 부착된 곰의 움직임을 파악해 기록하는, 일명 'UFO 교신 놀이'였다.

4,000미터 구름 속 신선놀음,
그러나 곰은 없었다

　내가 팀에 합류했을 때는 약 열 다섯 마리의 곰을 생포해서 건강 상태를 체크하고 몸에 추적기를 부착한 뒤, 다시 산으로 방생한 상태였다. 곰들의 움직임은 수신기에 전송되는 신호를 통해서 파악했는데, 그 작업을 위해 나와 동료들은 하루에 6~7시간씩 4,000미터 고지를 오르내렸다. 곰의 신호를 잡기 위해 고지에 올라 안테나를 들고 신호를 잡는 모습이 마치 외계인과 교신을 시도하는 것처럼 보여서 UFO 교신 놀이라고 불렀다. 대학에서 생물학을 전공한 안드레스는 이미 수년 째 정글을 다닌 우리 팀의 베테랑 리더였다.

　워낙 고지대여서 걱정이 많았지만 다행히 고산증을 겪진 않았다. 하지만 공기 중의 부족한 산소 때문에 모든 게 힘들고 더뎠다. 하루 종일 러닝머신을 뛰고 있는 기분이랄까? 조금만 가파른 곳을 오르거나 뛰면 1분도 지나지 않아서 숨이 가빠지다 못해 가슴이 터질 지경이었다. 그러면 잠시 멈춰서 숨을 고르곤 했는데, 말이 숨을 고르는 거지 누가 보면 숨 넘어 가는 줄 알았을 거다. 산소가 희박한 상태에서 조금이라도 숨을 더 들이마시려고 폐와 허파가 팽창하다 못해 입 밖으로 나올 정도였다. 때론 머리가 핑 돌면서 쓰러질 것 같은 그 고통은 시간이 지나도 쉽사리 적응이 되질 않았다. 그래서 매번 산을 올라 사경을 헤매며 곰과 교신하고 나면, 항상 바닥난 체력으로 비틀거리며 하산을 해야 했다. 하지만 산을 내려갈 때는 항상 즐거웠다. 우리와 함께 걸어주는 동반자가 있었으니까.

일을 마치고 내려갈 때면 봉우리에 걸려 있던 구름이 기다렸다는 듯 우리 뒤를 따르곤 했다. 어느샌가 하얀 운무가 날 감싸버릴 때면 꼭 솜사탕 기계에 빠져드는 듯 착각이 들곤 했다.

구름 속 신선놀음은 하루 일과를 끝내는 우리에게 피로 회복제와 같았다. 하지만 그 와중에도 조금씩 허무함을 느끼는 내 자신을 발견했다. 곰의 신호를 파악해서 기록하는 즐거움, 힘든 일과 후 구름을 타고 귀가할 때의 보람, 심지어 동료들과 즐거운 저녁을 보내는 기쁨까지 모든 것이 완벽한데 왜 자꾸만 공허해지는 걸까? 정답은 바로 곰이었다. 곰에 대한 호기심 하나로 에콰도르 산속까지 들어왔지만, 정작 곰을 못 보고 있으니 점점 무기력해졌다. 곰을 보고 싶다는 소망은 욕심이 되었고, 커져가던 그 욕심은 결국 상사병으로 번져갔다. 하지만 터질 것 같은 가슴을 부여잡고 열심히

산을 오르는 내 노력에도 곰은 나타날 기미를 보이지 않았다. 심지어 꿈속에서도 산을 수색하고 다녔지만 곰을 볼 순 없었고, 그렇게 상사병은 집착이 되어갔다. 그게 부담스러워서였을까? 그토록 보고 싶은 곰들이 반응을 보이기는커녕, 안테나의 수신 범위를 벗어나 잠수를 타기 시작했다.

수줍은 '프리다'와 정글에서 마주치다

신선놀음마저 흥미를 잃고 시무룩하게 하루하루를 보내던 어느 날, 암컷 '프리다'의 신호가 잡혔다. 세상에, 불과 1킬로미터밖에 떨어지지 않은 정글이었다. 신호의 강도를 보아 프리다는 그곳에서 휴식을 취하고 있는 듯했다.

"어쩌면 오늘 만날 수 있을지도 몰라."

안드레스의 그 한마디가 날 전율케 했다. 평소 같으면 오르다 포기했을 가파른 경사를 단번에 올랐다. 정글 입구에서부터 칼 한 자루로 길을 만들며 조심스럽게 앞으로 나아가던 우린, 정글 깊숙한 곳에서 곰이 먹이를 먹은 흔적과 나무에 남긴 발톱 자국을 발견했다. 드디어 만난다는 기대에 힘든 것도 잊고 신나서 웃고 있던 그때, 뭔가 움직이는 소리가 들려왔다. 맙소사, 50미터 전방에 프리다가 있었다. 부스럭거리는 소리가 점점 가까워지자, 나도 모르게 손으로 입을 막아 거친 숨을 참았다. 침 넘기는 소리도 내지 못하고 바짝 얼었을 때, 처음으로 죽을지도 모른다는 생각이 머리를 스쳤다. 프리다가 이쪽으로 오면 어떡하지? 도망쳐야 하나? 아니면 죽은 척해야 할까? 소리를 지르면서 맞서면 혹시 물러나지 않을까? 안데스 산맥에서 이렇게 객사할 수 없다는, 꼭 살아서 집에 돌아가야 한다는 절박함뿐이었다. 하지만 생존 방법에 대한 고민은 아무런 의미가 없었다. 갑자기 닥친 공포에 나는 얼음이 되고 말았으니까. 완전히 '쫄아서' 손가락도 못 움직였지만, 그 와중에도 곰을 보고 싶다는 철없는 호기심이 남아서 눈동자만큼은 끊임없이 움직였다. 살아 움직이는 야생곰을, 그 생명력 넘치는 모습을 내 눈으로 직접 볼 수 있을까?

미련하다는 곰이 눈치마저 없는 걸까? 다가오는 듯했던 프리다 녀석은 낯을 심하게 가리는지 순식간에 반대편으로 달아나기 시작했다. 쫓아가기엔 정글이 너무 험했고, 혹시나 기다려봤지만, 프리다의 신호는 점점 멀어져갔다. 프리다가 갔다는 안드레스의 한마디에, 결국 나는 주저앉아버렸다. 살았다는 안도감보다 결국 만나지 못했다는 실망감이 더 크게 다가왔다. 혹시 내가 조금만 더 용기를 냈다면, 달아나는 뒷모습이라도 볼 수 있었을 텐데. 하지만 죽음의 공포에 다리 힘마저 풀린 상태였고, 결국 험한 정글의 하산길을 썰매 타듯 굴러서 내려가야만 했다. 프리다를 보지 못한 그날의 아쉬움은, 온몸에 퍼렇게 남은 멍처럼 오랫동안 날 괴롭혔다.

안테나를 메고 정글 근처를 일주일이나 더 돌아다녔지만, 곰은 내게 꼬리조차 보일 생각이 없어 보였다. 무력감과 실망감에 우울해져 있던 그때, 안드레스가 조용히 말을 걸었다.

"라파, 죽은 소 찾으러 가지 않을래?"

"곰도 못 보는데, 소는 무슨 소야."

"아니, 곰이 죽인 소를 찾는 거라서 그곳에선 곰을 볼 수 있을지도 모르거든."

곰… 곰을… 볼… 수… 있다고? 어디로 가는지 묻지 않고 덜컥 따라가겠다고 말해버렸다. 혹시 소를 죽인 곰이니 위험할지 모른단 걱정이 스치긴 했지만, 곰을 보고 싶다는 내 열망을 잠재우기엔 역부족이었다. 난 그만큼 곰에 미쳐 있었다.

〈안데안 베어〉와 약속했던 3주간의 활동이 끝나고, 안드레스를 따라 콜롬비아 국경 근처의 산 가브리엘(San gabriel)이란 도시로 향했다. 안드레스의 고향이라는 그 작은 도시에서 우린 죽은 소를 찾아 산동네를 수소문하고 다녔다. 생각보다 곰에게 맞아 죽은 소가 많아서 정보를 제법 모을 수 있었지만, 그 흔적을 찾아 산을 올라가보면 꼭 잿더미가 된 숲과 마주치곤 했다.

수십 년, 수백 년, 어쩌면 수천 년 동안 곰이 살아온 그 땅에 사람들은 불을 붙였다. 그들은 아무런 죄책감 없이 모든 걸 자르고 태우고 파괴했다. 심지어 다신 자라지 못하도록 나무 밑동에 약을 바르는 것도 서슴지 않던 그들은, 몇 주가 지나고 검은 땅에 어렵사리 새로운 생명이 싹을 틔울 때가 되면 소를 이끌고 다시 그곳에 나타났다. 불법적인 방화로 숲을 없앤 뒤, 목장을 넓혀서 소를 방목하는 것이다.

돈을 벌기 위해서 숲을 없애는 그들의 행동 앞에, 안데스 곰은 서식지를 잃어갔다. 불타는 숲을 피해 다른 숲으로 피신했던 곰들은 가끔 먹을 것을 찾아 목장으로 내려오곤 했다. 곰이 소를 한 마리씩 죽여 가까운 숲으로 끌고 가선 며칠에 걸쳐 먹는다는데, 목장 주인들은 복수를 한다며 곰이 죽인 소를 찾아가 독약을 뿌려놓기도 했다. 냄새로 그걸 눈치챈 곰은 결국 더 깊은 산속으로 사라졌고, 텅 빈 숲은 다시 까맣게 타올라 목장으로 변했다. 되풀이되는 악순환, 하루가 멀다 하고 피어오르는 연기 앞에, 집을 잃은 곰은 대체 어디로 간 걸까. 매번 혹시나 하는 마음으로 거친 숨을 내쉬며 산을 올랐지만, 언제나 생명을 잃은 잿더미만 쓸쓸하게 바라볼 뿐이었다.

곰은 대체 어디로 간 걸까

단순히 야생곰을 보고 싶다는 호기심으로 시작한 내 안데스 여행은 점점 회의와 실망감으로 변해갔다. 결국 이런 일이 반복되다간 곰은 멸종되겠지? 집을 잃은 다른 동물들도 하나씩 사라져갈 테고. 그럼 생명을 잃은 안데스는 어떻게 되는 걸까? 이대로 자연이 사라지고 마는 건지…. 이래선 안 된다고, 숲을 지켜야만 한다고 마을 사람들에게 말하기도 했다. 하지만 당장 먹고살기 위해선 어쩔 수 없다고 말하는 그들 앞에 내가 할 수 있는 말은 아무것도 없었다. 그저, 묵묵히 그들의 죄를 방조해야 한다는 건가. 아무것도 할 수 없다는 무력감과 나 역시도 공범이라는 죄책감을 느끼며 나 자신을 원망해야 했다.

곰 한번 보고 싶다고 찾아온 친구가 힘들어하는 모습을 지켜보던 안드레스는 꼭 곰을 만나게 해주겠다고 장담했다. 살아 있는 생명을, 자연이 숨 쉬고 있다는 것을 확인시켜주겠다고. 아직 늦지 않았다는 걸 가르쳐주겠다고 했다. 곰에 대한 희망을 잃지 않던 안드레스는 나를 다독여 어느 정글로 데리고 갔다. 안드레스가 열세 살부터 쓰고 있는 폐가가 있는 그곳엔 아직 곰들이 살아 있을 거라면서.

물과 먹을 것만 챙겨서 언덕을 몇 개나 넘고 사람 냄새마저 희미해질 때쯤, 안드레스가 말한 폐가에 도착했다. 목장 한가운데 있는 폐가 뒤엔 진짜 곰이 살 것 같은 정글 말곤 아무것도 보이지 않았다. 얼굴이 파랗게 질릴 정도로 추운 산속이었다. 침낭 위에 담요를 세 개나 덮고, 양말을 두 개나 신었지만 덜덜 떨리는 턱은 멈추지 않았다. 밤이 깊어지자 비가 내리기 시작했고, 목장에 있던 소들이 비를 피해 폐가로 몰려들었다. 추워서일까. 처마

밑에서 비를 피하던 소들은 밤새 울어대며 등으로 벽을 쳤다. 집이 흔들릴 때마다 담요 위론 먼지가 쏟아졌고, 곰은커녕 천장이 무너져 저세상으로 갈지도 모르겠단 섬뜩한 상상만 하다 어렵사리 잠이 들었다.

아침 해는 다시 떠올랐고, 언제 비가 왔느냐는 듯이 하늘은 맑은 얼굴을 보여주었다. 밤새 추위에 떨다 빳빳하게 굳은 팔다리를 침낭에서 꺼내며, 이대로 정글에 갈 수 있을까 걱정이 되었다. 하지만 기분은 최고였던 12월 5일 아침. 안드레스에겐 말하지 않았지만, 그날은 분명 기적이 일어날 것 같은 날이었다. 왜냐면 나의 스물다섯 번째 귀빠진 날이었으니까.

\+   드디어 만난 '곰'게바라
안드레스

아침 일찍 정글에 들어갔다. 10년 넘게 그곳을 다녔다는 안드레스는 사람이 다니지 않아 없어진 길을 용케 잘 찾아내며 점점 깊은 곳으로 날 인도했다. 밤새 꽁꽁 얼었던 몸도 땀이 나면서 조금씩 풀리기 시작했고, 거친 호흡을 내쉬면서도 묵묵히 안드레스 뒤를 따를 수 있었다.

한 시간 정도 걸었을까. 이젠 방향도 알기 힘들어진 깊은 정글 속에서 우린 영화 《반지의 제왕》에서 호빗들이 타고 다니던 커다란 나무를 만났다. 그리고 족히 수백 년은 되었을 거라는 그 나무 앞에서 곰의 흔적을 발견했다. 먹이를 먹고 간 흔적, 안드레스는 길어야 하루 이틀 전의 흔적이라고 했다. 다시 곰에 대한 두려움에 슬슬 발동이 거렸다. 하지만 나의 모든 감각은 흥분하고 있었다. 드디어 뛰어다니는 야생곰을, 생명력을 가진 자연의 모습을 확인할 수 있을 테니까.

두 시간 정도 더 정글을 헤매고서야 정상의 거대한 평원을 만나게 되었다. 국경 너머 콜롬비아에서 바람을 타고 날아온 씨앗이 땅속에 10년을 숨죽인 후에야 싹을 틔우고 자란다는 이름 모를 고지대 나무들이 가득한 곳. 그곳에서 수십 개의 흔적을 발견했다. 그걸 하나하나 사진으로 기록하면서 우린 많은 곰이 무리지어 살고 있다는 결론을 내렸다. 이제 기다리기만 하면 되는 상황. 가장 높은 곳에 자리를 잡은 우린 바나나를 하나씩 꺼내어 물었다. 안데스 곰과의 첫 만남을 기대하며.

안데스 곰은 정말 아름다운 곳에 살고 있었다. 거대한 산맥이 눈앞으로 이어져 멀리 콜롬비아가 보이고, 평원의 끝엔 작은 하천이 흐르고 있었다. 아직 사람에게 '점령'되지 않은 아름다운 대자연의 품. 그곳에 스며들고 싶어서였을까. 한국에서 온 이방인은 허락도 없이, 그곳에 몸을 뉘였다. 따스한 자연의 품에 그렇게 안겼다. 푸른 하늘, 불어오는 바람, 올라오는 흙의 향기.

여기에 곰만 있으면 딱인데… 라는 생각을 하며 고개를 돌리는 순간, 내 옆에서 바나나를 먹고 있는 곰의 커다랗고 검은 등이 보였다. 안드레스 녀석, 곰을 사랑하다 못해 닮아 있었다. 혼자 낄낄대며 웃는 날 이상하게 쳐다보던 안드레스. 눈빛마저 곰을 닮은 '곰게바라' 안드레스.

결국 곰을 만나진 못했다. 곰을 못 찾아서 괜히 머쓱해하던 안드레스는 폐가에 며칠 더 묵으면서 곰을 기다리자고 했다. 하지만 난 미련 없이 그곳을 떠날 수 있을 것 같았다. 그토록 보고 싶던 곰의 모습은 보지 못했지만, 정글에서 살아 있는 곰의 흔적을 봤다는 것만으로, 아직 안데스에 자연이 살아 숨 쉰다는 걸 확인한 것만으로 충분히 가슴 벅차올랐으니까. 그리고 무엇보다 곰을 닮은 안드레스 녀석과 희박한 공기 속에서 숨차도록 행복한 시간을 보냈으니까.

아직 자연은 살아 있다는 걸 확인한 것으로 죄책감을 덜어내고 아무렇지도 않게 살아가려는 이기적인 나와 달리, 안드레스는 지금 이 순간에도 안데스 산맥 어딘가에서 곰과 함께 자연을 지키고 있다. 곰을 못 보여준 미안함이 남아서일까? 곰의 사진이나 영상이라도 찍은 날이면 어김없이 내게 보내주는 안드레스. 아직은, 아직은 곰이 살아 있다고. 아직은 자연이 살아 있으니, 우린 이것을 지켜낼 수 있다고. 걱정하지 말라는 그를 위해, 그리고 자연을 위해서 내가 할 수 있는 일은 무엇일까?

이렇게 물으면 안드레스는 폐가를 개조해서 곰과 함께 살자며 지금이라도 당장 오라고 말한다. 그 말을 들을 때마다 고맙기도 하지만, 사실 맘속 한구석엔 여전히 죄책감이 남아 있다.

오늘 하루 먹고살기 위해 숲에 불을 붙여야 하는 사람들과, 보금자리를 잃고 도망쳐야 하는 안데스 곰, 그리고 언제 사라질지 몰라 가슴 졸여야 하는 안데스 산맥에 슬픔 없는 세상이 과연 올 수 있을까? 모두가 평화롭게 공존할 수 있는 세상이 과연 올까?

이렇게 물을 때마다 안드레스의 대답은

'Por supuesto!'

'당근이줘!'

안데안 베어 Andean Bear ⋯▶ http://www.andeanbear.org/

미국에 있는 재단의 지원으로 〈안데안 베어〉는 에콰도르 내에서 안데스 곰(학
명 : Tremarctos ornatus)을 멸종으로부터 보호하기 위한 프로젝트를 진행하
고 있습니다. 위치 추적 장치를 통해 곰의 움직임을 파악하고, 부상 당한 곰을
회복시키며 방생하는 일을 맡고 있습니다. 하지만 숲이 빠른 속도로 사라지면
서 곰의 멸종 위기가 계속되고 있습니다. 프로젝트 진행을 위한 후원과 봉사자
들의 도움이 절실합니다.

“너도 곰 찾으러 여기까지 왔니?”
안드레스 아버지가 내게 건넨 첫 마디.
그렇다고 하자 너희 부모님도 네가 이러고 다니는 걸 아시냐며,
혀를 차시던 안드레스의 아버지.

아버지는 의사, 형도 의사, 심지어 여자 친구는 하버드에서
박사 과정 중이라는 안드레스.
그 역시 에콰도르 유명 대학에서 생물학 석사까지 마친 수재이자 엄친아다.
그런 그가 의사가 되거나 유학을 가라는 부모님 말씀을 가볍게 무시하고,
배낭 하나 메고 곰 찾아 삼만 리니 아버지가 그걸 곱게 볼 리 만무하다.
물론 공범인 나도 아버지께 단번에 찍혔다.
그러거나 말거나 온통 ‘곰’ 생각뿐인 안드레스

“라파! 여기는 사무실, 저쪽에 샤워실 있는 방은 숙소로 만들면 어떨까?”
“응? 그걸 만들어서 뭐하려고?”
“아, 너처럼 다른 나라에서 오는 봉사자들 모아서, 이 지역에 곰을 보호하는
NGO를 만들어볼까 하고.”
“정말? 근데 안드레스, 너 아버지께 허락은 받았어?”
“그거야 뭐, 다 만들고 말씀드리지 뭐.”

안드레스,
네가 곰의 혁명을 꿈꾸는 ‘곰게바라’인 건 알겠다만,
그래도 부모님 생각도 좀 해야 하지 않을까?
하긴, 에콰도르라고 부모가 자식 이길 수 있겠니….
잘 해봐! 사무실 완성되면 내가 축하 화환이라도 보낼 테니까!

Peru
trujillo

12 판자촌에서 만난 페루의 천사들

"프로페! 칫솔이 없어졌어요!"

"프로페! 얘네 옆에서 싸워요!"

"프로페! 쟤가 자꾸 놀리고 때려요!"

프로페! 프로페!! 프로페!!! 프로페!!!!

그놈의 프로페 소리.

귓속을 파고들다 못해 뇌까지 흔들어대는 프로페 소리.

내 피를 말리려는 듯, 지옥의 악마들은 끊임없이 '프로페' 주문을 외워 댄다.

아, 지긋지긋한 그 죽일 놈의 프로페 소리.

“이게 악마 사용 설명서야. 행운을 빌어.”

트루히요에 합류한 첫날, 선배 봉사자 코리와 티그리스가 종이 한 묶음을 건네주었다. 악마? 갑자기 무슨 악마? 물어도 대답 없이 웃기만 하던 그들은 다음 날 전쟁에 참전하면 알게 될 거라며, 첫날은 무조건 잘 먹고 푹 쉬라고 했다.

이리 와! 뛰지 마! 조용히 해! 싸우지 마!

이걸로 완전무장하라고? 다른 곳에선 한 번도 써본 적 없는 명령조에 전투적인 스페인어 표현들. 내가 기대했던 건 알파벳을 처음 배울 때 쓰는 과일 카드나 코끼리가 그려진 숫자 퍼즐 같은 알록달록 귀여운 것들이었는데, 이런 과격한 무기가 필요할 줄은 상상도 못했다. 의미심장한 미소를 띤 선배들의 오리엔테이션으로 얼떨떨하게 첫날을 보내고 다음 날, 그들이 말하는 악마와의 전쟁에 곧바로 투입되었다.

페루 NGO 〈브루스 페루 Bruce Peru〉에선 돈이 없어 학교에 가지 못한 빈민가 아이들을 교육하는 일을 하고 있다. 코리와 티그리스는 이미 3개월째 아이들에게 글 읽는 법, 셈하는 법을 가르치고 있었는데, 나도 그들을 도와서 함께 아이들을 돌보게 되었다.

사실 평소 내 소신과 달리, 이번 여행은 한국 사교육 시장의 발전에 기여

귀엽고 끔찍한 트루히요의 천사들

한(?) 덕분에 자금 마련이 가능했다. 그러다보니 반드시 교육 봉사에 참여해야 할 것 같은 일말의 죄의식을 갖고 있었다. 그러다 〈안데스 베어〉에서 함께 일했던 헬렌이란 친구를 통해 〈브루스 페루〉의 이야기를 듣게 되었다. 그 친구의 경험담에 꽂혀 그곳에 연락을 했고, 안데스 산맥을 내려와서 곧바로 아이들을 만나러 페루로 달려갔다.

버스가 트루히요 시내를 벗어나 40분 정도 달렸을 때, 아스팔트가 사라지고 모래 위에 지어진 판잣집들이 나타나기 시작했다. 어느 판자집 골목에서 내린 우리는 사막에나 있을 법한 모래산을 향해 걸었다. 전깃줄이 닿는 마지막 골목쯤 갔을 때, 맨발로 모래땅을 뛰어다니는 아이들이 나타났다. '프로페 코리!'라고 외치면서 무서운 속도로 달려와 하나둘 그의 팔에 매달리던 아이들. 그 귀여운 모습을 흐뭇하게 바라보는 내게 코리는 씨익 웃으며 이렇게 말했다.

"Welcome to the Hell!"

지옥이라고? 이렇게 아이들이 귀여운데 뭐가 지옥이라는 거야? 코리의 말에 속으로 콧방귀를 뀌는 동안, 내게도 아이들이 하나둘 매달리기 시작했다. 그중 까만 눈동자가 인상적이던 한 아이가 이렇게 물었다.

"프로페 치노, 데 돈데 에스 Profe Chino, De dónde es?"

("중국인 쌤, 어디서 왔어요?")

한국에서 아이들이 '선생님'을 '쌤'이라고 부르듯, 페루 아이들은 선생님이라는 뜻의 '프로페소르(Profesor)'를 '프로페'라고 줄여 불렀다. 근데 여기서 중요한 건 바로 '치노(Chino)'.

직역하면 '중국인'으로 라틴아메리카에서는 흔히 아시아인을 그냥 치노라고 부른다. 대부분의 사람들이 아시아 하면 중국만 아는 정도이니 그러려니 하고 넘어갈 수 있다. 문제는 이 말에는 아시아인을 비하하는 뉘앙스가 담겨 있다는 거다. 그건 여행하면서 경험으로 알고 있던 사실이다. 근데, 이 녀석들 초면에 감히 선생님을 '치노쌤'이라고 부르다니…….

옆에서 당황한 코리는 아이들에게 '치노'가 아니라 '라파엘'이라며 내 이름을 알려주었다. 그러자 반대편에 매달려 있던 또 다른 아이가 이렇게 말했다.

"그니까 프로페 치노 라파엘! 어디서 왔냐구요!"

치노가 없어지기는커녕, 이름까지 덧붙여서 부르는 개구쟁이 녀석들.

"이눔아, 치노(중국인)니까 치나(중국)에서 왔지!!"

"아, 치나! 근데 치나는 어디에 있어요?"

어이쿠, 이거 끝이 없겠군! 팔다리에 두 마리씩 붙어 프로페 치노, 프로페 치노 하고 끊임없이 울어대는 매미 같은 녀석들. 그래도 매달리며 장난치는 모습이 귀엽게만 보였다. 이때까지만 해도 이 녀석들의 실체를 몰랐으니…. 그 뒤에 있을 끔찍한 일들은 차차 설명하기로 하고….

암튼 첫 만남부터 뜬금없는 스무고개를 하던 아이들을 들어서 드디어 학교에 첫 발을 내딛었다.

그때가, 그때가 마지막이었다. 아이들이 무섭지 않았던 것이.

+ 　지옥 전쟁 1 Round :
첫 번째 전투, 상처뿐인 승리

첫 번째 임무는 아이들 양치질!

학교가 있던 트루히요 6구역은 전기와 수도 시설이 미비한 빈민가였다. 그래서 아이들의 위생 상태도 좋지 못했는데, 그 아이들을 붙잡아다 양치질을 시키는 것이 내가 맡은 첫 임무였다. 칫솔을 손에 쥐는 순간, 아이들은 악마의 본성을 드러내기 시작했다. 칫솔로 칼싸움을 하는 아이부터, 치약 적게 줬다고 울먹이는 아이, 하얀 치약을 볼에 잔뜩 묻힌 채 교실 바닥을 뒹구는 아이에 헹구던 물을 내뿜는 아이까지. 모든 것이 동시다발적으로 벌어지는 상황을 목격하자 비로소 내가 전쟁터에 서 있음을 깨닫게 되었다.

방금 전까지의 귀여운 아이들은 대체 어디로 간 거지? 심지어 게릴라전으로 맞서는 아이들을 보면서 서서히 내 멘탈은 붕괴되어갔다. 일단 제일 가까운 아이, 아니 게릴라부터 하나하나 맞서기 시작했다. 칫솔 들고 뛰어다니는 아이를 붙잡아 양치질시키고, 얼굴에 묻은 애들 씻겨서 앉히고, 바닥에 뒹굴던 애는 옷에 묻은 모래를 털어 던지듯이 의자에 앉혔다. 그러자 뒤에서 누가 잡아당기는 게 아닌가?

"프로페 치노! 나도 쟤처럼 던져주세요!"

개구쟁이 녀석들이 어느샌가 다가와 서로 던져달라고 폴짝거리고 있었다. 하아, 아이들 앞에서 냉수도 못 먹는다고 했던 어른들 말이 딱 이해가 되었다. 어쩌지…. 일단 상황을 종료시켜야 했기에 한 번에 두 명씩 들어다 자리에 앉히는데 이번엔 울음소리가 들려왔다.

"프로페 치노! 얘가 내 연필 가져갔어요."

눈물이 글썽글썽해서 우는 나엘린 옆으로 연필을 손에 쥔 다니엘로가 뛰어다닌다. 달려가 낚아채려는 순간, 연필은 헤수스에게 넘어가고 다시 손을 뻗자 또 다른 녀석에게로 패스! 패스! 패스! 어느새 나도 악마들에게 '낚여' 허우적대고 있었다. 둘리와 친구들에게 당하는 '고길동'이 된 느낌이랄까. 삶의 씁쓸함이 혀끝에서 느껴지던 그 기분이란….

+ 지옥 전쟁 2 Round :
프로페 치노, 퇴마사가 되다!

어렵사리 칫솔 전투를 끝내고 수업이 시작됐다. 나는 우리 조 여섯 명의 아이들을 맡아서 가르치게 되었는데, 아이들 나이도, 수준도 제각각이었다. 일단 코리가 일러준 대로 아이들을 일대일로 맡았다. 알파벳도 못 쓰는 여섯 살 엘토와 모세스는 글자 쓰기 연습을 시키고, 낙서에 열중이던 나엘린에겐 한 자리 수를 더하는 법을 알려주는 식이었다. 교실을 운동장처럼 뛰어다니다 잡혀온 디엘손은 한 자리 덧셈 정도는 할 줄 안다고 우쭐댔다. 그래서 두 자리 문제를 내줬더니 일곱 살 먹은 이 녀석, 손으로 세다가 까먹고 또 까먹고 하더니 갓난애처럼 징징대기 시작했다.

"프로페 치노! 손가락이 모자라요!"

그 모습이 귀여워 내 왼손을 펴주었더니, 흙이 잔뜩 묻은 손으로 손가락을 붙잡고 열심히 셈을 했다. 이내 문제를 풀었다며 좋아서 펄쩍펄쩍 뛰어 다니는 디엘손. 잘했다고 칭찬해주며 문제를 열개 더 내어줬더니, 세상 걱 정 다 안은 표정으로 머리를 감싸고 끙끙댔다! 못하겠다고 또 징징대는 걸 겨우 어르고 달래서 시켜놓고 나서야 다른 아이들을 챙길 수 있었다. 물론 그 와중에도 내 왼손가락은 디엘손의 차지였지만.

이번엔 우리 반 최고의 말썽꾸러기 다니엘로 차례. 그 녀석을 억지로 앉 혀놨더니 덧셈도 못하냐며 옆에 있는 디엘손을 놀리기 시작했다. 싸우려는 둘을 간신히 떼어놓고 다니엘로에게 알파벳 한번 써보라고 시켰더니 바로 사색이 되어 내 눈치만 본다. 그러더니 내가 방심한 틈을 타 도망가는 게 아 닌가! 디엘손에게 왼손이 붙잡혀 쫓아가지도 못하고 말로만 오라고 했더 니, 녀석은 메롱을 날리는 여유까지 보여준다.

"다니, 이리 안 와?!"

점잖게 앉아 있던 마르코가 한마디 하자, 다니엘로는 곧바로 돌아와서 알파벳 쓰기를 시작했다. 알 수 없는 포스를 풍기던 다니엘로의 친형, 마르 코. 나도 그 카리스마에 눌려 조심스레 알파벳 아느냐고 여쭈었더니, 녀석 은 주머니에 손을 넣은 채 고개를 까닥이며 턱으로 노트를 가리켰다. 글을 쓰고 읽을 뿐만 아니라 세 자리 덧셈도 할 줄 아는 듯했다. 근데 덧셈 문제 몇 개가 오답이었다. 그래서 다시 덧셈을 하자고 했더니, 오늘은 컨디션이 안 좋다며 '삐딱하게' 대답한다. 이 무슨 질풍노도의 시기도 아니고, 아무리 요즘 애들이 사춘기가 빠르다고 해도 그렇지 고작 여덟 살이 무슨 컨디션 타령…. 그래도 다니엘로가 옆에 있으니 차마 그의 자존심을 건드리진 못하고, 웃으며 굽실거렸더니 그제야 한번 봐준다는 식으로 연필을 잡았다. 아, 정말 쉬운 일이 하나도 없구나.

땀에 쩔어 녹초가 된 나와 달리, 악마들은 여전히 교실을 운동장 삼아 펄 펄 날아다녔다. 혼이 빠져 멍 때리고 있는 날 보고 웃던 담임 선생님. 돈을 주시며 마르코와 같이 바나나를 사오라고 하셨다. 매일 수업은 바나나 간식을 주는 것으로 끝난다면서.

바나나를 사러 가는 길. 다른 애들 같으면 이미 팔에 대롱대롱 매달려 있겠지만, 마르코는 그런 게 없었다. 말도 없고. 물어도 대답도 안 하고, 주머니에 손을 넣고 걷기만 했다. 헤어졌다 다시 만난 연인처럼 어색하게 떨어져 걷던 우리 둘은 묵묵히 바나나만 사서 교실로 돌아왔다.

바나나를 들고 교실 문을 여는 순간, 오늘의 마지막 전투가 곧바로 개시되었다. 손 씻고 오면 바나나 준다는 말에 서로 밀치며 수도꼭지 앞으로 달려가는 그 악마들의 치열함이란. 올림픽 못지않은 경쟁 열기 속에 하나 둘 바나나를 손에 넣기 시작했고, 그와 동시에 방금 손을 씻었던 몇몇 아이들은 벌써 모래 바닥에 뒹굴며 바나나와 트위스트를 추고 있었다.

그렇게 악마들과의 첫 만남, 아니 1차 전투가 끝이 났다. 모래로 엉망이 된 교실을 청소하고 학교를 나서는데 현기증이 날 것만 같았다. 그 지친 퇴근길을 몇몇 아이들이 따라오고 있었다. 모래 범벅의 모습으로 뛰어들어 안기기도 하고, 수줍어서 도망가기도 하는 아이들을 보자, 언제 그랬냐는 듯 금세 또 기분이 좋아졌다. 방금 전까지 악마 같던 아이들이 어쩜 이렇게 귀여울 수 있는지. 혹시 내가 아이들을 오해하고 있었던 건 아닌지…. 하지만 다음 날 아침, 다시 만난 아이들은 악마의 미소로 날 기다리고 있었다.

지옥 전쟁 3 Round : '물'의 전쟁

'교사'가 아닌 '퇴마사'가 되어 악마들과의 끝없는 전투로 하루하루를 보내다, 현지 자원봉사자 릴리아나와 함께 빈민가 집을 일일이 방문하게 되었다. 다음 달부터 새로 시작하는 교육 프로젝트에 참가할 대여섯 살의 어린 아이를 모집하기 위해서였다.

우린 학교 근처의 트루히요 6구역을 먼저 찾았다. 전기도 없이 모래 바닥에 나무 벽만 선 판잣집에서 사는 사람들이었지만, 자식을 공부시켜 잘 살게 하려는 교육열은 강남 학부모 못지않았다. 덕분에 우리는 순식간에 트루히요 6구역에서 다음 프로젝트에 참여할 아이들을 모집할 수 있었다.

다음 날엔 누에베 헤루살렘(Nueve Jerusalem)을 찾았다. 누에베 헤루살렘은 〈브루스 페루〉의 또 다른 학교가 있는 빈민가 지역이다. 동료인 티그리스가 그곳 학교에서 일하고 있었는데, 마침 전날 아이들에게 '이'를 옮아오는 바람에 숙소에선 그녀를 격리 수용하고 있었다. 역시나 모래벌판 위 판자촌이던 그곳에 우리가 도착했을 땐, 많은 사람들이 양동이를 들고 길에 줄을 서 있었다.

"저 사람들, 설마 우릴 마중 나온 건 아니죠?"

"아, 저 사람들 지금 급수차 기다리는 거예요."

수도 시설이 없는 모래벌판 빈민가이다 보니, 물을 길어 생활하고 있었다. 그날은 정부에서 제공하는 무료 급수차가 오는 날이었지만, 보통은 물 파는 집이 따로 있어 그곳에서 사서 쓴다고 했다. 한국 돈으로 80원에 10리터짜리 한 통을 판다는데, 한 아주머니는 두 통으로 여섯 살, 세 살짜리 꼬마까지 있는 4인 가족이 일주일을 산다고 말해주었다. 혹시나 잘못 알아들었나 싶어서, 나도 묻고 티크리스도 묻고 또 물었다. 20리터로 4인 가족이 일주일을 산다는 게 가능한 소린가? 그러자 같이 있던 릴리아나가 이 동네 사람들은 다 그렇게 산다고 말했다. 세상에, 그럼 한 사람이 일주일에 5리터로 밥 먹고 세수하고 빨래까지 한다는 거 아냐? 나 같이 물을 좋아하는 사람은 여기 사람이 일주일 동안 쓸 물을 하루에 다 마셔버리기도 한다! 그렇게 적은 양을 가지고 사람이 살아간다는 게 도무지 믿기질 않았다. 바다에 신세를 지는 피스보트의 승객 한 명이 하루에 쓰는 물로, 트루히요의 한 가구가 100일을 살 수 있다는 게 말이나 되는 소리인가?

도저히 믿기지가 않아서 줄을 선 아주머니들과 이야기를 나누고 또 나눴다. 힘든 생활에 대해 토로하던 아주머니들은 아이들만큼은 꼭 잘 살았으면 좋겠다고 했다. 공부 열심히 해서 판자촌을 벗어날 수 있도록 도와달라던 학부모님들. 이들에게 교육은 한국처럼 좋은 대학에 들어가고 취직을 잘하기 위한 수단이 아니었다. 물 한 방울이 절실한 그들에게 교육은 생명이고, 미래였다. 급수차에서 물을 담아가는 아주머니들의 모습을 보며, 우리 아이들만큼은 수도꼭지가 있는 집에서 살게 해주고 싶다는 욕심이 생겼다. 단기 봉사이긴 하지만, 그래도 교사로서 느끼는 욕심과 책임감은 곧바로 전투력 상승으로 이어졌다. 업그레이드된 전투력을 바탕으로 다음 날부터 악마들과의 전쟁에서 우위를 점했고, 그들의 쉼 없는 공격에도 인내와 끈기를 가지고 맞설 수 있었다. 물론 하루하루 녹초가 되어 뻗어버리는 건 변함이 없었지만.

지옥 전쟁 4 Round :
휴전일의 크리스마스 파티

악마들과 울며불며 각개전투를 벌이는 동안 크리스마스가 성큼 다가왔다. 〈브루스 페루〉에선 크리스마스 파티를 준비하고 학교에선 파티 전날 아이들에게 깨끗하게 씻고 옷도 빨아서 입고 오라며, '일일 휴교령'을 내렸다.

설레는 그날이 밝았고 우린 아이들을 데리러 아침 일찍 판자촌에 갔다. 개구쟁이 헤수스부터 지각쟁이 레슬리까지 예쁜 옷을 입고 우릴 기다리고 있었다. 천사 같은 얼굴로 웃어주던 아이들. 하지만 버스를 타고 파티 장소까지 이동하는 동안에도 악마들은 붉은 발톱을 숨길 수 없었다. 협소한 버스에서도 육탄전을 멈추지 않던 아이들은 도착하자마자 사방으로 뛰쳐나갔다. 역시 악마들의 무한한 전투력이란….

하지만 크리스마스는 〈브루스페루〉의 공식 휴전일! 색색 풍선이 붙어 있는 파티장엔 정열의 남미답게 신나는 노래가 파티장을 가득 채웠고, 악마와 프로페들은 전투력을 춤으로 승화시켜 함께 뛰놀기 시작했다. 춤추고, 노래하고, 게임도 하며 한참 놀다 보니, 벌써 즐거운 점심시간! 배고픈 악마들 앞엔 어른 주먹만 한 닭다리와 콜라가 놓였다. 허겁지겁 배를 채우던 아이들. 허기를 느끼던 나도 애들 챙길 생각도 안 하고, 옆에 앉아서 정신없이 고기만 뜯고 있었다. 그러다 갑자기 뭔가 허전함을 느꼈다.

"다니엘로, 마르코 어디 갔어?"

"형이요? 형은 집에 있어요."

분명 마르코는 버스에 타기 전까지만 해도 함께 있었다. 그런데 파티장에 오지 않았다. 알고 보니 마르코는 매일 오후 엄마 대신 광주리를 들고 빵을 팔러 다닌다고 했다. 그래서 오질 못했다고. 다른 아이들보다 셈도 빠르고, 어른스러운 이유가 있었다. 사춘기 소년 같은 까칠한 성격도 그 때문이

었을까.

'아, 이곳에도 삐셉이 있었구나.'

삐셉. 잠시 잊고 있었던 그 이름이 머리를 때렸다. 캄보디아에서 만난 삐셉의 거친 손과 기름때 묻은 얼굴, 그리고 수줍은 미소가 차례대로 생각났다. 그러고 보니 어딘가 모르게 삐셉과 닮은 것 같기도 한 마르코의 얼굴. 하지만 성인이 되어가는 삐셉과 달리 마르코는 이제 고작 여덟 살일 뿐이다. 얼마나 파티에 오고 싶었을까?

아무것도 모르고 해맑게 웃는 다니엘로를 보며 마르코의 얼굴이, 그리고 삐셉의 미소가 눈앞에 아른거렸다. 캄보디아의 삐셉에겐 아무것도 못해 줬지만, 페루의 삐셉에겐 뭐라도 해주고 싶었다. 다행히 옆에 앉은 채식주의자인 코리의 닭다리는 온전히 남아 있었다. 거기에 남겨놓은 다니엘로의 치킨까지 포장했다. 그걸 다니엘로의 손에 쥐어주며 이렇게 말했다. 집에 가서 형과 맛있게 나눠 먹으라고. 잠시 어리둥절하더니 알았다며 고개를 끄덕이던 다니엘로.

잠시 멈췄던 음악은 다시 시작되었고, 에너지가 충전된 아이들은 또다시 달려 나가 춤을 추기 시작했다. 파티의 하이라이트는 뭐니 뭐니 해도 크리스마스 선물! 바빠서 참석 못했다는 산타 할아버지 대신 여신 미모를 자랑하는 '미스 트루히요' 누나가 아이들에게 선물을 나눠주었다. 아이들은 선물에, 어른들은 '미스 트루히요' 누나의 빛나는 미모에 시선을 뺏겨 있는 동안, 나는 몰래 로봇 장난감 하나를 슬쩍 챙겼다. 그걸 검은 봉지로 싼 다음, 다니엘로의 다른 손에 쥐어주었다. 마르코 선물이니까 절대 뜯어보면 안 된다는 말에 다니엘로는 진지한 표정으로 손가락까지 걸어주었다. 그 작은 손가락을 보고 나서야, 마음도 몸도 조금 가벼워지는 걸 느꼈다. 마르코 녀석, 선물 보고 많이 좋아해야 할 텐데. 그나저나 삐셉은 어떻게 크리스마스를 보내고 있을까.

<h2>지옥 전쟁 5 Round :
트루히요의 천사들을 만나다</h2>

크리스마스 파티 이후엔 1월 초까지 짧은 방학 기간이었다. 방학이지만 챙겨야 할 일이 많아 매일같이 아이들의 동네를 찾았다. 버스를 내리면 매일 아이들이 달려와서 안기고 매달렸다. 그 덕분에 나도 금방 모래투성이가 되었지만, 그래도 아이들의 밝은 미소를 볼 수 있어서 마냥 행복했다.

칫솔 펜싱으로 시작해서 바나나 백병전으로 하루를 마칠 때까지, 한시도 긴장을 놓을 수 없는 악마들과의 전투에 항상 녹초가 되어 패배하던 프로페 치노! 하지만 매일 밤, 잠자리에 누우면 귀엽고 예쁜 아이들의 미소가 아른거렸고, 다음 날부턴 아이들을 아끼고 사랑해주겠노라 다짐하며 잠이 들곤 했다. 물론 해가 뜨면 지난밤의 다짐을 새까맣게 잊고, 퇴마사로 완전 무장하고 승리할 전략만 궁리했지만.

원숭이처럼 창문에 매달리던 헤수스. 손을 내밀면 수줍어 도망가던 재클린. 항상 안아달라고 조르던 엘토까지. 시간이 지나면 지날수록 기억 속에 악마의 모습은 희미해지고, 천사 같던 순수함만 남은 트루히요의 아이들. 어려운 가정 형편 때문에 마음껏 공부하지 못하는 그 아이들과 더 많은 시간을 함께하지 못한 것이 두고두고 아쉬움으로 남는다.

지금도 급수차에서 받아온 물로 생활하고 있을 아이들과 그 가족들. 열악한 환경에서도 교육에 대한 끈을 놓지 않는 그들과의 약속을 꼭 지키려 한다. 지구 어디에서건 아이들의 밝은 미래를 위해 노력하고 후원하겠다는 그 약속을.

지금도 가끔 귓가에 맴도는 프로페 소리.

모래 묻은 손으로 매달리며 매일같이 외치던 아이들의 목소리를 떠올리며, 언젠가 프로페 치노로 트루히요에 다시 돌아갈 그날이 오길 바라본다.

브루스 페루 Bruce peru ···▶ http://bruceperu.org/

페루 정부가 지원하는 선생님들과 함께 아이들을 돕고 있는 〈브루스 페루〉는 트루히요뿐만 아니라 페루의 수도, 리마의 23개 학교에서도 함께하고 있습니다. 십대 미혼모들을 위한 거처 마련과 직업 교육에도 노력하고 있으며 특히, 원치 않는 임신으로 집에서 쫓겨난 어린 미혼모들을 지원하는 일에 매진하고 있습니다. 〈브루스 페루〉는 현재 트루히요에서 교육과 미혼모 지원 사업에 도움을 줄 봉사자들을 기다리고 있습니다.

트루히요를 떠나 볼리비아를 향하던 길에 티티카카 호수에 닿았다.
해발고도 3,800미터. 세상에서 가장 높은 호수에
갈대섬을 만들어 살아가는 사람들.
나는 그곳에서 천사 같은 페루의 아이들을 만날 수 있었다.

트루히요의 '프로페'였다는 말에, 노래를 부르며 따라다니던 순박한 아이들.
이쪽 갈대섬은 초등학교, 저쪽 갈대섬은 중학교라며
작은 손가락으로 가리키며 말해주던 볼이 빨간 아이들.
그 모습에 트루히요의 천사들이 보고 싶어졌다.

"One Dollar, please!"

이렇게 예쁜 아이들이….
어린 아이들이 모르는 사람에게 돈을 달라고 손을 내미는 나쁜 버릇이 든 건,
별 생각 없이 돈을 준 관광객들의 행동 때문이다.
매일 관광객들에게 노출되는 아이들.
천사 같은 그 아이들을 앉혀두고, 그러면 안 되는 이유를 차분히 설명해주었다.
순수한 마음 때문인지 다시는 안 그러겠다며,
고사리 같은 손가락을 걸며 약속하던 아이들.
상으로 작은 손에 막대 사탕을 하나씩 쥐어주자,
신이 나서 갈대섬이 무너져라 뛰어다니던 귀여운 티티카카의 아이들.

호수보다 깨끗한 아이들의 맑음이 언제까지나 지켜질 수 있기를.

FIRST DAY OF ISSU

Bolivia

13 소년 광부들의 터널 속 '막장 인생'

막장 : [명사] 갱도의 막다른 곳

차가운 공기가 기분 나쁘게 얼굴을 쓸어내린다. 그 섬뜩함이 가시기도 전에 묵직한 무언가가 다가오는 것을 느낀다. 알아듣기 힘든 고함 소리에 본능적으로 레일에서 떨어져 몸을 숨긴다. 녹슨 레일 위로 광물이 가득 실린 쇠수레가 무서운 얼굴로 터널을 지난다. 천장을 따라 이어진 공기 호스 아래 고여 있는 흙탕물과 어둠만이 가득한 갱도 속에서 느껴지는 죽음의 그림자.

사고에 대한 두려움으로 항상 긴장감이 팽팽한 볼리비아 광산에서 '막장 인생'을 살아가는 소년 광부들을 만났다.

다큐멘터리 영화《악마의 광부 El minero del Diablo, 2005》는 생활고 때문에 포토시 광산에서 일하게 된 열네 살 소년 바실리요의 이야기를 담고 있다. 광산 앞 돌로 지은 집에서 사는 바실리요의 꿈은 도시로의 이사다. 영화는 그의 삶을 눈물로 응원했지만, 광산은 어린 소년이 견디기엔 너무 좁고 무서운 곳이었다. 언젠가 광산을 떠나 세계를 여행하겠다고 당차게 말하던 소년 광부 바실리요. 그 어린 소년은 어떻게 살고 있을까?

볼리비아 소년 광부에 대해 처음 알게 된 것은 《남미인권기행》이란 책을 통해서다. 볼리비아 광부들의 노동 문제에 대해 조명하고 있던 그 책에서, 나는 그들이 십대에 광부 일을 시작했다는 대목에 끌렸다. 학창 시절 사회 교과서에서 본 소년 광부가 생각났기 때문이다. 18세기 영국에서 소년들이 광산에서 일하다 목숨을 잃곤 했다는 역사 속 이야기가 21세기 볼리비아의 현실이란 게 믿어지지 않았다. 그래서 볼리비아에 닿으면 그들을 꼭 한번 만나보리라 마음먹고 있었다. 그러던 중 〈월드비전〉에 있는 친구를 통해 '볼리비아 프로젝트'에 대해 알게 되었고, 볼리비아의 수도 라파스(Lapaz)에 도착하자마자 곧장 〈월드비전〉 사무실로 달려갔다. 그리고 반갑게 맞이해주던 〈볼리비아 월드비전〉의 언론 담당 안드레아 덕분에 소년 광부들이 있다는 야야구아(Llallagua) 지역 사무실을 찾아갈 수 있었다.

토포시로 가면 야야구아로 갈 수 있는 버스가 있을 거라는 안드레아의 말만 믿고, 그날 밤 바로 버스를 타고 신나게 남쪽으로 달렸다. 밤 아홉 시에 출발해서 새벽 여섯 시에야 도착하게 된 포토시, 하지만 그곳의 야야구아 직행 노선은 이미 없어진 지 오래였다. 수소문 끝에 알게 된 길은 다섯

시간을 북쪽으로 되돌아가 버스를 갈아타고 동쪽으로 세 시간을 더 이동
하는 방법뿐이었다. 밤새 달려온 보람도 없이 돌아가야 한다니…. 막장처
럼 눈앞이 깜깜해졌다. 참고 있던 피로도 날 쓰러뜨릴 기세로 폭풍처럼 몰
려왔다. 다시 북쪽으로 길을 나섰다간 서럽게 추운 볼리비아의 버스에서
쓰러질 것 같은 최악의 컨디션. 아, 소년 광부들을 만나는 일이 이렇게 힘든
여정이 될 줄이야….

눈물을 머금고 포토시에서 하루 쉬는 수밖에 없었다. 그러나 정작 쉬기로 하자, 피곤은커녕 무료하기만 했다. 돌아다녀도 딱히 재밌는 건 없었고, 게스트하우스에 앉아 빈둥대며 시간만 죽이고 있었다. 그때 헬멧과 장화를 신은 사람들이 나타났다. 어린아이부터 나이 많은 어른까지 광부처럼 옷을 입고 깔깔대며 등장한 사람들. 알고 보니 그들은 광부가 아니라 '광산 투어'에 참여한 관광객들이었다.

세상에서 가장 높은 도시라는 포토시는 16세기 은광산 개발과 함께 건설되었다. 한때 파리보다 잘산다는 말이 돌 정도로 화려한 전성기를 누렸지만, 현재 몰락한 이 도시에서 할 수 있는 건 그나마 남은 광산에서 일하는 것뿐이다. 더군다나 경제적으로 어려운 경우가 많아서, 십대의 아이들이 자기 머리보다 큰 헬멧을 쓰고 막장으로 향하게 된다. 그나마 최근에 볼리비아를 찾는 관광객이 늘어나면서 포토시는 일명 '광산 투어'로 짭짤한 수입을 올리고 있었다. 개미굴처럼 이어진 갱도 속으로 들어가 한두 시간을 보내며 기념사진을 찍고, 다이너마이트를 터뜨려보는 것으로 끝나는 광산 투어는 관광객들에겐 나름 인기 있는 상품이었다.

게스트하우스에 와서도 기념 촬영에 정신없는 그들에게 한 여행객이 투어에 대해 물어보고 있었다.

"담배 한 갑만 사주면 거기 광부들이 같이 사진도 찍어주고 그래요."

순간 내 얼굴이 벌겋게 상기되기 시작했다. 목숨 걸고 일하는 사람들을 격려하지는 못할망정, 손에 몇 푼 쥐어주면 시키는 대로 한다며 동물원 원숭이 취급을 하고 있다니. 그렇게 자기들 사진에 배경이 된 그 광부들이 20년 이상 일하다 폐병에 걸려 죽게 된다는 걸 알기나 하는지…. 더군다나 태양도 못 보고 하루 열 시간씩 광산에 갇혀 일하는 자식 또래 광부들 옆에서, 가족들과 인증샷을 찍는 일이 부끄럽지도 않을까? 다이너마이트 터뜨리고 아무 생각 없이 박수나 치며 좋아하는 관광객들. 그 다이너마이트 때문에 광부들은 일주일에 몇 번씩 생사를 넘나든다는 걸 알기나 하는지…. 대체 누가 그들의 막장 인생을 하나의 놀이로 만들어버린 걸까. 대체 누가, 무슨 권리로!

찍은 사진을 보며 아무것도 모른 채 즐거워하는 관광객들, 손이 부들부들 떨릴 정도로 분노가 치밀어 올랐다. 그걸 계속 지켜보고 있다간 무슨 사고라도 칠 것 같아서 게스트하우스를 박차고 나왔다. 여전히 귓가에 들리는 예의 없는 그들의 웃음소리. 당장 광부들을 만나러 가야겠단 생각이 스쳤다. 곧바로 택시를 잡아타고, 무작정 광산으로 가달라고 했다. 목숨을, 인생을 막장으로 던진 그들을 만나기 위해서.

택시는 파이라비리(pailaviri)라는 노동조합이 관리하고 있는 갱도 입구에 멈춰 섰다. 마침 광부들은 갱도 밖에서 코카잎을 '충전'하고 있었다. 충전한다는 건 코카잎을 대충 씹어서 어금니 옆에 넣어두는 걸 말한다. 갱도로 한번 들어가면 일이 끝날 때까지 열 시간이고 열다섯 시간이고 못 나오는 광부들에게 코카잎은 밥이고 물이고 생명이다. 그걸 양 볼이 부풀어 오르도록 어금니 옆에 물고 들어가선, 일하는 내내 씹으며 배고픔도 갈증도 피로도 달랜다. 중독성 탓인지 자꾸 씹다 보면 힘든 줄도 모른다고 말하던 광부들을 따라, 나도 입에 한가득 물고 열심히 씹기 시작했다.

한쪽 볼에 반 정도 코카잎이 충전되었을 때, 혀가 조금씩 얼얼해지는 걸 느꼈다. 혀를 만져보던 내 모습에 웃던 한 어린 광부가 하얀 가루를 권했다. 칠레산 베이킹파우더. 그걸 코카잎에 섞어서 물면 그나마 단 맛이 난다고 했다, 설탕보다 싸서 그걸 함께 먹는다는 그 어린 광부의 이름은 압디(Abdi) ─ 아랍인 같은 이름의 열네 살 소년은 가족과 함께 광산 입구에 있는 돌집에 살고 있었다. 압디의 아버지가 다른 지역 광산에서 일을 하지만 그걸로 다섯 식구가 살기엔 빠듯했고, 둘째 누나 글라디스가 미혼모로 딸을 낳게 되면서 압디 또한 막장 인생을 시작하게 되었단다.

압디와 나의 대화를 유심히 지켜보던 다른 광부들도 조금씩 말을 걸었다. 어느 나라에서 왔느냐, 관광객이냐 등을 물어보던 그들은 소년 광부들을 만나러 야야구아에 간다고 하자, 그제야 마음을 열고 이야기를 털어놓았다. 대부분 십대 중후반부터 갱도의 삶을 시작했고, 아마 마흔을 넘기지 못하고 죽을 거란 이야기를 농담 삼아 이야기하던 그들. 그 살벌한 농담을 아무렇지도 않게 말하는 그들과 함께 코카잎을 씹고 있었지만, 차마 웃음을 나눌 수 없었다. 그 농담이 언젠가 현실이 되어 닥쳐올 것을 알기에. 멋 모르고 따라 웃고 있는 압디는 그 비참한 운명을 피해갈 수 있을까?

갱도에서 마주친
공포의 '티오'

다음 날 새벽 그곳을 다시 찾은 나는 양 볼이 터질 정도로 코카잎을 가득 충전하고 광부들과 함께 갱도 안으로 향했다. 헬멧에 달린 라이트만 의지해서 어둠 속으로 들어가는 일은 생각보다 두렵고 무서웠다. 그래도 베테랑 광부들 앞에서 속마음을 들키지 않으려 오히려 더 큰소리로 웃고 떠들었다. 하지만 금세 좁혀오는 동굴 앞에 겁을 먹은 나는 숨소리조차 제대로 낼 수 없었다. 광부들은 광산의 오싹함에 점점 굳어가는 나를 '티오(Tio)'에게 소개시켜 주겠다며, 좁은 동굴로 더 깊숙이 이끌었다.

스페인 식민지 시절, 파업을 일삼는 광부들을 겁주기 위해 식민 정부가 만들어냈다는 티오. 갱도마다 한 명씩 모셔진 티오는, 어둠 속에선 세상 다른 어떤 신보다 강력한 존재였다. 티오에게 '찍히면' 사고를 당한다는 미신

갱도의 티오는 손가락 하나 까딱
못할 만큼 절대적인 존재였다.

이 오래전부터 내려오고 있었고, 그래서 모든 광부들은 출근길에 의무적으로 티오에게 담배나 코카잎을 바쳐왔다. 흐릿한 빛이 새어나오는 좁은 동굴에서 무서운 눈으로 날 바라보던 티오의 이름은 '호르헤(Jorge)'. 머리에 뿔을 달고 남성성이 강조된 모습은 영화에서 본 그대로였다. 광부들을 따라 티오에게 코카잎을 바치고, 사진을 남기려고 플래시를 터트리는 동안 광부들은 날 두고 잠시 자리를 비웠다. 좁고 어두운 그곳에서 나는 티오와 홀로 마주하게 되었다.

어두운 동굴에서 만난 티오는 공포 그 자체였다. 아무 소리도 들리지 않는 그곳에서 난 티오를 제대로 볼 수 없을 만큼 압도당했다. 밖에서 봤으면 아무것도 아닌 인형이었겠지만, 갱도의 티오는 손가락 하나 까닥 못하게 만들만큼 절대적인 존재였다.

몇 분이나 혼자 떨면서 얼마나 진땀을 빼고 있었을까. 숨도 못 쉬고 바닥만 보고 있던 나는 광부들의 목소리가 가까워지자, 뒤도 보지 않고 소리가 나는 곳을 향해 도망쳤다. 무거운 공기만으로도 사람을 얼게 만들던 티오 때문에 내게 광산은 다시는 꾸고 싶지 않은 무서운 악몽이 되고 말았다. 그 무서운 티오에게 아침마다 코카잎을 바치고 깊은 어둠으로 사라지던 앳된 모습의 소년 광부들. 대체 무엇이 죽음의 공포가 흐르는 막장으로 그들을 이끄는 걸까?

담배에 술까지, '막장'이 되어버린
십대 광부들의 막장 인생

포토시를 떠나 새벽에 도착한 야야구아에선 〈월드비전〉 윌슨의 도움으로 광산의 아이들을 만날 수 있었다. 광산이 생긴 지 400년이 넘는 포토시와 달리, 100년 정도 된 작은 광산들이 산재해 있는 야야구아. 광산 앞에서 만난 어느 경찰은 미성년자가 갱도에서 일하는 것은 불법이기 때문에 소년 광부는 만날 수 없을 거라며 딱 잘라 말했다. 그때 마침 갱도를 걸어 나오던, 어깨가 처져 있는 한 무리의 광부들. 얼룩덜룩 검은 그들의 얼굴에서 앳됨이 느껴졌다. 눈치챈 윌슨은 눈을 찡긋하더니 광부들에게 다가가 직접 말을 걸었다.

"다들 열여덟 살이라고 하는데, 정말일까요?"

잠시 뒤 경찰이 없어진 틈을 타 이번엔 내가 나이를 물어보았다. 하나같이 열여덟 살이 넘었다고 말하던 광부들. 그때 뒤에 있던 한 녀석이 치고 들어왔다.

"야! 거짓말 하지 마! 얘는 열다섯 살이에요."

그 광부를 제외하곤 모두 14~15세 소년들이었다. 어린 나이에 그런 일은 위험하지 않느냐고 묻는 내게 돈을 벌려면 어쩔 수 없다고 무표정하게 대답하던 소년 광부들. 학교에 갈 수 있게 지원해주겠다며 〈월드비전〉 직원이 말했지만, 그들은 돈이 필요하다는 말만 반복하다 다시 어두운 갱도로 사라졌다. 외부 사람들이 뭘 알겠어… 라는 표정으로 우릴 바라보던 소년들의 시선.

다른 갱도에서 만난 광부들은 18~19세였다. 하지만 젖살도 빠지지 않은 어린아이들이었다. 멍한 표정으로 줄담배를 피워대던 그들은 작은 플라스틱 병에 든 하얀 액체를 돌아가며 마셔댔다. 한 모금씩 삼킬 때마다 찌푸리는 그들의 표정에서 그 액체의 정체를 단번에 알아챌 수 있었다.

술이었다. 하지만 병원 소독 냄새가 심하게 나던 그 액체는 술이라기 보단 그냥 순수 알코올에 가까웠다. 나도 한 모금을 입 속으로 털어 넣었더니, 목이 타들어가다 못해 온몸에 마비가 올 것 같았다. 목을 붙잡고 켁켁대며 고통스러워하는 내 모습을 보며 그들은 씁쓸한 표정을 지으며 소리로만 웃었다. 인생에서 가장 아름다운 시기의 아이들이 150원짜리 알코올에 의지해 그 힘든 일을 온몸으로 견디고 있다니…. 어둠 속으로 다시 사라지는 그들의 쓸쓸한 뒷모습에서 나는 전태일이 죽음으로 울부짖었던 평화시장 노동자들의 모습을 보았다.

어린 시절 가난 때문에 광산에서 일했다는 〈월드비전〉의 윌슨은 아이들이 술과 담배에 쉽게 노출되어 중독으로 이어지는 것이 가장 큰 문제라고 했다. 그래서 〈월드비전〉은 생활 지원뿐만 아니라 이런 중독을 치료하는 부분에도 초점을 맞춰 프로젝트를 진행하고 있다고 했다. 내리는 비를 피해 차를 탄 후에도 가난의 사슬을 꼭 끊어야 한다며 열변을 토하던 윌슨. 그 와중에도 창밖에선 한 어린아이가 추적추적 내리는 비를 맞으며 고사리 같은 손으로 광물을 씻어내고 있었다.

야야구아에서 〈월드비전〉 사람들 덕분에 광산 사정과 그곳에서 진행 중인 여러 프로젝트에 관해 자세히 알 수 있었다. 그중 차얀타(Chayanta) 프로젝트는 한국 사람들의 기부로 운영되고 있다고 했다. 〈월드비전〉의 지원을 통해 아이들이 광산이 아닌 학교에 갈 수 있지만, 그렇다고 모든 문제가 해결되는 건 아니다. 만일 광부인 아버지가 병으로 쓰러진다면, 아이들은 장화를 신고 갱도로 들어가야 한다. 이건 그 소년들에게 단 하나의 선택밖에 없음을 의미한다. 또 어떤 아이들은 돈을 버는 다른 아이들을 보면서, 공부보단 당장 갱도에 들어가 돈부터 벌겠다는 생각을 한다고 했다. 그런 아이들에게 꿈과 희망을 주고자 〈월드비전〉은 최선을 다하고 있었다. 야야구아에서만 약 15,000여 명의 아이들을 직·간접적으로 지원하고 있는 〈월드비전〉. 하지만 한집에 7~8명씩 자녀를 갖는 볼리비아의 사정을 고려해보면, 더 많은 사람들의 관심과 후원이 절실하단 생각이 들었다.

　먹먹한 마음을 안고 다시 포토시로 향하는 여정에 올랐다. 영화 속 주인공 바실리요의 집을 알고 있다는 압디의 말이 떠올랐기 때문이다. 지난번에 찍은 압디 가족사진을 인화하고, 다른 선물도 챙겨서 갱도 앞 압디의 집을 두드렸다. 해발고도 4,300미터의 한기가 느껴지는 문 사이로 압디의 누나 글라디스가 딸 재클린을 안고 반겨주었다. 추위에 터서 갈라진 얼굴로 인화된 사진을 보면서 좋아하던 아기 재클린. 글라디스는 집을 비운 압디를 대신해서 어느 갱도 앞에 있다는 바실리요의 집을 알려주었다.

　영화 마지막 장면에서 바실리요는 도시로 이사 갈 돈을 벌기 위해 더 큰 갱도로 자리를 옮긴다. 하지만 희망으로 끝난 영화와 달리, 바실리요는 여전히 추위가 도는 갱도 앞 돌집을 벗어나지 못하고 있었다.

　영화가 나오면 사람들의 도움을 받아 도시로 이사 갈 기대를 했었다는 바실리요 어머니. 영화 속 바실리요가 절대 고생시키지 않겠다던, 꼭 학교에 보내겠다던 여동생 바네사는 우리가 대화를 나누는 동안에도 알록달록한 광물들을 관광객들에게 팔기 위해 산을 분주히 오르내렸다. 한숨 섞인 말투로 계속 하소연하던 바실리요의 어머니. 강한 케추아어 억양이 섞인 그녀의 말을 내 어설픈 스페인어 실력으론 이해할 수 없었지만, 모래바람에 생긴 주름과 쉰 소리가 섞인 음성만으로도 그 삶의 고달픔을 충분히 짐작할 수 있었다.

어머니와 대화를 나누는 사이, 영화 속 앳된 모습은 온데간데없고, 꽤 늠름한 남자의 모습으로 바실리요가 관광객을 이끌고 나타났다. 한눈에도 성격 좋아 보이는 그는 스페인어로 인사하는 한국인은 처음이라며 내게 먼저 악수를 건넸다. 영화 잘 봤단 내 말에, 그래도 여전히 광산을 떠나지 못하고 있다며 멋쩍게 웃어 보이던 바실리요. 조금 대화를 나누던 그는 비뚤비뚤 어설프게 헬멧을 쓴 관광객들을 데리고 다시 갱도 속으로 사라졌다. 세계 여행이 꿈이라고 말하던 영화 속 어린 소년은, 간간이 찾아오는 외국 관광객들을 자신의 세상으로 안내하며 색이 바랜 어린 시절의 꿈을 달래고 있었다.

영화 개봉 이후에도 여전히 광산에서 한 발짝도 벗어나지 못한 바실리요의 가족들. 그들을 보며 사람들이 왜 광산을 악마라고 부르는지 알 수 있을 것 같았다.

돈을 벌고 싶다는 야야구아의 소년 광부들도 바실리요처럼, 결국 악마 같은 광산을 떠나지 못할 것이다. 막장에서 발생하는 수많은 사고가 운 좋게 그들을 비켜갈지라도, 결국 그들 아버지처럼 어느 순간 붉은 기침을 뱉는 날이 올 것이다. 그걸 뻔히 알면서도 작은 손으로 광물을 캘 수밖에 없는 어린 광부들. 티오가 지배하는 지옥 같은 광산에 갇혀 코카잎, 담배, 술 앞에 무기력해지는 이 아이들을 막장 인생에서 구해낼 방법은 정말 없는 것인지…. 또다시 나는 아무것도 하지 못한 채 떠나야만 하는 것인지…. 해결되지 않은 수많은 고민 앞에서 쉽게 잠이 오지 않았다.

〈월드비전〉은 전 세계 100여 개 나라에서 그 지역에 가장 시급하고
가장 필요한 도움을 주는 구호 사업을 진행하고 있습니다.
1950년, 6·25전쟁의 현장에서 고통받는 어린이들을 위해
우리나라에 최초로 설립된 〈월드비전〉은
수십 년간 전 세계의 어린이를 돕기 위해
아시아와 아프리카, 라틴 아메리카 등으로 활동 지역을 넓혀갔습니다.
현재 〈월드비전〉은 전 세계에서 가장 책임감 있게, 가장 큰 규모로
개발, 구호 활동을 하는 기독교 국제구호개발기구로 성장했습니다.
특별히, 〈월드비전〉은 1950년부터 60년대 말까지 후원을 받는
어린이 개개인에게 식량과 교육, 건강 관리, 직업 훈련을 지원함으로써
어린이 개인을 직접 돕는 방식으로 활동했습니다.

그러나 어린이의 삶을 변화시키기 위해서는
어린이가 사는 지역 사회 발전이 선행되어야 한다는 결론을 낳게 하였고
이를 토대로 1970년대에 이르러 지역개발사업(Community Project
Development Program)을 통해 어린이를 돕도록 지원 형태를 바꾸었습니다.
지역개발사업은 식수 사업, 위생과 보건, 교육, 소득 증대와
주민 역량 강화 등의 통합적인 방향으로 전개되며

이는 어린이들이 인간다운 삶을 살 수 있도록 한 마을을 변화시켰습니다.
이 책에 소개된 볼리비아 〈월드비전〉 차얀타 사업장은
〈한국월드비전〉이 진행하는 지역개발사업장 가운데 한 곳입니다.
이곳 사람들의 80퍼센트는 글을 읽지 못하고,
5세 미만 아동의 45퍼센트가 영양 불균형을 경험합니다.

2006년 겨울, 〈월드비전〉은 이런 문제를 해결하기 위해
차얀타 사업장을 열었습니다. 이 사업장의 약 2,100여 명의 아동들이
한국 후원자와 결연되어 있으며,
식수 사업, 영양 사업, 온실 사업 등 다양한 지역개발사업이 진행 중입니다.
지역 주민과 아이들의 삶을 위협하는 식수와 영양 문제를 해결하고
주민 스스로 자립할 수 있도록 도와
아이들의 전체적인 생활의 질을 높이고 있습니다.
아이들의 기본적인 생계가 위협받는 이곳에서 일시적인 도움이 아닌
근본적인 문제 해결을 위해, 전문적이고 통합적인 사업을 진행하기 위해
〈월드비전〉은 총력을 기울이고 있습니다.

▶ 〈한국월드비전〉 해외 아동 결연 신청 및 문의
http://www.worldvision.or.kr / 전화: 02- 2078-7000

Palestine

14 총탄의 흔적이 가득한 팔레스타인에서 평화의 세상을 꿈꾸다

웰컴! 웰컴!

그곳 사람들은 한국에서 온 이방인을 항상 이렇게 반겼다.

그 리듬에 맞춰 나도, 헬로! 헬로! 땡큐! 땡큐!

쿠키 가게 앞을 서성이면 어느새 쿠키가 한 봉지가 내게 안겨져 있고, 길에서 짜는 오렌지 주스를 신기한 듯 바라보면 어느새 한 컵 가득 주스가, 그리고 내 입엔 빨대까지 물려 있곤 했다. 동네 한 바퀴만 돌면 한 끼 식사는 저절로 해결되는 인심 좋은 이곳은 팔레스타인의 제닌. 바로 피스보트에서 만난 팔레스타인 사람, 아버지 이스마엘이 살고 있는 곳이다.

"제닌에 한국 물건은 많이 들어오는데, 왜 도와주러 오는 한국 사람은 없는지 몰라."

피스보트에서 들었던 이스마엘의 그 한마디가 여행 내내 머릿속을 떠나질 않았다. 나라도 꼭 가야겠구나, 몇 번이나 마음을 먹었지만, 용기를 내는 게 쉬운 일은 아니었다. 두려웠다. 안전하다는 그의 말을 믿었지만, 그래도 혹시나, 혹시나, 에이 설마 하면서도 역시 혹시나였다. 하지만 운명적으로 팔레스타인에 끌려가던 내 마음을 막을 수 없었고, 얼마 지나지 않아 내 손엔 중동으로 가는 티켓이 쥐어져 있었다. 그렇게 운명에 끌리듯 여행의 마지막 행선지 제닌에 가게 되었다.

비행기를 타고 요르단까지 가는 건 문제가 없었지만, 그곳에서 팔레스타인까지 가는 여정은 만만치 않아 보였다. 세관이 깐깐하기로 악명 높은 이스라엘 국경을 넘는 일은 둘째고, 이스라엘과 팔레스타인 서안 지구를 가로 막은 체크포인트를 무사히 통과할 수 있을지 걱정이 되었다. 요르단-이스라엘 국경에서 요르단 세관을 통과하는 일은 간단했다. 하지만 다리 건너 도착한 이스라엘 세관은 여행 역사상 가장 통과하기 어려운 곳이었다. 두 번의 까다로운 배낭 검사 끝에 세관 건물에 들어섰지만, 불친절하기로 유명한 이스라엘 세관은 사람들을 무려 세 시간이나 기다리게 했다. 오랜 기다림 끝에 드디어 내 차례가 되었고 이제 입국 하나 싶었지만, 세관 직원은 내 여권에 찍힌 아랍 국가 입국 기록에 딴죽을 걸기 시작했다. 결국 여권을 한 페이지씩 넘기며 방문한 모든 국가에 대해 일일이 설명을 하고, 20여 분의 긴 줄다리기 끝에 겨우 이스라엘 땅을 밟을 수 있었다.

녹초가 되어 닿은 낯선 땅엔 해는 없고, 차가운 비만 내리고 있었다. 그곳에서 다시 팔레스타인 지구로 가는 버스에 올랐다. 작은 버스는 어둠 속에

서 비를 뚫고 잘 달리는가 싶더니 갑자기 세워졌다. 무슨 고함 소리가 들려왔고, 승객들이 움츠려드는 게 눈에 보였다. 버스가 도착한 곳은 바로 악명 높은 체크포인트였다.

팔레스타인 지역을 이스라엘 군대가 포위하고 있는 현실 속에 체크포인트는 팔레스타인에 가기 위한 관문이다. 체크포인트를 통해 팔레스타인의 교통, 물자뿐만 아니라 사람까지 통제하는 이스라엘. 총을 든 군인들이 서 있는 체크포인트를 처음 통과하던 나는 알 수 없는 긴장감에 숨죽이고 있었다. 점점 군홧발 소리가 다가왔고, 그들은 신분증을 거둬서 하나하나 확인했다. 숨소리도 나지 않는 버스 안에서 긴장한 모습을 들키지 않으려 고개마저 푹 숙이고 있던 그때.

"리(Lee)? 리가 누구야?"

나도 모르게 손을 번쩍 들었지만, 차마 고개는 들지 못하고 눈치만 살폈다. 역시 외국인이라 의심받는 건가? 이러다 팔레스타인 근처도 못 가고 쫓겨나는 거 아냐?

"리? 혹시 브루스 리 아냐?"

긴장으로 온몸이 굳다 못해 떨릴 지경인데, 저런 실없는 농담을 하다니. 내가 그러든지 말든지 그는 이소룡 흉내까지 내며 놀려댔고, 버스에 있던 팔레스타인 사람들도 군인들 눈치를 보며 같이 웃고 있었다. 여행하다 보면 '이소룡'의 강한 이미지 때문에 가끔 비슷한 놀림을 당하곤 했다. 하지만 이곳은 이스라엘과 팔레스타인이 맞닿아 있는 곳 아닌가? 총탄이 오가는 무시무시한 곳이라 완전 겁먹고 왔는데 이런 장난을 친단 말이야? 속으론 한 대 패주고 싶었지만 팔레스타인에 일단 들어가야 한다는 생각에 가식적으로 웃으며 엄지손가락까지 들어주었고, 그 덕분인지 쉽게 체크포인트를 통과할 수 있었다. 나중에 체크포인트를 한 번 더 지나야 했지만 비슷한 절차를 거치며 무사히 통과했고, 마침내 팔레스타인 아버지 이스마엘의 아들, 아흐메드가 잠들어 있는 제닌에 무사히 닿을 수 있었다.

+ 남아 있는 총알 자국과
웃고 있는 아흐메드

"이스라엘 어떻게 생각해요? 좋아하세요?"

웰컴! 웰컴! 하며 반기는 팔레스타인 사람들과 조금만 대화를 하다보면 심각한 목소리로 나에게 이스라엘에 대해 물어보곤 했다. 우물쭈물 대답을 피하곤 했지만, 그들의 눈빛에서 느껴지던 살기만큼은 잊을 수가 없다. 이방인에겐 한없이 친절하지만 이스라엘이란 말만 나오면 불편해지는 팔레스타인. 분쟁 지역이란 걸 보여주듯, 거리마다 총을 든 사람들의 사진이 걸려 있었다.

사진 속 한 남자를 유심히 보는 내게, 어느 청년이 다가와 이스라엘 군인을 세 명이나 죽인 '영웅'이라고 자랑스럽게 말했다. 팔레스타인의 독립을 위해 목숨을 바친 '영웅'이며 팔레스타인판 '안중근'인 사진 속 그들은 바로 우리가 '테러리스트'라고 부르는 사람들이다. 친절한 사람들이 거리에 넘치고, 어딜 가건 웃음꽃이 피어나지만 아직 이들의 싸움은 진행 중이었다. 더군다나 누군가에겐 가족의 목숨을 앗아간 원수이며 테러리스트인 사람이, 다른 곳에선 영웅이 되어 추앙받는 현실이라니. 끝나지 않는 분쟁 속에서 테러리스트도 되고 영웅도 되는 아이러니한 상황은 지켜보는 이방인을 슬프게 만들었다. 결국 이런 안타까운 상황을 종결시킬 수 있는 답은 한 가지. 바로 평화다. 멀고도 멀리 있는 바로 그 평화….

웰컴! 웰컴!

따뜻한 인사로 이방인을 맞는 팔레스타인. 하지만 그 땅에 아직 평화는 오지 않은 듯했다.

뜨거운 포옹으로 재회한 이스마엘은 나에게 제닌의 난민 캠프 지역을 보여주었다. 처음 난민 캠프란 말을 들었을 때, TV로 보았던 수많은 사람들의 임시 거처가 떠올랐다. 하지만 쫓겨온 사람들이 60년이 넘도록 돌아가지 못하고 살아온 제닌 캠프는 한국의 일반 주택가와 다르지 않았다. 슈퍼 앞에서 아이스크림을 먹던 아이들이 레게 머리 동양인을 신기한 듯 쫓아오고, 엄마들이 유모차 한 대씩 밀고 나와 수다를 떨고 있는 평범한 일상. 하지만 그 뒤 건물마다 총알 자국이 가득했고, 건너편 모퉁이엔 검게 그을린 자살 테러의 흔적마저 짙게 남아 있었다. 핏빛 아픔을 품고 살아가는 제닌 캠프, 이스마엘의 아들 아흐메드도 바로 그곳에서 숨을 거두었다.

벽에 남은 총알 자국을 손끝으로 느끼며 고통을 어루만지다 사람들이 북적거리는 한 건물 앞에 도착했다. 아흐메드 컴퓨터 센터. 아흐메드의 소식을 들은 어느 미국 유대인이 지어줬다는 컴퓨터 센터는 난민 캠프의 사

람들 누구나 컴퓨터를 배우고 사용할 수 있는 곳이다. 그 센터에서 나는 밝게 웃고 있는 아흐메드를 만났다. 아버지 이스마엘은 웃으며 사진 속 아들을 소개해주었지만, 나도 모르게 울컥거려 제대로 인사를 건넬 수 없었다.

연극으로
평화를 꿈꾸는 사람들

아흐메드 컴퓨터 센터 옆엔 〈프리덤 극장 Freedom Theatre〉이 있었다. 좌절감에 빠진 팔레스타인 사람들에게 꿈과 자신감을 심어주고자 세워진 극장에서는 팔레스타인 청년들이 연기를 하고 있었다. 그날 보게 된 연극은 〈이상한 나라의 앨리스〉. 2006년에 극장이 지어질 때부터 캠프에 살며 제닌 사람들과 함께하고 있다는 이스라엘 연출가 줄리아노의 작품이었다. 무료로 진행되는 공연을 보기 위해 많은 사람들이 줄을 서서 기다렸고, 문이 열리자 순식간에 관객석이 메워졌다. 스웨덴에서 온 봉사자들에게 연기 지도를 받고 있다는 배우들의 연기는 놀라웠다. 표정, 목소리 심지어 손가락 하나까지 프로라고 해도 손색이 없었다. 아니 그들은 프로였다. 누가 뭐래도 그들은 팔레스타인의 프로 배우들이었다. 관객들 또한 배우들 못지않게 열성적이어서, 정전 때문에 세 번이나 연극이 중단되었는데도 한 명도 자리를 떠나지 않고 끝까지 공연을 함께했다.

공연이 끝난 뒤엔 극장 사람들과 점심을 함께했다. 식사를 하며 알게 된 연출가 줄리아노는 배우 한 사람, 한 사람 칭찬하고 격려하는 따뜻한 마음을 가진 이스라엘 사람이었다. 아버지를 닮았는지 그의 어린 딸도 아랍어로 말하며, 팔레스타인 아이들과 서슴없이 어울리고 있었다. 두 나라 아이들이 밝게 웃는 그 모습을 보며 간절히 바랐다. 부디 성인이 되어서도 그들이 함께 웃을 수 있는 평화를 맞이하길. 하지만 아직 아물지 못한 상처들이 팔레스타인에 깊이 남아 있었다.

그들의 상처는 여전히 현재진행형이다

어느 날 저녁, 아버지 이스마엘과 식사를 하다 전화 한 통을 받고, 작은 골목 주택가로 향했다. 노크 소리에 문을 연 그의 이름은 샤베트, 반갑게 손님을 맞아주던 그의 오른쪽 종아리는 화상을 입은 듯 빨갛게 그을려 있었다. 총을 맞았다고 했다. 총알이 무릎을 뚫고 들어가 종아리를 찢어놓은 것이다. 그를 관통한 총은 M-16. 한국 남자라면 누구나 익숙한 그 총은 나도 군대에서 쏴본 적 있는 것이었다. 군복을 입고 있을 땐 총을 쏘고 맞히는 법만 배웠을 뿐, 어느 누구도 그 피해에 대해 알려준 적이 없었다. 하지만 총알이 만들어낸 상처를 마주하자, 그 상처가 꼭 나에게 '너 역시도 누군가를 이렇게 고통스럽게 만들 수 있어'라고 말하는 것 같아 소름이 돋았다.

샤베트는 총을 맞고 무려 열두 차례나 수술대에 올랐다. 하지만 아직도 아물지 않은 상처 때문에 하루에 네 알씩 약을 먹으며 고통을 견뎌내고 있었다. 뜨거운 중동에 여름이 오면 종아리 전체에 염증이 재발한다는 그는 요르단에 가서 수술을 받으면 나을 수 있다는 말을 들었다고 했다. 그가 마련해야 할 수술비는 한국 돈으로 750만 원. 수술을 제때 받지 못하면 다리를 절단해야 하지만, 월수입이 35만 원에 부양가족도 있는 그에게 수술은 사실상 꿈도 못 꿀 이야기였다.

거실 한편에 익숙한 분위기의 사진 한 장이 눈에 띄었다. 사진 속에 총을 들고 있는 사람은 샤베트의 사촌이라고 했다. 죽어서 '영웅'이 된 사촌 때문에 샤베트는 이스라엘 군인들에게 보복을 당한 거라고 했다. '이스라엘'이기 때문에 죽임을 당하고, 그 보복으로 다시 '팔레스타인'이란 이름 아래 사는 사람들에게 총이 겨눠지는 곳. 복수에 복수가 이어지는 피비린내 나는 현장에서 총알이 무릎을 뚫고 종아리를 찢어 놓을 때, 샤베트는 무슨 생각이 들었을까? 대화를 옆에서 듣고 있던 죽은 사촌의 열한 살짜리 아들은 밤마다 아버지의 복수를 꿈꾸진 않을까? 왜 모르는 사람들끼리 서로 복수할 생각만 하며 살아야 하는 걸까? 다른 곳에서 만났다면 분명 친구가 되고 사랑을 나눴을 이들이 도대체 왜, 살인을 강요받고 복수에 떨고, 두려움에 짓눌려 살아야만 하는 걸까?

샤베트 집을 나와 아버지 이스마엘과 헤어지고 나서도 한참이나 숙소로 돌아가지 못한 채, 제닌의 밤거리를 헤매었다. 머릿속에 떠오르는 건 죽음, 복수, 그리고 두려움. 가슴이 조인 듯 답답해지고 내 입에선 쓴 맛마저 느껴졌다. 어두워진 거리를 몇 바퀴 더 돌다, 쓴 입맛을 가시려 거리에서 케밥을 파는 마흐무드를 찾았다. 출출할 때마다 찾아가던 마흐무드에게 케밥이 익어가는 동안 샤베트의 사연을 이야기했다.

"나도 예전에 총 맞았어요. 여기 하나, 그리고 여기 하나."

웃으며 티셔츠를 들어 올린 마흐무드의 윗배와 아랫배에 뚜렷한 수술 자국이 남아 있었다. 입을 벌린 채 아무 말도 못하는 내게 그는 총알이 벽에 튀면서 날아온 파편 자국이라며 팔, 다리마저 걷어서 보여주었다. 이제 스무 살인 마흐무드가 열한 살 때 거리에서 벌어진 총격전으로 입은 상처라고 했다. 그것도 케밥을 팔고 있는 바로 그 자리에서. 샤베트를 만난 이후 줄곧 참아오던 눈물이 쏟아질 것 같았다. 눈물을 보이지 않으려고 가방에서 카메라를 꺼내들었다. 비겁하게 카메라 뒤에 얼굴을 숨겨 그의 상처를 직시하려 했지만, 렌즈를 통해서도 나는 그를 제대로 바라볼 수 없었다. 카메라를 든 채 이를 악물고 억지로 울음을 참던 내게 그는 케밥 하나를 건넸다. 이제 친구가 되었다며 돈은 받지 않겠다는 말과 함께. 나는 고맙다는 말만 남기고 길 반대편으로 뛰어야 했다. 눈물을 보여주기 싫어서 도망쳤지만, 뛰는 동안에도 쏟아져 내리는 눈물을 멈출 수 없었다. 길모퉁이에 서서 우는데 손마저 떨려왔다.

그때 느꼈던 공포와 슬픔, 그리고 알 수 없는 분노는 시간이 지나도 쉽게 가시지 않았다. 팔레스타인이 안정을 되찾고 있다고 하지만, 아물지 않은 상처들의 고통은 여전히 그대로다. 그리고 '테러리스트'에 의해 가족을 잃은 이스라엘 사람들에게도 그 고통은 고스란히 남아 있다. 대체 언제까지 이 비극이 계속 되어야 하는 걸까.

왜 모르는 사람들끼리 서로 복수할 생각만 하며 살아야 하는 걸까?
다른 곳에서 만났다면 분명 친구가 되고 사랑을 나눴을 이들이
도대체 왜, 살인을 강요받고 복수에 떨고,
두려움에 짓눌려 살아야만 하는 걸까?

"나는 이스라엘 사람들에게 최고의 복수를 했습니다."

아흐메드의 장기를 기증하고 아버지 이스마엘이 병원에서 했던 그 한마디는 전 세계를 감동시켰다. 그리고 지금도 그는 샤베트처럼 고통받는 사람들을 돕기 위해 기꺼이 자신의 유명세를 활용하고 있다.

아버지 이스마엘은 독일 괴테 재단의 지원으로 건립된 영화관 〈시네마 제닌 Cinema Jenin〉을 통해서도 활발한 활동을 펼치고 있다. 영화 상영뿐만 아니라 독일 봉사자들과 함께 영화 학교도 운영하는 〈시네마 제닌〉에서는 여행객을 위한 게스트하우스까지 운영하며 기금 마련에 노력하고 있다.

연극·영화라는 문화의 힘으로 평화를 전할 수 있다는 걸 알게 된 아버지 이스마엘은 제 3의 공간 독일에서 또 다른 프로젝트를 준비하고 있다. 그 프로젝트는 이스라엘 아이들과 팔레스타인 아이들이 함께하는 문화 이벤트가 중심이다. 첫해는 팔레스타인 아이들 중심으로 연극을 기획하고, 다음 해에는 이스라엘 아이들이 주축이 되어 합창 공연을 한다는 계획이다. 서로를 알고 이해하며 친구가 되자는 취지의 이 프로젝트는 독일 하노버 시립 극장의 도움으로 적극적으로 추진되고 있다. 그리고 아버지 이스마엘은 유럽에서 프로젝트를 성공시킨 후에, 이스라엘과 팔레스타인 각지를 돌며 순회 공연을 열겠다는 꿈도 함께 꾸고 있다.

제닌에서 지내는 동안 기쁜 소식을 하나 들었다. 노벨 재단이 아버지 이스마엘을 노벨 평화상 후보로 검토하고 있다고 했다. 수상 가능성은 적지만 평화를 위한 그의 노력에 관심을 가져주는 것만으로도 감사했다. 또한 그것이 계기가 되어 그가 더 많은 활동을 할 수 있을 거란 기대감에 내가 다 신나서 가슴이 뛰었다.

이스마엘은 기회가 되면 한국을 방문해서 팔레스타인의 이야기를, 평화를 꿈꾸는 사람들의 마음을 전하고 싶다고 말했다. 언젠가 평화의 순간이 도래할 거라 굳게 믿는 그가 한국에서 팔레스타인 이야기를 전할 수 있도록 추진해보겠다며, 또다시 막연한 약속을 하고 말았다. 마치 팔레스타인에 꼭 가겠다며 큰소리쳤던 지난날의 막연한 약속처럼. 이번 약속도 지켜질 수 있을지 아직은 모든 게 불투명하기만 하다. 하지만 '평화 이야기'를 전하기 위해서라면 어디든지 기꺼이 날아가는 그의 에너지가 조만간 한국에도 미칠 것 같은 좋은 예감이 든다. 그래서 나는 떨리는 마음으로 아버지 이스마엘을 한국에서 다시 만날 바로 그날을 기다리고 있다.

"아주 많은 시간이 흐른다고 해도

한국에서 그들과 재회할 그날을 기다리며"

지구마을
'빛더미' 여행

오랫동안 꿈꿔온 여행이었다.

머리맡에 세계지도를 붙여두고,

침대에 누워 하루에 한 곳을 여행하는 상상의 나래를 펼쳤다.

배낭을 메고 세상을 누비는

그 달콤한 여행의 꿈에서 깨어날 때면,

어김없이 불타오르던 여행에 대한 굳은 의지.

그렇게 나는 24개월 만기 적금이 끝나는 날을 기다리며,

20대 초반의 하루하루를 하얗게 불태웠다.

혼자 꿈꾸고, 혼자 계획하고, 혼자 돈 모아서 준비한 나만의 여행.

그래서 겁나고 무서웠던 그 여행.

혼자서 밥은 잘 먹을까? 외롭다고 울진 않을까?

무사히 여행을 마치고 한국땅을 다시 밟을 수… 있을까?

혼자, 혼자, 혼자….

혼자라는 단어에 잠식된 나만의 여행 계획.

하지만,

비행기가 이륙하던 그 순간부터 난 '혼자'라는 말을 잊었다.

배낭을 메는 동안 단 한 번도 혼자인 적은 없었으니까.

그 여행에서 나는 혼자인 적도 없었고,

혼자서 해낸 것도 아무것도 없었다.

항상 내 곁을 지켜주던 든든한 NGO 친구들.

그리고 곳곳에서 도움을 주던 고마운 수호천사들.

난생처음 육로로 국경을 넘을 때,

길 잃은 나를 챙겨주던 수다쟁이 싱가포르 아저씨,

안데스에서 곰 찾다 내려온 아이를 데리고,

페루까지 가는 32시간의 여정을 함께해준 투우사 옷 디자이너,

팔레스타인 가는 차를 타기 전,

겁먹은 내게 용기의 케밥을 건네던 요르단 총각,

그리고 지금도 나를 챙겨주는 피스보트 가족들까지.

혼자 준비하고 혼자 떠난 여행이었지만,

결국 혼자한 건 아무것도 없는 7개월간의 NGO 여행.

지구마을을 위한 여행을 하겠다며 요란하게 떠나선,

오히려 마을 곳곳의 주민들에게 신세만 잔뜩 지고 돌아온,

지구마을 '빚더미' 여행.

각박한 서울 생활 속에서 여행의 기억이 떠오를 때마다,

빚 독촉에 시달리는 기분이 드는 건 아마 그때문이겠지?

평생 갚아야 할 추억 속의 아름다운 빚더미.

그걸 청산하는 법은,

아마 지금 이 순간에도 아름다운 세상을 위해 땀 흘리고 있을,

지구마을 친구들과의 약속을 지켜나가는 것일 테다.

화려하고 매혹적이지는 않지만

솔직하게 써내려간 이 여행기가 빚을 갚는,

아니 이자라도 갚을 수 있는 기회가 되기를….

아름답고 평화로운 지구마을이 되는 그날을 기다리며,

오늘도 나는 '빚'을 갚기 위해 열심히 달린다.

국립중앙도서관 출판시도서목록(CIP)

조금 다른 지구마을 여행 / 이동원 — 고양 : 위즈덤하우스, 2012
    p. ;   cm

ISBN 978-89-5913-676-6 03810 : ₩13800

기행 문학[紀行文學]

816.7-KDC4
895.785-DDC21   CIP2012001895

초판 1쇄 발행 2012년 5월 9일   초판 7쇄 발행 2018년 6월 29일

지은이 이동원   사진 이동원
펴낸이 연준혁

출판 2본부 이사 이진영
출판 6분사 분사장 정낙정
디자인 함지현

펴낸곳 (주)위즈덤하우스 미디어그룹   출판등록 2000년 5월 23일 제13-1071호
주소 경기도 고양시 일산동구 정발산로 43-20 센트럴프라자 6층
전화 (031)936-4000   팩스 (031)903-3895
홈페이지 www.wisdomhouse.co.kr

값 13,800원   ISBN 978-89-5913-676-6 03810